유시민의
글쓰기 특강

유시민의 글쓰기 특강

초판 1쇄 발행 2015년 4월 10일
초판 29쇄 발행 2019년 10월 1일

지은이 유시민

펴낸이 이상순
주간 서인찬
편집장 박윤주
제작이사 이상광
기획편집 박월, 김한솔, 최은정, 이주미, 이세원
디자인 유영준, 이민정
마케팅홍보 이병구, 신희용, 김경민
경영지원 고은정

펴낸곳 (주)도서출판 아름다운사람들
주소 (10881) 경기도 파주시 회동길 103
대표전화 (031) 8074-0082 **팩스** (031) 955-1083
이메일 books777@naver.com
홈페이지 www.books114.net

생각의길은 (주)도서출판 아름다운사람들의 교양 브랜드입니다.

ⓒ 2015, 유시민
ISBN 978-89-6513-352-0 04800
    978-89-6513-351-3 (세트)

유시민의
글쓰기 특강

차례

3. 책 읽기와 글쓰기

4. 전략적 독서

7. 글쓰기는 축복이다

8. 시험 글쓰기

●

글쓰기가 두려운
그대에게

●

"글 잘 쓰는 비결이 있나요? 어떻게 해서 그렇게 잘 쓰게 되었나요?"

30년 전부터 이런 질문을 받았다. 그런데 뭐라 대답하기가 어려웠다. 글쓰기에 무슨 비법(秘法)이 있는지 아는 게 없었기 때문이다. 나는 글 쓰는 사람이 되겠다는 목표를 세운 적이 없었다. 어디서 누구한테 글 쓰는 방법을 배우지도 않았다. '살다 보니 어쩌다 보니' 자꾸 글을 쓰게 되었고 글쓰기를 직업으로 삼게 되었을 뿐이다. 알 수 없는 게 인생이라더니, 정말 그런 것 같다.

책을 여러 권 낸 후에야 글쓰기에 관한 책을 읽었다. 내가 글을 잘 쓰지 못한다는 사실을 뒤늦게 깨달았고, 더 잘 쓰고 싶어서 나름대로 애를 썼다. 이미 30년 세월 글을 쓰며 살았지만 지금도 내 글이 좋다는 확신은 없다. 그런 사람으로서 나는 오래전부터 들었던 질문에 대답하려고 한다.

"글쓰기, 그대도 할 수 있습니다. 이렇게 하면 됩니다."

나는 경험 많은 글쓰기 교사가 아니다. 12년 전 '하루교사'로 중학생들한테 글쓰기 강의를 한 것이 처음이었다. 7년 전에는 대학 입시를 앞둔 딸아이와 함께 논술 시험 기출문제를 들여다보았다. 두어 해 전에는 어느 선생님의 끈질긴 부탁을 거절하지 못하고 꾸물거리다가 '자의 반 타의 반' 서울에 있는 고등학교에서 글쓰기 특강을 했다. 그런데 어떤 네티즌이 그 특강 동영상을 녹취해 블로그에 올렸다. 글쓰기에 대한 평소 생각과 경험을 두서없이 이야기한 강연 텍스트가 인터넷 공간에서 제법 멀리 퍼져나가는 것을 보고 조금 놀랐다. 글쓰기에 관심 있는 사람이 참 많구나!

정치를 하는 동안 나를 힘껏 후원하고 꾸준히 자원봉사를 해주었던 시민들의 자녀들에게 그 강연을 들려주려고 했다. 크게 이룬 것 없이 훌쩍 떠나버린 게 미안해서 그렇게라도 보답하고 싶었다. 그런데 그분들은 자기네 아이들만 듣게 하기에는 아깝다며 강연을 공개하자고 했다. 강연장, 홍보 포스터, 현수막, 음향 시설을 비롯해 필요한 모든 것을 해결해주었다. 그렇게 2014년 하반기에 제주, 광주, 부산, 강릉 등 일곱 군데에서 '청소년과 학부모를 위한 무료논술특강'을 했다. 팬클럽 회원들에게 하려고 했던 논술특강이 집단 재능기부 프로젝트로 바뀐 것이다.

논술특강 청중의 반은 중·고등학생과 초등학생이었고 나머지 반은 대학생과 직장인, 학부모였다. 글쓰기가 대학 입시를 준비하는 청소년들만의 관심사는 아니었던 것이다. 청중이 너무 다양해서 강연 내용과 수준을 정하기 어려웠다. 중·고등학생을 중심에 두면서도 대학생과 직장인을 함께 배려하려고 노력했지만, 두어 시간 강연으로는 논리적 글쓰기 일반론과 논술 시험 실전 요령 둘 모두를 깊이 있게 다루기 어려웠다. 그래서 글쓰기 책을 두 권으로 쓰게 되었다.

이번 책은 논리적 글쓰기 일반론이다. 중·고등학교의 수행평가 글쓰기부터 대입 논술, 기업 입사 시험의 인문학 논술, 대학생 리포트, 신문 기사와 사설, 칼럼, 블로그 글, 가전제품 사용설명서, 문화재 안내문, 공공기관의 보도자료, 사회 비평과 학술 논문, 대법원과 헌법재판소의 판결문까지, 논리적인 글은 구조와 특성이 모두 같다. 잘 쓰는 능력을 기르는 방법도 동일하다.

흔히 글쓰기도 방법을 배우면 할 수 있다고 생각하지만 그게 다는 아니다. 방법을 배우는 것만으로는 충분하지 않다. 몸으로 익히고 습관을 들여야 잘 쓸 수 있다. 글쓰기는 그런 면에서 자동차 운전과 비슷하다. 자동차의 구조와 원리를 공부한다고 해서 운전을 할 수 있는 건 아니다. 핸들과 페달, 기어 변속기가 손발의 일부로 느껴질 때까지 몸으로 훈련해야 한다. 글도 논술문의 구조와 논리학의 규칙을 공부하는 것을 넘어 글 쓰는 습관을 익혀야 잘 쓸 수 있다. 그런데 글쓰기는 운전과 달리 남의 지도를 받지 않고 혼자서도 익힐 수 있다. 나는 이 책이 그렇게 하려는 분들에게 도움이 되기를 바란다.

무엇이든 잘 모르면 겁이 난다. 처음에 초보가 아니었던 운전자는 없다. 솜씨 좋은 운전자들도 교습소에서 처음 핸들을 잡았을 때 느꼈던 감정, 첫 도로 연수를 나갔을 때 들었던 두려움을 기억할 것이다. 사람들은 원고지나 컴퓨터 모니터 앞에서도 비슷한 감정을 느낀다. 나는 그런 분들에게 말하고 싶다.

"두려움을 이기는 가장 좋은 방법은 글쓰기에 익숙해지는 것입니다. 자동차 페달과 변속기 손잡이가 그런 것처럼, 자꾸 글을 쓰다 보면 그대에게도 컴퓨터 키보드나 볼펜이 손가락처럼 자연스러워지는 순간이 찾아올 겁니다."

다음 책은 논술 시험 안내서다. 일종의 별책 부록이라고 할 수 있다. 시험 글쓰기는 다른 글쓰기와 다르다. 무엇보다도 글 쓰는 시간과 활용할 수 있는 정보가 극도로 제한된다. 글의 분량도 엄격하게 정해져 있다. 손으로 써야 하기에 한번 쓰면 고치기 어렵다. 이런 특별한 글쓰기를 잘하려면 특별한 전략과 요령을 익혀야 하며, 실전과 같은 조건에서 글을 쓰고 고치는 훈련을 해야 한다. 어떤 종류든 논술 시험을 준비하는 사람이 아니라면 다음 책은 굳이 읽을 필요가 없을 것이다.

글쓰기에 대해 이 책에서 한 이야기는 대부분 내가 직접 겪었던 일에 바탕을 두고 있다. 나는 이렇게 해서 글을 잘 쓰게 되었습니다. 대체로 그런 이야기다. 그러다 보니 자기 자랑으로 보일 수 있는 일화가 적지 않게 들어갔다. 민망하지만 어쩔 수 없었다. 너그러운 양해를 바랄 뿐이다.

글쓰기에 대한 내 생각이 전적으로 옳지는 않을 것이다. 다른 사람은 나와 다른 방식 다른 경로를 거쳐 글쓰기를 익힐 수도 있으며, 내가 제안한 것과는 다른 글쓰기 훈련법을 찾아낼 수도 있다. 그런 가능성은 누구에게나 열려 있다. 이 책의 모든 내용을 독자들이 비판적으로 해석하고 활용하기를 기대한다.

인생에는 즐거운 일, 괴로운 일이 다 있다. 즐거움을 누리기 위해 한동안 괴로움을 감수해야 하는 경우도 많다. 어쨌든 즐거운 일만 있는 인생은 생각하기 어렵다. 전체적으로 보아 괴로움보다 즐거움이 크다면 행복한 인생이라고 할 수 있을 것이다. 내가 생각하는 즐거운 일의 목록에는 다른 사람에게 필요한 사람이 되는 것도 들어 있다. 누군가 이 책을 읽은 덕분에 글쓰기를 더 잘하게 된다면 내 인생이 조금은 더 즐거워질 것 같다.

2015년 3월
자유인의 서재에서
유시민

1

논증(論證)의 미학(美學)

말이든 글이든 원리는 같다. 언어로 감정을 건드리거나 이성을 자극하는 것이다.

감정이 아니라 이성적 사유 능력에 기대어 소통하려면

논리적으로 말하고 논리적으로 써야 한다.

그러려면 논증하는 방법을 알아야 한다.

효과적으로 논증하면 생각이 달라도 소통할 수 있고 남의 생각을 바꿀 수 있으며

내 생각이 달라지기도 한다.

오래전부터 내 직업은 글쓰기였다. 스물여섯 살 무렵부터 지금까지 꾸준히 글을 썼다. 30대 중반 독일 유학생 시절에는 〈한겨레〉 통신원으로 일하면서 국제면 기사를 썼고 마흔 무렵에는 여러 해 동안 신문 칼럼을 썼다. 라디오 대담 프로그램과 텔레비전 방송 토론 프로그램 진행자 일을 할 때도 방송국에 가지 않는 날은 집에서 글을 썼다. 정치를 했던 10년 동안에도 현안에 대한 생각을 규칙적으로 홈페이지에 올렸다. 정치를 떠나 문필업으로 복귀한 뒤로는 해마다 한두 권씩 책을 낸다. 정신이 멀쩡하게 살아 있는 한 내가 글쓰기를 그만두는 일은 없을 것이다.

내 글과 강연과 토론을 즐겨 보는 분들은 날카로운 논리로 상대

방의 허점을 들추어내면서 자기주장을 펴는 모습이 마음에 든다고 들 한다. 그건 아마도 세상 보는 눈이 비슷해서 그럴 것이다. 생각이 크게 다르면 똑같은 이유 때문에 나를 싫어한다. 그런 사람들은 내 책을 읽지 않는다. 당연한 일이다. 그리 길지도 않은 인생, 좋아하는 사람 책도 다 읽지 못하는데 싫어하는 사람이 쓴 글을 뭣하러 읽는단 말인가.

나는 산문을 쓴다. 산문 중에도 지식과 정보를 전달하는 에세이를 쓴다. 관심 분야는 역사, 문화, 정치, 경제 등으로 다양한 편이다. 젊었을 때 단편소설을 하나 발표한 적이 있지만 문학과는 거리가 멀다. 하지만 나는 에세이를 되도록 문학적으로 쓰려고 노력한다. 논리적인 글도 잘 쓰면 예술 근처에 갈 수 있다고 믿기 때문이다. 이건 예술이야! 남이 쓴 글이든 내가 쓴 것이든, 칼럼이나 에세이를 읽으면서 그렇게 감탄할 때가 있다. 논리의 아름다움, 논증의 미학을 보여주는 글을 만나면 그렇게 된다. 세상을 보는 눈이 어떠하든, 진보든 보수든, 논리가 정확하고 문장이 깔끔한 글을 나는 좋아한다.

생각과 느낌을 소리로 표현하면 말이 되고 문자로 표현하면 글이 된다. 생각이 곧 말이고, 말이 곧 글이다. 생각과 감정, 말과 글은 하나로 얽혀 있다. 그렇지만 근본은 생각이다. 논증의 아름다움을 제대로 보여주는 글을 쓰고 싶다면 무엇보다 생각을 바르고 정확하게 해야 한다. 논리 글쓰기를 잘하려면 먼저 논리적으로 앞뒤가 맞게 생각해야 한다는 것이다. 이해관계에 따라 판단 기준을 바꾸고 감정에 휘둘려 논리의 일관성을 깨뜨리면 산문을 멋지게 쓸 수 없다.

이 책에서 나는 어떻게 해야 논리적인 글을 쓰는 능력을 기를 수 있는지 이야기한다. 본론으로 들어가기 전에, 논증의 아름다움을 구현하려면 꼭 지켜야 하는 규칙 세 가지를 먼저 소개하겠다. 평소 생각하고 말하고 판단할 때 반드시 지켜야 하는 규칙이다. 나는 칼럼을 쓰거나 토론을 할 때 최선을 다해 이 규칙을 지킨다. 내게는 일종의 '영업기밀'이지만 알고 보면 기밀이랄 것도 없을 만큼 간단한 규칙이다.

첫째, 취향 고백과 주장을 구별한다. 둘째, 주장은 반드시 논증한다. 셋째, 처음부터 끝까지 주제에 집중한다. 이 세 가지 규칙을 잘 따르기만 해도 어느 정도 수준 높은 글을 쓸 수 있다.

●

취향을 두고
논쟁하지 말라

●

말을 하거나 몸짓을 쓰지 않고 다른 사람에게 마음과 생각을 전달하는 것을 텔레파시(telepathy)라고 한다. 사람에게 없는 이 초능력은 돌연변이 인간이나 외계 생명체가 등장하는 과학소설과 SF 영화에서 볼 수 있다. 하지만 텔레파시만 신기한 능력인 건 아니다. 말이나 글로 다른 사람의 마음과 생각을 움직여 어떤 행동을 하게 만드는 것도 아주 신기한 능력이다. 누구나 다 하는 일이라서 우리가 신기하다고 느끼지 않을 뿐이다.

　인간은 존재 그 자체가 기적과도 같은 생명체다. 인간은 의식을 가진 존재이며 의식은 뇌에 기거한다는 사실을 우리는 안다. 하지만 뇌를 아무리 잘게 부수어도 의식이란 것을 찾을 수는 없다. 의식은 물질이 아니기 때문이다. 물질인 우리 몸이 물질이 아닌 의식을 만들고, 물질이 아닌 그 의식이 거꾸로 물질인 몸을 움직인다고 하니 신기하지 않은가? 게다가 내 의식이 내 몸만 움직이는 것도 아니다. 언어로 소통해 타인의 의식에 영향을 줌으로써 타인의 몸까지도 움직인다. 다른 사람도 같은 방식으로 내 의식과 몸을 움직일 수 있다.

언어는 말과 글이 기본이지만 몸짓도 포함한다. 청각장애인의 수화(手話)도 언어다. 우리는 언어로 소통하고 교감해서 자신과 타인의 마음과 생각을 바꿀 수 있다. 말이든 글이든 원리는 같다. 언어로 감정을 건드리거나 이성을 자극하는 것이다. 감정이 아니라 이성적 사유(思惟) 능력에 기대어 소통하려면 논리적으로 말하고 논리적으로 써야 한다. 그러려면 논증하는 방법을 알아야 한다. 효과적으로 논증하면 생각이 달라도 소통할 수 있고 남의 생각을 바꿀 수 있으며 내 생각이 달라지기도 한다.

20년 전 독일 유학생 시절, 나는 '프리드리히에버트재단(Friedrich-Ebert-Stiftung)' 장학금을 받았다. 독일 대학교는 거의 다 국공립이어서 등록금이나 수업료가 없다. 그런데도 장학금을 주는 것은 아르바이트를 하지 말고 공부에 전념하라는 뜻이다. 에버트재단은 장학생들에게 돈만 준 게 아니라 1년 내내 다양한 주제로 여는 재단의 학술세미나에 참가할 권리도 주었다. 세미나 참가자에게 닷새 동안 잘 곳과 먹을 것을 주었고 오가는 여비까지 제공했다. 통일 전

서독 행정수도였던 본에서, 나는 독일을 포함해 세계 각지에서 온 청년들과 어울려 공부도 하고 놀기도 했다.

국제금융기구 관련 세미나 주간이었다. 점심을 먹은 후에 휴게실에서 뉴스를 보는데 독일 학생 둘이 논쟁을 시작했다. 한 학생은 보수적인 남부 바이에른의 뮌헨에서 왔다. 이 학생을 '뮌헨'이라고 하자. 다른 학생은 북부 항구도시 함부르크에서 왔다. '함부르크'라고 하자. 우리나라로 치면 뮌헨은 대구와 비슷하다. 함부르크는 인천항 인근 지역이라고 생각하면 좋을 것이다. 논쟁의 발단은 독일 사회민주당(SPD) 전당대회 전야제 행사였다. 50대 당지도부 인사들이 20대 청년당원들과 테크노댄스를 추는 장면이 텔레비전 뉴스에 나왔다. 귓바퀴에 피어싱을 여러 개 한 여성당원이 보였다.

"미친 것!"

'뮌헨'이 혼잣말로 욕을 했다. 그러자 '함부르크'가 물었다.

"뭐가?"

"저 피어싱 말이야."

"피어싱이 뭐 어쨌다고?"

"저런 금고리를 열 개나 달고 다닐 돈으로 아프리카 어린이들 학교 보내는 데 후원이나 하면 좋잖아!"

그 말을 들은 '함부르크'가 정색을 했다. '뮌헨'도 소파에서 등을 뗐다. 분위기가 싸해졌다.

"그럼 그냥 귀걸이 한 쌍은 어때?"

"그거야 뭐, 괜찮지."

"그건 왜 괜찮은데? 그 귀걸이값은 아프리카 어린이를 위해서 기부하면 안 되나?"

"안 될 건 없지만, 귀걸이 하나 하는 거야 이상할 게 없잖아."

"귀걸이 한 개는 정상인데 피어싱 열 개는 비정상이라고? 정상적 장신구와 비정상적 장신구를 나누는 기준이 뭐야?"

논쟁은 그리 오래지 않아 끝났다. '뮌헨'의 패배였다. 두 사람은 '정상적인 귀걸이'와 '미친 피어싱'을 나누는 기준이 없다는 데 합의했고 '뮌헨'은 처음에 했던 욕설을 취소했다. 왜 그런 결론이 났을까? '뮌헨'이 그 욕설에 깔려 있던 가치판단의 정당성을 논증할 수 없었기 때문이다.

목걸이나 귀걸이는 미적 감각과 취향을 표현하는 수단이다. 우리는 각자, 타인에게 부당한 피해를 주지 않는 범위에서, 자기 나름의 방식으로 미적 취향을 표현할 권리가 있다. 따라서 타인의 미적 취향을 '미친 짓'이라고 욕하거나 '비정상'이라고 비난할 권리는 누구에게도 없다. 미적 취향을 표현하는 방법과 관련하여 정상과 비정상의 경계를 정하는 객관적 기준이 있는 것은 아니기 때문이다. 따라서 서로 다른 취향을 가진 사람들이 서로 의지하며 살아가는 사회에서는 타인의 취향을 존중해야 한다. '함부르크'는 이렇게 주장했고 '뮌헨'은 반박하지 못했다. '미친 피어싱! 그 돈으로 기부나 하지.' 이것은 처음부터 주장이 아니라 취향 고백에 지나지 않았던 것이다.

그렇다면 '뮌헨'은 처음에 어떻게 말했어야 할까? 어유, 저 피어싱, 난 저렇게 많이 한 건 싫더라. 그랬더라면 '함부르크'는 심드렁하게 대꾸하였을 것이다. 난 뭐, 괜찮은 거 같은데! 그래? 응, 그래. 그렇게 주고받고 끝났을 것이다. 그냥 싫다는 것을 어쩌겠는가? 그런데 '뮌헨'은 '미친 것'이라고 했다. 그리고 피어싱 하는 데 쓴 돈을 아프리카 어린이를 위해 기부하는 것이 도덕적으로 올바른 일이라고 주장했다. 단순히 자신의 취향을 표현한 게 아니라 타인의 행위에 대해 도덕적 가치판단을 한 것이다. 그러면 그 판단의 근거를 댈 의무, 자신의 주장을 논증할 책임이 생긴다. 그렇지만 '뮌헨'은 논증할 수 없었다. 그래서 처음에 내놓았던 가치판단을 거두어들인 것이다.

'함부르크'는 효과적으로 자신의 견해를 논증함으로써 '뮌헨'의 생각과 행동을 바꾸어놓았다. '뮌헨'은 취향의 차이를 도덕적 평가의 대상으로 삼는 것이 불합리한 행위이며, 무언가를 주장하려면 단순히 취향을 고백할 때와는 달리 그 주장의 타당성을 논증할 책임이 생긴다는 것을 새삼 깨달았다. 논쟁에서 졌지만 그가 잃거나 빼앗긴 것은 없었다. 단지 생각을 바꾸었을 뿐이다. 오히려 얻은 게 있다고 하는 게 맞을 것이다. '함부르크'는 논쟁에서 이겼다. 하지만 그가 빼앗거나 얻은 것 역시 없었다.

만약 선택할 수 있다면 그대는 어느 쪽이 되고 싶은가? 아마도

십중팔구는 '함부르크'일 것이다. 만약 그렇게 되고 싶다면 말을 하고 글을 쓸 때 단순한 취향 고백과 논증해야 할 주장을 분명하게 구별해야 한다. 이것이 논증의 미학을 구현하는 첫 번째 규칙이다. 블로그, 페이스북, 밴드, 카카오톡, 동호회 게시판, 업무혁신보고회, 학술세미나, 논술 시험, 어떤 매체에 어떤 목적으로 어떤 성격의 글을 쓰든 이 규칙을 지켜야 한다. 그렇지 않으면 '함부르크'처럼 할 수 없다.

주장은
반드시 논증하라

말이나 글로 타인과 소통하려면 사실과 주장을 구별해야 한다. 사실은 그저 기술하면 된다. 그러나 어떤 주장을 할 때는 반드시 근거를 제시함으로써 옳은 주장이라는 것을 논증해야 한다. 논증하지 않고 주장만 하면 바보 취급을 당하게 된다. 이것이 논증의 미학을 실현하는 두 번째 규칙이다.

태양은 하루에 한 번 뜬다. 이것은 사실이다. 논증할 필요가 없다. 지구는 태양 주위를 돈다. 이것도 누구나 다 인정하는 사실이다. 하지만 몇백 년 전 유럽에서 이것은 사실이 아니었다. 종교재판에 끌려가 화형을 선고받을지도 모르는 '불온한 주장'이었다. 이 사례는 사실과 주장을 칼로 두부모 자르듯 나눌 수 없다는 것을 보여준다. 처음에는 말이 되지 않는 것 같았던 주장도 누군가 확실하게 증명하고 만인이 그것을 받아들이면 사실이 된다. 지구가 둥글다는 것, 지구가 우주의 중심이 아니라 태양 궤도를 도는 한낱 행성에 지나지 않는다는 것도 처음에는 사실이 아니라 어떤 과학자의 주장일 뿐이었다.

논리학이나 수학에는 공리(公理, axiom)라는 것이 있다. 증명하지 않고도 참이라고 인정하는 명제가 공리다. 유클리드기하학의 평행선 공리가 널리 알려진 사례다. 글을 쓸 때는 사실을 수학의 공리처럼 대해야 한다. 증명할 필요가 없다. 하지만 사실로 인정받지 못한 주장은 반드시 그 타당성을 논증해야 한다. 사실과 주장을 엄격하게 구별하고 다르게 취급해야 한다는 이야기다. 어떤 영화감독이 이렇게 말했다고 하자.

대한민국 최고 미남은 장동건이다.

형식만 보면 마치 사실을 기술한 문장 같다. 하지만 그렇지 않다. 그렇다면 주장인가? 엄밀하게 말하면 주장도 아니다. 단지 주관적 취향을 고백한 것일 뿐이다. 난 남자 영화배우 중에 장동건이 제일 좋아. 그렇게 말하고 싶은 것이다. 만약 그렇게 말했다면 아무 문제가 없었을 것이다. 그 말을 들은 친구는 이렇게 말하면 된다. 음, 그래? 난 송강호가 제일 좋은데. 만약 이 영화감독이 단순히 취향을 밝히는 게 아니라 무언가 주장하고 싶다면 주장에 어울리는 형식을 갖추어 말해야 한다.

　나는 장동건을 대한민국 최고 미남이라고 생각한다.

　이것은 주장이다. 따라서 논증해야 한다. 장동건을 최고 미남이라고 판단하는 근거나 이유를 밝혀야 한다. 이 주장은 보통 이런 식으로 논증한다. 먼저 미남의 기준을 제시한다. 그리고 장동건의 얼굴이 다른 누구보다 더 정확하게 그 기준에 들어맞는다는 것을 증명한다. 이럴 경우 다른 사람은 그 주장에 동의할 수도 있고 반박할수도 있다. 반박하는 가장 손쉬운 방법은 미남의 기준에 이의를 제기하고 다른 기준을 제안하는 것이다. 미남의 기준은 받아들이면서 반박할 수도 있다. 예컨대 〈별에서 온 그대〉의 김수현이 장동건보다 더 정확하게 그 기준에 부합한다는 사실을 증명하는 것이다.
　이렇게 반박할 수 있는 것은 장동건을 좋아하는 영화감독이 자기의 주장을 논증했기 때문이다. 그가 애초에 아무런 논증도 하지않은 채 장동건이 최고 미남이라고 주장만 했다면 어땠을까? 근거를 밝히라고 요구할 수 있을 뿐, 누구도 반박할 수가 없다. 결국 논증하지 않은 주장은 반박할 수 없고, 그런 주장은 주장으로 성립하지 않는다. 그런데 논증하지 않고 주장만 하는 사람이 있을까? 불행하게도 흔히 있다.
　사상과 이념이 다른 사람에게 일단 '종북'이나 '수꼴'이라는 딱지를 붙이는 극우 극좌의 '자칭 논객'들만 그러는 게 아니다. 수준 있는 언론 매체에 기고하는 지식인, 전문가, 칼럼니스트도 논증하지 않은, 그래서 반박할 수 없는 주장을 한다. 다음은 한신대학교 국제경제학과 김성구 교수가 《미디어오늘》 2015 신년 호에 기고한 칼럼의 첫 단락이다. 제목은 '연금 개악 야합의 길, 정부 여당의 꼼수정치와 야당의 이중플레이'였다. 밑줄 그은 곳을 눈여겨보기 바란다.

● 　　　　　여야가 이미 합의한 대로 지난해 12월 29일 국회 본회의 의결을 통해 공무원연금개혁 특별위원회가 출범하게 되었다. 여야 동수로 구성되는 연금개혁 특위는 한 번의 기간 연장을 통해 125일까지 활동한다고 한다. 따라서 늦어도 올해 5월 초까지는 국회에서 <u>공무원연금 개악</u>을 처리할 수 있게 된 것이다. 연금개혁 특위와 함께 국민대타협기구도 90일간의 활동에 들어간다. 하지만 이 기구는 말 그대로 협의와 타협을 위한 기구고, 입법에 대한 전권은 연금개혁 특위가 갖는다. 20명의 국민대타협기구 위원 중 공무원연금 당사자 단체는 여야가 각각 2명씩 지명하는 4명의 대표를 낼 뿐이다. 전공노 등 공동투쟁본부의 저항이 얼마나 힘을 발휘할지 모르겠지만, <u>불행하게도 연금 개악의 결정권은</u> 이제 새누리당과 새정치연합 두 당에 있다.

김 교수는 정부 여당의 공무원연금법 개정안을 '개악'으로 규정했다. '개혁(改革)'이 '고친다'는 뜻을 가진 중립적 단어라면, 개선(改

善)은 고쳐서 더 좋게 만드는 것이고 개악(改惡)은 고쳐서 더 나쁘게 만드는 것이다. 정부 여당이 제시한 공무원연금법 개정안의 핵심은 공무원들이 기여금을 더 많이 내고 연금을 더 적게 받도록 하는 것이었고 그 내용은 이미 널리 알려져 있었다.

김 교수는 이 칼럼에서 '개악'이라는 단어를 무려 열여섯 번 썼다. '개악'은 사실을 기술하는 말이 아니다. 주관적 가치판단 또는 규범적 평가를 담은 주장이다. 따라서 그렇게 주장하려면 논증해야 한다. 더욱이 그 시점의 여론조사 결과를 보면 정부 여당뿐만 아니라 국민의 압도적 다수가 공무원연금법 개정을 '개악'이 아닌 '개선' 또는 '개혁'으로 평가하고 있었다. 따라서 정부 여당의 공무원연금법 개정안에 반대하는 사람들에게는 그것이 '개혁'이나 '개선'이 아니라 '개악'임을 논증하는 것이 특별히 중요했다. 그런데도 김 교수는 그것이 '개악'임을 논증하지 않았다. 주장을 마치 사실인 것처럼 기술했다. 논증이라고 볼 수 있는 것은 칼럼 전체에서 아래 인용한 문장 하나가 전부였다.

● 　　　　　　공무원연금은 단순한 연금이 아니라 낮은 임금 및 퇴직금 그리고 노동기본권 제약 등에 대한 보상의 요소도 있어 임금단체협약의 성격도 갖고 있다.

칼럼을 이렇게 쓰면 곤란하다. 이 '한 줄 논증'은 논증이라고 하기에는 너무 빈약하다. 김 교수의 주장처럼 공무원연금이 박봉과 노동삼권 제약에 대한 보상이며 민간기업의 퇴직금과 비슷한 기능을 한다는 것을 인정하자. 그렇게 보면 공무원이 낸 돈보다 많은 액수의 연금을 받는 것은 합리적인 일이다. 여기까지는 다툴 것이 없다. 문제는 그다음부터다. 그런 점을 인정하더라도 연금액이 지나치게 많다고 주장할 수 있기 때문이다. 실제로 정부 여당은 그렇게 주장하면서 '더 내고 덜 받는' 공무원연금 개혁안을 내놓았다. 이 개혁을 '개악'이라고 말하려면 현행 공무원연금의 급여 수준이 적절하고 정의롭다는 것을 논증해야 한다. 하지만 이 칼럼에서 김 교수는 논증하지 않았다. 시종일관 '개악'이라고 주장했을 따름이다.

논증 없는 주장으로는 타인의 생각과 마음을 움직이지 못한다. 설득과 공감은 고사하고 기본적 소통과 교감도 하기 어렵다. 정부 여당의 공무원연금법 개정안을 '개악'으로 규정하려면 그것이 헌법과 노동관계법의 취지를 부정하고 정의와 공정성이라는 공동체의 가치를 침해한다는 것을 데이터와 이론으로 논증해야 한다. 그래야 다른 사람들이 '개악'이라는 평가에 동의하거나 그 주장을 반박할 수 있다. 하지만 김 교수는 논증하지 않았다. 그 칼럼을 읽고 고개를 끄덕인 것은 어떤 이유에서든 이미 국회의 공무원연금법 개정을 '개악'으로 판단한 사람들뿐이었을 것이다. 뭐하러 굳이 칼럼을 썼는지 모를 일이다.

우리는 오랜 세월 논증 없는 주장이 활개 치는 세상에서 살았다. 사실과 논리에 입각해 합리적인 주장을 하는 사람이 아니라 목소리 크고 힘센 쪽이 이기는 현실에 익숙하다. 권력자들은 '말 많으면 빨갱이'라는 말로 합당한 논증을 요구하는 시민들을 핍박했다. 시민들은 정책의 타당성을 논증하려고 애쓰는 대통령을 '말이 많다'고 비난했다. 부모들은 꼬박꼬박 어른한테 말대꾸한다며 논리적인 주장을 펴는 자녀를 혼냈다. 교사와 교수는 질문하는 학생을 귀찮게 여기거나 구박했다. 심지어는 국가정책을 다루는 정당들까지도 사실과 논리와 이성적 추론이 아니라 대중의 감정에 편승해 정치적 이익을 얻으려 했다. 우리는 그렇게 살아왔다. 그래서 논리적인 글을 제대로 쓰지 못하는 것이다.

스포츠를 주제로 삼아 논증 없는 주장이 일으키는 문제를 조금 더 살펴보자. 2002년 한일월드컵 때 일이다. 조별 예선 1차전에서 우리 축구 대표 팀은 폴란드 대표 팀을 2 대 0으로 눌러 월드컵 본선 첫 승리를 거두었다. 2차전 상대인 미국이 첫 경기에서 포르투갈을 꺾었기 때문에 우리가 2차전을 이기면 16강 진출을 사실상 확정 지을 수 있었다. 이 경기를 앞두고 여야 정당 대변인들이 논평을 냈다. 여당 대변인은 정범구 의원이었다. 국회의원이 되기 전에 기독교방송 시사 프로그램 진행자로서 수준 높은 지성을 보여주었던 그는 이렇게 말했다.

오늘 벌어지는 한미전이 재삼 우리 민족의 저력을 확인하는 계기가 되길 바란다.

야당 대변인은 오랜 세월 '소장개혁파'라는 말을 듣다가 2014년 경기도지사가 된 남경필 의원이었다. 그도 비슷한 논평을 냈다.

히딩크 감독과 선수들 모두 불굴의 투혼으로 반드시 승리해 16강 진출은 물론 우리 민족의 우수성을 드높여 줄 것으로 확신한다.

당시 〈경향신문〉에 칼럼을 연재하던 나는 대변인들의 논평을 비판하는 글을 썼다. 제목은 '민족은 축구를 하지 않는다'였다. 여야 대변인들의 논평은 증명할 필요가 있는 명제를 전제하고 있었다. 축구 월드컵 성적은 '민족의 저력' 또는 '민족의 우수성'을 측정하는 지표가 된다는 전제다. 이 전제가 타당해야 미국전 승리를 축원한 여야 정당 대변인의 논평이 성립할 수 있었다. 논평의 타당성 여부가 전제의 옳고 그름에 달려 있었던 것이다.

이 전제가 타당한지 알아보려고 데이터를 조사했다. 2002년 한일월드컵 이전까지 월드컵 본선에 한 번이라도 나간 나라는 65개였다. 그 가운데 승점을 하나도 얻지 못한 나라가 열 개였다. 승점 합계가 10점이 넘은 나라는 서른 곳이 조금 넘었다. 세계 최강 미국과 경제대국 일본, 15억 인구를 자랑하는 중국은 거기에 들지 못했다. 한국은 다섯 번 본선에 나갔지만 4무 10패로 승점을 4점밖에 챙기지 못했다.

브라질은 그때까지 무려 여섯 번 결승에 올라 네 번 우승했다.

이탈리아와 독일은 세 번, 아르헨티나와 우루과이는 두 번, 잉글랜드와 프랑스는 한 번 우승컵을 거머쥐었다. 1990년 이탈리아 대회에서 8강에 올랐던 카메룬, 1994년 미국 대회에서 16강에 올랐던 나이지리아, 한일월드컵 개막전에서 프랑스를 격침한 세네갈은 신흥 축구강국이었다. 전제가 옳다면 카메룬, 나이지리아, 세네갈은 저력이 있고 우수한 민족인 반면 미국, 일본, 중국, 한국은 저력이 없고 우수하지 못한 민족이 된다.

이게 말이 되는가? 월드컵 성적이 좋은 나라가 성적이 좋은 것은 공을 잘 차는 선수가 많기 때문이었을 뿐이다. 축구 월드컵 성적과 '민족의 우수성' 사이에는 뚜렷한 인과관계나 상관관계가 없다. 그래서 나는 이렇게 썼다.

●   축구를 하는 것은 민족이 아니라 사람이다. 그것도 모든 사람이 함께하는 게 아니라 딱 열한 명이 한다. 월드컵에 출전한 국가 대표 팀은 민족의 대표가 아니다. 1998년 프랑스가 우승했을 때 극우파 정치인 르펜은 '저게 무슨 프랑스 대표 팀이냐'며 혀를 끌끌 찼다. '순수 프랑스 혈통' 백인은 가뭄에 콩 나듯 보이고 아프리카 식민지에서 온 이민자의 후예들이 펄펄 날아다니는 것을 못마땅하게 여긴 탓이다. 브라질과 아르헨티나 등 남미 대표 팀에도 백인과 유색인이 뒤섞여 있다. 동유럽 전통 강호 폴란드 대표 팀 스트라이커는 아프리카 출신 올리사데베다. 이민자의 나라 미국 대표 팀은 가장 확실한

'인종 연합군'이다. '민족의 우수성'을 들먹이는 분들에게 묻는다. 이번 대회에서 미국이 우승한다면 그 영광을 어떤 '민족'에게 돌리겠는가.

축구는 즐겁게 놀려고 하는 운동일 뿐이다. 그냥 즐기면 된다. 스포츠를 이용해 국가주의나 민족주의 이데올로기를 부추기는 것은 불합리하고 촌스러운 짓이다. 나는 그렇게 말하고 싶어서 이 칼럼을 썼다.

칼럼이 나가자 항의가 쏟아져 들어왔다. 전자우편함이 넘쳐 수시로 비워야 했다. 여러 해 칼럼니스트로 활동했지만 그토록 격렬한 욕설과 항의를 그렇게 많이 받은 적은 없었다. 가뭄에 콩 나듯 내 주장의 오류를 논증하려고 애쓴 글이 있기는 했지만 대부분은 감정적 욕설이었다. 너, 대한민국 국민 맞아? 잘난 척하지 마! 축구가 싫으면 그냥 입 처닫고 있어라! 그런 감정 배설이나 취향 고백이 대부분이었다. 누군가의 의견에 반감이 들 때는 논리적 반박으로써 그 감정을 표현하는 것이 바람직하다는 건 다 안다. 하지만 그렇게 하는 것이 말처럼 쉬운 일은 아니다.

논증의 미학이 살아 있는 글을 쓰려면 사실과 주장을 구별하고 논증 없는 주장을 배척해야 하며 논리의 오류를 명확하게 지적해야 한다. 그렇게 하다 보면 미움을 받을 수 있다. 모든 사람이 논증의 미학을 애호하는 것은 아니기 때문이다. 특히 힘과 권력을 가진 사람들은 엄격한 논증을 싫어하는 경향이 있다. 논증은 평등하고 민주적인 인간관계를 전제로 하기 때문이다.

예컨대 재벌 총수들은 '회장님 지시 사항'의 문제점을 논증하려는 회사 간부를 좋아하지 않는다. 대통령과 장관들은 정책 방향의 타당성 여부를 논증하려고 드는 공무원을 좋게 보지 않는다. 민주주의 원리를 깊이 인식하고 존중하려는 사람이라야 논증의 미학을 즐길 줄 아는 것이다. 그렇지 않은 사람이 권력을 가지면 논증을 위한 토론 그 자체를 없애버리려 하고 논증하려 애쓰는 사람을 배척한다.

필화(筆禍) 사건은 괜히 생기는 게 아니며 아무나 필화를 당하는 것도 아니다. 논증의 규칙을 알고, 생각을 소신 있게 표현하는 기백을 가진 사람이 주로 필화를 당한다. 글쓰기는 재주만으로 하는 일이 아니다. 논리의 완벽함과 아름다움을 추구하는 고집, 미움받기를 겁내지 않는 용기도 있어야 한다.

주제에
집중하라

글을 쓸 때는 주제에 집중해야 한다. 엉뚱한 곳으로 가지 말아야 하고 관련 없는 문제나 정보를 끌어들이지 않아야 한다. 원래 쓰려고 했던 이유, 애초에 하려고 했던 이야기가 무엇인지 잊지 말고 처음부터 끝까지 직선으로 논리를 밀고 가야 한다. 이것이 논증의 미학을 실현하는 세 번째 규칙이다.

이 규칙을 지키려면 무엇보다 주관적 감정에 휘둘리지 않아야 한다. 감정을 느끼지 말라는 게 아니다. 감정을 느끼는 것이야 인간의 본성인데 어찌하겠는가. 그러나 자기의 감정에 대해 일정한 거리를 유지하면서 제어하고 관리할 수는 있다. 글을 쓸 때 감정에 빠지면 길을 잃기 쉽다. 주제를 벗어나 글이 엉뚱한 곳으로 흐르게 되고 주제와 상관없는 것을 들여와 글을 망치게 된다.

운동경기 관전평이나 맛집 기행에서 이런 현상을 자주 본다. 어떤 선수나 특정한 맛에 대해 매우 강력한 호불호를 가진 사람이 그 감정에 빠지면 쉽게 '논점 일탈의 오류'를 저지른다. 예컨대 그날 경기에서 보여준 플레이가 아니라 여러 해 사귄 모델과 헤어지자마자 새 애인을 사귄 걸 가지고 축구 선수 호날두를 비난한다든가, 재료와 양념을 제대로 소개하지도 않은 채 생선매운탕에 방아잎을 넣었다는 이유로 어떤 식당의 음식 전체를 혹평하는 것이다.

감정에 휘둘려 저지른 사소한 실수가 때로는 감당할 수 없는 문제를 일으킨다. 기억을 되살리는 것이 그리 유쾌하지는 않지만 내가 겪었던 사례를 하나 소개한다. 예전에 함께 정당 활동을 하던 분들과 크게 다툰 일이 있었다. 끝내 갈등을 수습하지 못해 갈라서기 일보 직전까지 갔다. 하필이면 그때 중앙당의 고위 당직자가 당 홈페이지 게시판에 이런 글을 올렸다. 공동대표였던 나를 가까이에서 자주 보았던 사람이었다. 이 글의 핵심은 밑줄 그은 세 문장이다.

●　　　　　　　짧은 일화입니다. <u>유시민 전 공동대표는 사람에 대한 예의가 없습니다.</u> 권력에 가까이 있어본 경험이 있어서인지는 모르겠으나 참으로 이해할 수 없는 행동을 많이 하셨습니다. 대표적인 것이 거짓 발언과 아메리카노커피 관련 이야기입니다. 유시민 전 공동대표와 심상정 의원의 공통점 중 하나는 대표단 회의 전에 아메리카노커피를 먹는다는 것입

니다. 그런데 문제는 아메리카노커피를 비서실장이나 비서가 항상 회의 중 밖에 커피숍에 나가 종이 포장해 사 온다는 것입니다. 언젠가 이해가 안 가고 민망해서 모 공동대표 비서실장에게 물어봤습니다. 왜 공동대표단 회의를 앞두고 매일같이 밖에 나가 비서실장이 아메리카노를 사 옵니까? 비서실장이 말을 못 하는 겁니다. 아메리카노커피를 먹어야 회의를 할 수 있는 이분들을 보면서 노동자 민중과 무슨 인연이 있는지 의아할 뿐입니다.

이 글은 소위 '아메리카노 논쟁'을 일으켰다. 기사를 내지 않은 신문이 거의 없을 정도로 대중의 관심을 끈 사건이었다. 여기서 글쓴이는 어떤 주장을 했고 사실을 근거로 들어 그 주장을 논증했다. 논리적으로 크게 흠잡을 데가 없다. 상당히 잘 쓴 글이다. 무엇보다 주장이 분명하다. 첫 번째 밑줄 그은 곳을 보자. '유시민은 사람에 대한 예의가 없다.' 주관적 가치판단을 담은 이 주장을 논증하기 위해 '비서실장한테 커피 심부름을 시킨다'는 사실을 제시했다. 두 번째 밑줄 그은 문장이다. 여기까지는 성공했다. 주장과 근거가 다 명확하고 논리적 연관이 뚜렷하다. 정의와 평등에 대한 사람의 직관을 건드린다. 이런 주제로 글을 쓰면 많은 사람의 공감을 얻을 수 있다.

우리는 인간이 누구나 똑같이 존엄하다고 믿는다. 20세기 지구 행성에 존재한 대부분 문명국가에서 이것은 '공리'가 되었다. 사람들이 이 명제를 증명할 필요가 없는 진리로 받아들인 것이다. 그런데 이것은 어디까지나 이상일 뿐, 현실은 결코 그렇지 않다. 똑같이 존엄한 인간들이 활동하는 조직에 수직적 위계와 서열이 있다. 지휘하는 사람이 있고 지휘받는 사람이 있다. 평등한 인간이 평등하지 않은 관계를 맺고 사는 것이다.

위계 조직은 벗어날 수 없는 현실이다. 하지만 그렇다고 해서 인간 존엄과 만인의 평등이라는 이상을 버릴 수도 없다. 어떡하든 이상과 현실의 조화를 이루어야 한다. 그래서 선택한 것이 조직의 위계를 인격의 위계가 아니라 역할 분담으로 해석하는 관점이다. 조직의 위계와 서열은 인격의 높고 낮음과 관계가 없다. 신분 차이나 지배·종속 관계도 아니다. 단지 인격적으로는 평등한 개개인이 조직 전체의 목표를 이루기 위해 합의에 따라 서로 다른 역할을 하는 것뿐이다. 우리는 그렇게 생각하면서 위계 조직 안에서 타인과 관계를 맺고 협력한다. 조직에서 지위와 서열이 낮은 사람을 존중하는 것은 곧 '인간의 평등과 존엄성'이라는 이상을 존중하는 행동이다.

이 관점은 모든 조직에 적용할 수 있고 또 반드시 적용해야 한다. 육군대장과 이등병, 정당대표와 당직자, 국회의원과 비서관, 기업경영자와 영업사원, 항공회사 임원과 승무원을 가릴 필요가 없다. 위계와 서열은 조직의 목표 수행과 관련한 영역에만 적용해야 하며 그 한계를 넘어 인격적 상하 관계나 지배·종속 관계로 해석해서는 안 된다. 사람들은 이 원칙이 지켜지기를 원한다. 그래서 미국 오바마 대통령이 백악관 청소 노동자와 '주먹인사'를 하는 사진은 세계 시민의 호감을 얻었다. 사람들이 이 사진을 보고 좋아한 것은 세계 최강국가의 최고 권력기관에도 이 원칙이 살아 있다는 것을 확인했기 때문이다. 똑같은 이유에서 누가 이 원칙을 무참하게 짓밟으면 사람들은 화를 낸다. 어디다 대고 말대꾸야! 내가 세우라잖아! 소위 '땅콩회항' 사건 전체를 통틀어 가장 격렬한 분노를 일으킨 것은 이 말이었다고 생각한다. 회장의 딸이며 대한항공 부사장이었던 조현아 씨는 그렇게 말하면서 비행기를 후진시키고 사무장을 비행기에서 쫓아냈다. 부사장과 사무장은 조직에서는 상하 관계이지만 인격적으로는 평등하다. 이것이 문명사회의 상식이다. 그런데도 부사장은 사무장의 인격을 무시하고 노예 취급을 했다. 조직의 위계가 마치 인격의 위계인 것처럼 행동한 것이다.

그래서 사람들은 마치 자기 자신이 모욕당한 것처럼 화를 냈다. 정부 당국은 평소대로라면 적당히 얼버무리고 넘겼겠지만, 너무 많은 시민이 자기 일처럼 화를 냈기 때문에 어쩔 수 없이 재벌가의 딸을 감옥에 집어넣어야 했다. 1심 판사는 피고인을 엄하게 꾸짖으며 징역형을 선고했다. 이상은 그저 이상일 뿐 현실에서는 별 의미가 없다고 말하지 말자. 이상은 종종 철옹성처럼 보이던 현실을 흔들고 무너뜨린다.

이제 정당의 대표가 비서실장이나 비서한테 커피 심부름을 시킨 일로 돌아가 보자. 이것은 조직의 역할 분담을 넘어 인격의 평등과 존엄을 해치는 행위인가? 정당은 같은 정치적 이상을 지닌 사람들이 스스로 원해서 만든 단체다. 직급이 아래라고 해서 '당원 동지' 한테 커피 심부름을 시키는 것은 인격적 존엄을 해치는 행동이다. 그런 관점에서 보면 당대표가 비서실장한테, 국회의원이 수행비서 한테 커피 심부름을 시키는 것은 '사람에 대한 예의 없음'을 나타내 는 증거일 수 있다. 문제의 글을 쓴 당직자는 그렇게 생각하면서 글 을 썼던 것 같다.

나는 당 홈페이지에 답변을 올렸다. 문제의식은 공감하지만 글 쓴이가 커피 심부름과 관련한 사실을 과장했다는 점을 에둘러 지 적했다. 사실을 말하자면 매번 커피 심부름을 시키지는 않았다. 커 피를 밖에 나가서 사 온 것도 아니었다. 회의실 출입문 맞은편 계단 을 한 층 내려가면 국회의원 식당 테이크아웃 커피 코너가 있다. 회 의실 가는 길에 직접 커피를 사서 들고 간 때가 더 많았다. 그런데 진보정당은 회의를 오래 하는 관습이 있다. 회의가 길어지면 카페 인이 더 필요하다. 커피 때문에 정회를 할 수는 없는 노릇이라 누구 한테든 문자를 보내 부탁할 수밖에 없었다.

매번 당대표 비서실장이 심부름을 하지는 않았다. 수행비서가 다른 일로 멀리 있을 때만 비서실장에게 문자를 보내 부탁했을 뿐 이다. 나는 수행비서한테 커피를 부탁하는 것이 '사람에 대한 예의' 에 어긋나는 건 아니라고 생각한다. 그 수행비서는 10여 년간 이웃 에 살면서 함께 당구도 치고 낚시도 다니고 밥도 먹는 관계였다. 그 는 내가 작가로 활동하는 지금도 함께 일하는 '로드매니저'다. 일정 과 자료를 관리하고 운전을 해주며 적어도 하루 한 번 반드시 밥을

같이 먹는다. 나는 작업실에서 핸드드립 커피를 내릴 때 두 잔을 만든다. 하나는 내 것이고 다른 하나는 그의 몫이다. 예나 지금이나 역할은 달라도 서로를 존중하며 산다.

그렇지만 나는 그 당직자의 문제의식에 공감했다. 철저한 민주주의자라면 자기가 마실 커피를 손수 구하는 게 옳다. 그래서 그 글을 보면서 혹시 내가 다른 곳에서도 권위주의적으로 보이는 언행을 한 적은 없었는지 자성해보았다. 그런 이야기를 답변 삼아 쓴 다음 아메리카노커피를 마시는 것은 정치적 신념과는 무관한 취향의 문제인 만큼 앞으로도 계속 마실 생각이라고 했다. 그 당직자가 말미에 한 주장 때문에 덧붙인 말이었다. 세 번째 밑줄 그은 문장이다.

'아메리카노커피를 먹어야 회의를 할 수 있는 사람들이 노동자 민중과 무슨 인연이 있는지 의아하다'는 주장은 거센 풍파를 일으켰다. 주제와는 관계없는, 없어도 아무 상관이 없었을, 없었다면 더 좋았을 이 문장 때문에 글쓴이는 심한 비난과 조롱을 받았다. 온갖 이야기가 다 나왔지만 정리하면 대충 이런 것이었다.

노동자 민중과 인연이 있는 사람은 아메리카노커피를 마시지 말아야 하느냐.
믹스커피는 민중적이고 아메리카노커피는 반민중적이냐.
아메리카노커피가 미국 커피 맞냐.
시골 할아버지들도 모내기하다가 새참으로 커피 마시는데 무슨 헛소리냐.

비판의 초점은 '아메리카노커피'와 '노동자 농민'을 연결한 것이었다. 그 당직자는 다시 글을 올려 아메리카노커피를 문제 삼은 게 아니라 커피 심부름을 시키는 권위주의적 행태를 비판한 것이라고 해명했다. 그를 이해하고 지지한 당원과 네티즌도 인터넷 언론과 포털사이트 게시판에 비슷한 취지의 글을 올렸다. 하지만 반론을 잠재우지는 못했다.

문제가 된 글의 결함은 특별한 게 아니었다. 글쓴이는 주제에서 벗어난 이야기를 끌어들이는 '논점 일탈의 오류'를 저질렀다. 흔히 볼 수 있는 사소한 흠결이었다. 당 홈페이지에 올린 글의 주제는 '유시민 공동대표의 권위주의적 생활 태도'였다. 마지막 한 문장을 제외하면 주제에서 벗어나지 않았다. 그런데 그 문장 하나로 인해 모든 게 엉망이 되고 말았다. 그가 마지막까지 철저하게 주제를 의식하고 논리적 긴장감을 유지했다면 이렇게 썼을 것이며, 그랬다면 '아메리카노 논쟁'은 일어나지 않았을 것이다.

● 　　　　　스스로 사 먹거나 타 먹지 않고 아랫사람한테 매번 커피 심부름을 시키는 권위주의적 생활 방식을 가진 사람이 과연 노동자 민중의 권익을 위해 제대로 일할 수 있는지 의심스럽습니다.

이렇게 썼으면 좋았을 것이다. '유시민 공동대표는 사람에 대한 예의가 없다'는 주장과 자연스럽게 어우러져 애초의 문제의식을 더 선명하게 드러낸다. 그런데 왜 이렇게 쓰지 않았을까? 감정에 사로 잡혔기 때문이다. 그 이유가 무엇이든, 그는 '유시민 공동대표'를 싫어했다. 그 감정에 휘둘린 나머지 논리적 맥락에서 벗어난 취향 고백을 해버린 것이다.

글쓴이는 평소 아메리카노커피가 '미제국주의가 퍼뜨린 양키문화'의 상징이라고 생각했던 것 같다. 물론 그렇게 생각하는 건 그 사람의 자유다. 타당한 근거가 있는지 여부는 그것대로 따져보면 된다. 그러나 '유시민 공동대표의 권위주의적 생활 태도'를 비판하는 글에 '아메리카노커피를 마시는 사람은 노동자 민중과 인연이 없다'는 주장을 덧붙인 것은 명백한 오류였다. 글 한 줄을 잘못 썼다는 이유로 비난과 조롱을 받은 것은 안타깝고 불행한 일이다. 이런 불행을 피하려면 냉정한 태도로 글을 써야 한다. 자기 자신의 감정까지도 객관적으로 바라보면서 처음부터 끝까지 주제에 집중해야 한다. 이것이 논증의 미학을 실현하기 위해 지켜야 할 세 번째 규칙이다.

말과 글로 논증하고 토론할 때 지켜야 할 규칙을 이해하기는 그리 어렵지 않다. 그렇지만 그 규칙을 지키면서 글을 쓰는 것은 훨씬 어렵다. 이해는 생각만 해도 할 수 있지만 실천은 삶으로 몸으로 해야 하기 때문이다. 살다 보면 몰라서 하지 못하는 것이 있다. 하지만 알면서도 실천하지 못하는 것은 더 많다. 글쓰기도 그런 것이다.

2

글쓰기의 철칙

누구든 노력하고 훈련하면 비슷한 수준으로 해낼 수 있다.

논리 글쓰기는 문학 글쓰기보다 재능의 영향을 훨씬 덜 받는다.

조금 과장하면 이렇게 주장할 수 있다.

노력한다고 해서 누구나 안도현처럼 시를 쓸 수 있는 건 아니다.

하지만 누구든 노력하면 유시민만큼 에세이를 쓸 수는 있다.

어떤 친구는 이렇게 말한다. "좋겠다 너는, 글재주가 있어서!"

타고난 재능이 있어서 내가 글을 잘 쓴다는 것이다. 칼럼니스트로 활동하던 시절에도 그랬고, 정치를 떠나 문필업으로 돌아온 후에도 같은 말을 듣는다. 그럴 때는 나도 모르게 '울컥'한다. 은근히 화가 난다. 이 말이 목젖까지 올라온다. '그런 거 아니거든! 나도 열심히 했거든!'

정확하게 말하자. 글쓰기는 재주가 아니다. 사람이 가진 여러 능력 또는 기능 가운데 하나다. 사람이 다 같지는 않기 때문에 노력한다고 해서 다 잘 쓸 수 있는 건 아니다. 하지만 모든 일이 그런 것처럼, 재주 또는 소질은 글 쓰는 능력을 좌우하는 여러 요소 가운데 하나에 지나지 않는다. 타고난 소질이 있어도 갈고닦지 않으면 꽃 피우지 못한다. 리오넬 메시의 축구 실력이 오로지 타고난 재능 덕분만은 아니지 않은가. 그렇다고 해서 노력하면 뭐든 다 똑같이 잘할 수 있다고 주장하려는 것은 아니다. 메시만큼 연습한다고 해서 누구나 메시만큼 공을 찰 수 있는 건 아닌 것처럼, 무슨 일이든 재능이 일정한 영향을 미치는 것은 분명하다.

그런데 글에는 재능이 매우 중요한 장르와 덜 중요한 장르가 있다. 나는 글을 크게 두 갈래로 나눈다. 문학적인(또는 예술적인) 글과 논리적인(또는 공학적인) 글이다. 시, 소설, 희곡은 문학 글이다. 에세이, 평론, 보고서, 칼럼, 판결문, 안내문, 사용설명서, 보도자료, 논문은 논리 글이다. 인물 전기와 르포르타주는 둘 사이에 있다. 칼로 자르듯 할 수는 없지만 대략 그렇게 나눌 수는 있다고 본다.

문학 글쓰기는 재능의 영향을 많이 받는다. 무언가를 지어내는 상상력, 남들과는 다른 방식으로 느끼는 감수성이 있어야 한다. 그러나 논리 글쓰기는 훨씬 덜하다. 조금 부풀리면 이렇게 말할 수 있다. 문학 글쓰기는 아무나 할 수 없다. 그러나 논리 글쓰기는 누구나 할 수 있다. 글쓰기에 대해서 내가 하는 이야기는 시인이나 소설가가 되려고 하는 사람에게는 별 도움이 되지 않을 듯싶다. 그러나 살아가는 데 필요한 글, 살면서 느끼는 것을 담은 글을 잘 쓰고 싶은 사람에게는 유용한 길잡이가 될 수 있을 것이라고 믿는다.

글쓰기는
기능이다

작가마다 전문 장르가 있다. 그런데 시, 소설, 에세이, 평론을 다 잘 쓰는 작가도 있다. 시인으로 출발해 소설과 평론으로 활동 무대를 넓힌 김형수 시인이 그런 사람이다. 내가 그를 시인이라고 하는 것은 최대한 예의를 갖추고 싶어서다. 소설가 조정래 선생의 지론에 따르면 글 쓰는 사람 중 최고는 시인이니까.

김형수 시인은 산문을 시처럼 쓴다. 논리 글도 문학적으로 쓴다. 《삶은 언제 예술이 되는가》(2014, 아시아)는 대학교에서 했던 문학론 강의를 엮은 책이다. 이 책에서 그는 언제 어떻게 글쓰기를 시작했는지 이야기했다. 재미있고 감동적인 일화라 생각해서 간략하게 소개한다.

시인이 어렸을 때 큰형이 군에 갔다. 어머니는 큰아들 걱정에 편히 잠을 이루지 못했다. 대한민국 군대에는 지금도 폭력과 부정부패가 많다. 하지만 1960년대 군대는 오늘날에 비할 바가 아니었다. 그야말로 폭력이 난무하고 부정부패가 판을 친, 법은 멀고 주먹은 가까운 치외법권 지대였다. 어머니는 큰아들에게 편지를 쓰고 싶었지만 글을 몰랐다. 막내 김형수는 학교에서 글자를 배웠지만 아직 글 쓰는 능력이 없었다.

모자(母子)는 절묘한 해법을 찾았다. 어머니가 말하고 막내아들이 받아 적은 것이다. 그렇게 해서 기묘한 글이 탄생했다. 조선 시대 말투로 큰아들의 안위를 걱정하고 사랑을 전하는 어머니의 마음을, 크기도 일정하지 않고 획은 삐뚤빼뚤한 초등학생 글씨에 담아 쓴 편지였다. 얼마 지나지 않아 큰형이 난데없는 휴가를 받아 집에 왔다. 지휘관이 병사들의 서신을 모두 검열하던 시절이어서 중대장이 그 편지를 본 것이다. 중대장은 휴가증을 주면서 말했다고 한다. '어머니한테 가서 네가 얼마나 건강하게 잘 지내는지 보여주고 와!'

김형수 시인은 어린 시절에 말을 더듬었다. 그래서 말보다 글이 편했고, 글로 사람의 마음을 움직일 수 있다는 사실을 일찍 깨달았다. 돈이 없어서 수학여행비를 낼 수 없었던 초등학생 김형수는 돈 벌러 도시에 간 두 누나의 '남친'들에게 편지를 보냈다. 나중에 매형이 된 두 남자는 수학여행비에 용돈까지 얹어서 보내주었다. 무엇 때문이었겠는가? '여친'한테 잘 보이려는 생각도 없지 않았겠지만, 그보다는 '여친'의 막둥이가 쓴 글이 전해준 절절한 소망을 외면할 수 없었던 것이다.

이런 것이 글쓰기의 힘이다. 글쓰기의 목적은, 그 장르가 어떠하든, 자신의 내면에 있는 감정이나 생각을 표현해 타인과 교감하는 것이다. 김형수 시인은 아주 어렸을 때 생활 글쓰기로 창작 활동의 첫걸음을 내디뎠다. 생활 글에는 논리적 요소와 예술적 요소가 다 있으며 문자를 알기만 하면 누구나 쓸 수 있다. 그러나 남들이 재미나게 읽고 쉽게 이해할 수 있도록 쓰기는 쉽지 않다. 공감을 얻기는 더욱 어렵다.

글이 잘 써지지 않을 때 사람들은 '문재(文才)'가 없는 '유전적 불운'을 한탄한다. 시나 소설이라면 그래도 상관없다. 하지만 문학작품이 아니라 생활 글쓰기나 논리 글쓰기라면 그럴 필요가 없다. 나는 직업적 글쟁이로서 논리 글은 나름 수준 있게 쓴다고 인정받는 편이다. 하지만 아무리 노력한다 해도 괜찮은 시인이 되기는 어렵다고 생각한다. 그래서 내가 쓸 수 있는 글을 쓰는 데 만족하며 산다. 아무나 시를 쓰는 게 아니라는 것을 확실히 깨닫게 해준 시인이 여럿 있다. 안도현 시인도 그런 사람이다. 〈너에게 묻는다〉는 그의 작품 중에서 제일 짧은 것인데, 그 첫 줄은 이렇다.

연탄재 함부로 발로 차지 마라

시인이 왜 이렇게 말했는지 이해하려면 먼저 연탄재가 무엇인지 알아야 한다. 단군 할아버지가 한반도에 터를 잡은 이후부터 50여 년 전까지, 몇천 년 동안 우리는 나무를 태워서 생존하는 데 필요한 에너지를 얻었다. 인구가 빠르게 늘어난 조선 후기에 숲이 망가지기 시작한 것은 당연한 일이었다. 일제의 약탈과 한국전쟁을 거치면서 전국의 야산은 거의 다 나무 한 그루 없는 민둥산이 되어 버렸다.

농민들은 어린 나뭇가지와 낙엽까지 모두 긁어다 연료로 썼다. 가난해서 어쩔 수 없이 '생계형 도벌'을 한 것이다. 정부는 멀쩡한 숲을 통째로 베어 목재로 팔아치우는 '상업형 도벌'을 막을 능력이 없었다. 우리의 숲이 생명력을 회복한 것은 연탄이 나무와 숯을 대체하기 시작한 이후였다. 1970년대에 들어 구멍이 열아홉 개 뚫린 연탄이 가정용 에너지원으로 널리 자리 잡았다. 1990년대에는 소득수준이 더 높아져 석유, 가스, 전기가 연탄을 밀어냈다. 20여 년 동안 주택가 골목 어디나 타고 남은 연탄재가 쌓여 있었다.

무언가에 화가 났지만 화풀이할 곳이 달리 없는 사람들은 그 연탄재를 발로 찼다. 바람이 불면 먼지가 날렸고, 주변에서는 혀를 찼다. '왜 연탄재를 차고 난리람? 먼지 날리면 사람한테 해롭잖아. 골목길도 지저분해지고.' 〈너에게 묻는다〉 첫 행에 이 생각을 이어 붙이면 이렇게 된다.

연탄재 함부로 발로 차지 마라. 부서진 연탄재 네가 치울 거냐.

논리 글쓰기는 이런 것이다. 이 정도라면 나도 쓴다! 그런 생각이 들지 않는가? 그렇다. 이런 글은 누구나 쓸 수 있다. 어려울 게 없다. 그런데 시인의 상상력과 감성은 다른 곳으로 뻗어갔다. 그 연탄재가 한때는 이글이글 타오르는 불덩어리였다는 사실을 떠올린 것이다. 연탄이 제 몸을 불살라 내뿜은 열기로 사람들은 무엇을 했는가? 허기진 가족을 위해 밥을 지었고 하루 일에 지친 몸을 달래었다. 그 뜨거움 위에서 애틋한 사랑을 나누었고 늙은 부모를 모셨으며 소중한 딸·아들을 키워냈다.

　　사랑도 열정도 헌신도 없이 살아가는 인생이 널리고 널린 세상, 도대체 그 누가 겨울 골목길의 연탄재를 걷어찰 합당한 자격이 있다는 말인가. 전국교직원노동조합(전교조) 해직교사였던 안도현 시인은 그렇게 말하고 싶어서 마침표도 쉼표도 느낌표도 없는 석 줄짜리 시를 쓴 것이다. 이것은 공동체의 선을 실현하기 위해 열정을 불태웠던 전교조 교사들이 진심을 몰라주는 세상을 향해 외치고 싶었던 말이었는지도 모른다.

　　연탄재 함부로 발로 차지 마라
　　너는
　　누구에게 한 번이라도 뜨거운 사람이었느냐

　　이건 말 그대로 예술이다! 창작은 이렇게 하는 것이다. 노력하면 누구나 이렇게 쓸 수 있다고? 거짓말이다. 어머니 배에서 나올 때부터 가지고 있었을 수도 있고, 뇌세포의 수가 폭발적으로 증가하면서 우주만큼이나 복잡하고 오묘한 연결망과 정보처리 시스템을 만든 어린 시절에 형성된 것일 수도 있지만, 어쨌든 특별한 감성과 언어 감각과 사고방식을 가진 사람이라야 이런 시를 쓸 수 있다. 수십 년 글쓰기로 살아온 나는, 이런 작품을 만날 때마다 내가 시를 쓰지 못하는 사람임을 거듭 자각한다.

그렇지만 나는 큰 불만을 느끼지 않고, 잘 쓸 수 있는 글을 쓰면서 살았다. 20대 청년기는 소위 '선전선동(宣傳煽動)'을 위한 글쓰기로 보냈다. 그때 정부는 허위 사실을 유포해 세상에 대한 불만을 조장하는 것을 '선전'으로, 정부에 맞서 싸우라고 대중을 부추기는 것을 '선동'으로 규정했다. 그러나 우리에게 '선전'은 사실과 진실을 알리는 것이었고 '선동'은 용기를 퍼뜨리는 일이었다. 나는 이런 의미의 '선전선동' 사업을 벌이는 데 필요한 '불법유인물'을 만들면서 글쓰기를 시작했다.

세상을 바꾸고 싶다면 말만 할 게 아니라 행동해야 한다. 독재정권과 싸우는 데에는 많은 것이 필요하다. 조직을 만들고, 자금을 조달하고, 화염병을 제조하고, 정보기관에 들키지 않고 거리시위를 준비해야 한다. 이 모든 것은 사람이 한다. 누군가는 권력의 부정부패를 폭로하고 시민들의 궐기를 호소하는 글을 써야 하며 들키지 않고 인쇄해야 한다. 그런 사람한테는 글을 쓰는 것이 곧 실천이고 행동이며 투쟁이다.

독재 정부는 군대와 경찰과 사법기관의 폭력으로 지배하며 폭력에 대한 공포감을 이용해 대중을 통제한다. 폭력과 공포를 이겨 내려면 다수 대중이 한꺼번에 일어나 싸워야 한다. 하지만 그렇게 되기는 쉽지 않다. 동서고금 어디에도 모든 사람이 이심전심 한날 한시에 죽기를 각오하고 궐기한 사례는 없었다. 성공한 혁명은 화려해 보이지만 그 뿌리는 언제 어디서나, 참혹한 패배를 예감하면서도 먼저 일어나 싸운 사람들의 희생에 닿아 있다. 자기 자신은 승리의 과실을 맛볼 수 없다는 것을 잘 알면서도 인생을 걸고 싸운 사람들이 있었기에 인류는 오늘 이만큼의 인권과 민주주의를 누리고 있는 것이다.

투쟁을 '선동'하는 유인물을 만들면서 나는 '글을 짧게 잘 쓰기가 어렵다'는 것을 깨달았다. 유인물 초안을 쓰다 보면 할 말을 절반도 채 하지 않는데 벌써 글자 수가 넘쳤다. 줄이고 또 줄이다가 문득, 내가 시인이면 좋겠다는 생각을 하곤 했다. 시인들은 내가 A3 종이를 가득 채우고도 다 말하지 못한 것을 단 몇 줄로, 훨씬 멋지고 분명하게 표현했기 때문이다. 다음은 고은 시인의 〈화살〉 첫 연이다.

우리 모두 화살이 되어
온몸으로 가자.
허공 뚫고
온몸으로 가자.
가서는 돌아오지 말자.

박혀서 박힌 아픔과 함께 썩어서 돌아오지 말자.

　죽기를 각오하고 싸우자는 선동은 이렇게 하는 것이다. 이 시를 읽으면 이순신, 전봉준, 유관순, 안중근, 전태일, 박관현, 박종철, 이한열 같은 이름이 떠올랐다. 국민을 수천 명이나 살상한 정치군인들이 국가권력을 장악하고 부정부패를 일삼았던 그 시절, 수많은 청년이 시인의 말처럼 화살이 되어 떠났고 다시는 돌아오지 않았다. 오늘 대한민국에도 여전히 그런 마음으로 싸워야만 하는 사람들이 있다.

　하지만 지금은 이 시가 내 마음에 그때처럼 격한 공감을 일으키지는 않는다. 그렇지만 '온몸으로 가서 돌아오지 않는' 청년들을 생각하면 예전보다 더 가슴이 아프다. 내가 청년의 아버지가 되었기 때문인지 모른다. 그때는 '나도 화살이 되자!' 그런 결심이 들었는데, 지금은 감정이입이 되지 않는다. 그 누구도 화살이 되어 어딘가에 박힐 필요가 없는 세상을 아직도 만들지 못했다는 회한에 마음이 서글퍼질 뿐이다.

　많든 적든 30년 동안 세상이 바뀌었다. 나도 변했고 시대도 그때와는 달라졌다. 〈화살〉은 열정으로 들끓었던 1980년대 지식청년들의 정서와 소망을 예리하게 포착한 명작이었다. 그러나 어떤 문학작품도 역사와 시대를 초월하지는 못한다. 이 시가 그때와는 다른 느낌으로 다가오는 것은 자연스러운 일이다. 누구의 잘못도 아니다.

안도현이나 고은처럼 멋진 시를 쓰지 못한다고 해서 인생을 비관할 필요는 없다. 저마다 쓸 수 있는 글을 쓰면 된다. 시가 아니면 어떤가. 예술이 아니라 공학(工學, engineering)과 비슷해서 누구나 쓸 수 있는 글도 있다. 나는 고등학교 교련 시간에 카빈소총 분해 조립을 익혔다. 군대에 가서는 미제 M16소총으로 했다. 요즘은 국산 K2소총으로 할 것이다. 개인용 소총을 1분 안에 분해 조립하는 일은 누구나 다 한다. 그걸 익히지 못하는 사람을 나는 본 적이 없다. 사람에 따라 속도 차이가 조금 있을 뿐이다. 공작기계를 만들거나 집을 짓는 일도 더 잘하는 사람이 있고 그렇지 못한 사람이 있다. 하지만 중요한 것은 학습과 훈련과 경험이다. 재능이 아니다. 누구든 노력하고 훈련하면 비슷한 수준으로 해낼 수 있다.

논리 글쓰기는 문학 글쓰기보다 재능의 영향을 훨씬 덜 받는다. 조금 과장하면 이렇게 주장할 수 있다. 노력한다고 해서 누구나 안도현처럼 시를 쓸 수 있는 건 아니다. 하지만 누구든 노력하면 유시민만큼 에세이를 쓸 수는 있다. 만약 시인이나 소설가가 되려고 하는 게 아니라면, 업무에 필요한 글이나 취미로 쓰는 글을 잘 쓰고 싶은 사람이라면, 재능 없음을 미리 두려워할 필요가 없다. 잘되지 않는다고 해서 조상과 유전자를 탓할 것도 없다. 해보지도 않고 좌절하거나 포기할 이유는 더욱 없다.

이 책에서 '글'과 '글쓰기'는, 다른 설명이 없는 한 논리적인 글과 논리적 글쓰기를 가리킨다. 시나 소설을 쓰고 싶은 독자라면 앞에서 소개한 김형수 시인의 《삶은 언제 예술이 되는가》, 김연수 작가

의 《소설가의 일》 같은 책을 보는 게 나을 것이다. 살아 있는 고전
으로 인정받는 이태준 선생의 《문장강화》도 나쁘지 않다. 그러나
에세이, 신문 기사, 문학평론, 사회 비평, 제품 사용설명서, 보도자
료, 문화재 안내문, 성명서, 선언문, 보고서, 자기소개서, 논술 시험,
운동경기 관전평, 신제품 사용 후기, 맛집 순례기 같은 것을 잘 쓰
고 싶은 독자라면 이 책이 더 나을 것이다.

발췌 요약에서
출발하자

글쓰기를 하려면 무엇부터 시작해야 할까? 텍스트 발췌 요약부터 시작하는 게 좋다. 글쓰기에는 비법이나 왕도가 없다. 지름길이나 샛길도 없다. 그래서 다들 비슷비슷한 이야기를 할 수밖에 없다. 무슨 특별한 비법이 있는 것처럼 말한다면 거짓말일 가능성이 높다. 무허가 비닐하우스에서 태어난 사람이든 은수저를 물고 태어난 재벌가 상속자든, 글쓰기를 할 때는 만인이 평등하다. 잘 쓰고 싶다면 누구나, 해야 할 만큼의 수고를 해야 하고 써야 할 만큼의 시간을 써야 한다.

큰돈을 주고 유명한 작가를 불러 스물네 시간 가정교사로 붙여 놓아도 본인이 노력하지 않으면 헛일이다. 하지만 스스로 의지를 가지고 훈련만 한다면 선생님이 없어도 괜찮다. 글쓰기는 머리로 배우는 게 아니라 몸으로 익히는 기능이기 때문이다. 아무리 뛰어난 헬스트레이너의 지도를 받아도 실제 몸을 쓰지 않으면 복근을 만들지 못하는 것처럼, 아무리 훌륭한 작가의 가르침을 받아도 계속 쓰지 않으면 훌륭한 글을 쓸 수 없다. 글쓰기에는 철칙(鐵則)이 있다고 생각한다.

첫째, 많이 읽어야 잘 쓸 수 있다. 책을 많이 읽어도 글을 잘 쓰지 못할 수는 있다. 그러나 많이 읽지 않고도 잘 쓰는 것은 불가능하다.

둘째, 많이 쓸수록 더 잘 쓰게 된다. 축구나 수영이 그런 것처럼 글도 근육이 있어야 쓴다. 글쓰기 근육을 만드는 유일한 방법은 쓰는 것이다. 여기에 예외는 없다. 그래서 '철칙'이다.

사람들은 내가 어려서부터 글을 잘 썼을 것이라고 생각한다. 하지만 사실은 그렇지 않다. 나는 학창 시절에 문예반 활동을 하지도 않았고 글을 잘 써서 상을 받은 적도 없었다. 친구들이 다 그랬던 것처럼, 고등학교를 마치기 전에는 글이라는 것을 써본 일이 거의 없었다. 대입 본고사 국어 과목에 작문 문제가 있어서 혼자 그 연습을 조금 해본 게 전부였다. 그랬던 내가 7년 정도 시간이 흐른 후 제법 글 잘 쓰는 청년으로 인정받았다. 별로 유쾌하지 않은 사건 때문에 '특수폭력'이라는 괴상한 혐의를 쓰고 영등포구치소에 구금되어 있으면서 판사에게 제출했던 〈항소이유서〉가 세상에 알려져 그렇게 되었다.

다시 3년이 지난 1988년에 《거꾸로 읽는 세계사》라는 책을 냈다. 그 전에도 논픽션을 한 권 내기는 했지만 내가 직업적 글쟁이가 된 계기는 바로 이 책이었다. 아직 386컴퓨터도 시장에 나오기 전이라 400자 원고지에 손으로 썼다. 《거꾸로 읽는 세계사》는 '거의 100퍼센트 발췌 요약'이었다.

'발췌'는 텍스트에서 중요한 부분을 가려 뽑아내는 것이고, '요약'은 텍스트의 핵심을 추리는 작업이다. 발췌는 선택이고 요약은 압축이라 할 수 있다. 발췌가 물리적 작업이라면 요약은 화학적 작업이다. 그런데 어떤 텍스트를 요약하려면 가장 중요한 정보를 담은 부분을 먼저 가려내야 한다. 효과적으로 요약하려면 정확하게 발췌해야 한다는 이야기다. 이렇게 보면 발췌 요약이라는 말은 요약이라고 줄일 수 있을 것이다.

그런데 요약에 불과한 《거꾸로 읽는 세계사》가 내가 쓴 모든 책 중에 가장 많이 '읽혔다'. 여기서 '읽혔다'는 '팔렸다'와 같은 뜻이다. 출판계에서는 지식산업의 품격을 지키려고 '팔렸다'는 말보다 '읽혔다'는 말을 쓰는 관행이 있다. 덕분에 재산이 50만 원밖에 없었던 내가 신림동 달동네에 전셋집을 얻어 장가를 들었다. 그 전세금을 빼서 독일 유학을 갔다. 인세 수입이 계속 들어왔기 때문에 아르바이트를 하지 않고 공부에만 전념할 수 있었다. 나는 요약을 잘하는 것 하나로 '베스트셀러 작가'가 되었다. 다른 사람도 그렇게 할 수 있다고 믿는다. 그래서 텍스트 요약으로 글쓰기 훈련을 시작하라고 권하는 것이다.

《거꾸로 읽는 세계사》는 단지 많이 팔렸을 뿐이다. 훌륭한 책은 아니다. 문장을 잘 쓴 책도 아니었다. 나는 그 사실을 이오덕 선생의 《우리글 바로쓰기》를 읽고서 뒤늦게 깨달았다. 아무 생각 없이 일본어와 영어 문법을 따라 썼고, 공연히 어려운 한자(漢字)말을 남용했으며, 쓸데없이 길고 복잡한 문장을 늘어놓았다. 그게 부끄러워서 크게 잘못 쓴 문장만이라도 손 닿는 만큼 바로잡아 개정판을 냈다. 하지만 개정판도 문장이 훌륭하다고 하기는 어렵다.

《거꾸로 읽는 세계사》 초고를 쓴 것은 1987년이었다. 마무리 작업은 1988년 봄에 했다. 그때는 정부가 표현의 자유를 심하게 억눌렀기 때문에 자료를 구하기가 쉽지 않았다. 내용을 빨리 알리고 싶은 마음이 앞선 나머지, 중요한 역사적 사실을 확인하고 정보의 출처를 표시하는 작업을 제대로 하지 않았다. 드높은 반항 정신으로 정치권력이 강요한 반공주의 역사관을 거부한 것까지는 좋았지만 철학적·이념적 균형을 지키지 못하고 반대편으로 쏠렸다. 한마디로 공부가 부족한 상태에서 책을 쓴 것이다. 게다가 책을 내고 얼마 지나지 않아 소련과 동유럽 사회주의 체제가 무너지고 냉전 시대가 막을 내렸다. 개정판에 시대의 변화를 반영하려고 노력했지만 초판이 안고 있었던 철학의 빈곤을 제대로 해소하지는 못했다.

《거꾸로 읽는 세계사》는 대학교에 들어간 후 10년 동안 읽은 책을 요약한 것이었다. 굳이 수준을 평가하자면 요령 좋은 대학 졸업반 학생의 리포트 정도였다. 그런데 그런 책을 왜 많은 독자가 오랫동안 읽었을까? 글이 좋거나 내용이 훌륭해서가 아니라 우리나라 상황에 비추어 볼 때 매우 흥미진진한 역사적 사건을 다루었기 때문일 것이다. 그런 점에서는 제법 괜찮은 책이었다. 역사에 대한 식견이 모자랐고 문장도 허름했지만 20세기를 만든 역사적 대사건의 원인과 결과, 주요 인물들의 생애와 사상, 그리고 사건과 인물이 세상에 남긴 흔적의 의미를 요약해서 전파하는 데는 성공했다.

지금은 훌륭한 세계사 교양서가 많다. 《거꾸로 읽는 세계사》는 없어도 괜찮은 책이 되었다고 생각한다. 그런 줄 알면서도 그 책에 대한 이야기를 늘어놓은 것은 텍스트 요약이 논리 글쓰기의 첫걸음이라는 것을 강조하고 싶어서다. 텍스트 요약은 귀 기울여 남의 말을 듣는 것과 비슷하다. 내가 남의 말을 경청하고 바르게 이해해야, 남도 내 말에 귀를 기울이게 된다. 남들이 잘 이해하고 공감하는 글을 쓰고 싶다면, 내가 먼저 남이 쓴 글을 이해하고 공감할 줄 알아야 한다. 말로든 글로든, 타인과 소통하고 싶으면 먼저 손을 내미는 게 바람직하다.

내게는 글쓰기 선생님이나 '롤 모델'이 없었지만 제법 괜찮은 훈련 프로그램이 있었다. 학회(學會)의 도서 목록과 토론식 학습 방법이었다. 여기서 학회는 박사와 교수가 모인 연구 모임이 아니다. 공부도 하고 데모도 하던, 지금은 사라지고 없는 학생 서클이다. 내가 대학생이던 시절, 우리 학교에는 학회가 수십 개 있었다. 나는 우연히 법대 소속이었던 '농촌법학회'에 가입했다.

신입생들은 매주 화요일 오후 서클 공부방으로 쓰던 선배의 자취방에 모여 공부했다. 학습 방법은 평범하고 단순했다. 우리는 매주 한 권씩 도서 목록에 있는 책을 읽었다. 각자 맡은 부분의 핵심 내용을 추려 발표하고 선배들과 함께 토론했다. 선배들은 자기네가 원하는 방향으로 토론을 이끌어가려 했지만 늘 성공한 건 아니었다. 1학년 여름방학이 끝날 무렵부터 구로동에서 야학 교사 일을 했는데 거기서도 교사 공부 모임을 했다. 군 복무를 마친 후 이런저런 공개·비공개 조직에서 활동한 기간에도 비슷한 방식으로 학습했다.

그때는 몰랐지만 나는 그렇게 공부하면서 텍스트를 요약하는 방법을 배웠다. 어떤 주제에 대해서 무슨 주장을 해야겠다는 생각이 들면 그렇게 하는 데 필요한 논리적·실증적 근거를 신속하게 탐색하는 습관이 생겼다. 교수님들의 강의는 재미도 없었고 배울 것도 적었다. 고등학교 때와 마찬가지로 강의를 받아 적은 노트와 교과서를 외워서 시험을 쳤다. 학점을 따는 것 말고는 별 의미가 없었다. 서클에서 하는 공부가 훨씬 재미있었고 배우는 것도 많았다.

유럽 청년들은 우리의 중·고등학교에 해당하는 김나지움에서부터 이런 식으로 공부한다. 대학교와 대학원은 말할 나위도 없다. 내가 독일 마인츠대학교 경제학과에서 디플롬(Diplom, 석사) 학위를 취득하기 위해 참가했던 세미나도 모두 그랬다. 안타깝게도 우리나라는 중·고등학교뿐만 아니라 대학교에서도 이런 방식으로 공부하지 않는다. 석·박사 학위를 취득하는 과정에서도 치열한 토론이나 논리적 글쓰기로 생각을 표현하는 훈련을 충분히 하지는 않는다. 그래서 최고 수준의 교육을 받았는데도 토론과 글쓰기에 서툰 사람이 많은 것이다.

나는 어묵이나 라면을 안주 삼아 취할 때까지 막걸리와 소주를 마셔대는 뒤풀이는 되도록 피했지만 학회 공부 시간은 절대 빼먹지 않았다. 우리가 읽은 책의 목록은 경제학, 철학, 정치학, 사회학, 여성학, 역사학, 심리학, 교육학, 문학 등 인문학과 사회과학 전체를 아울렀다. 생태학, 생물학, 물리학, 천문학 책을 함께 읽었더라면 더 좋았겠지만, 그때는 그런 분야에 관심이 없었고 읽을 만한 책도 많지 않았다. 노동문제와 농업문제에서 민주주의혁명이론, 사회주의혁명이론, 성평등론, 한미관계론, 북한론, 제3세계론, 휴머니즘론, 사회심리학, 문예이론과 친일문학론, 자본주의발전이론, 독점이론, 종속이론, 역사이론, 미래학에 이르기까지 우리는 한국 사회와 세계 질서를 이해하는 데 필요하다고 생각한 모든 분야를 책으로 탐색했다.

독서와 토론의 수준이 높았다고는 할 수 없지만 내가 그때 기초적인 독해(讀解)와 텍스트 요약 훈련을 한 것만큼은 분명하다. 글쓰기 능력을 기르고 싶다면 누구나 그런 방식으로, 텍스트를 읽고 핵심을 요약하는 훈련을 해야 한다. '군사독재 시절 운동권의 의식화 방법론'이라고 내치지 말기 바란다. 21세기 대한민국 수도 서울의 강남 학원가에 있는 대입 논술 전문 강사도 똑같은 방식으로 학생을 지도한다. 도서 목록이 다를 뿐이다. 우리는 한국 사회를 변혁하는 데 필요한 지식과 이론을 배우려고 책을 읽었다. 오늘의 고등학생들은 대입 논술 시험에 자주 나오는 예문과 논제를 독해하는 데 필요한 책을 읽는다. 그러나 주어진 텍스트를 독해하고 핵심을 찾아 요약하는 글쓰기 훈련법은 내가 40년쯤 전 학회라는 '지하대학(地下大學)'에서 한 것과 하나도 다르지 않다.

　요약은 텍스트를 읽고 핵심을 추려 논리적으로 압축하는 작업이다. 텍스트를 이해하고 문장을 만들 능력만 있으면 누구나 할 수 있다. 독해력과 문장 구사력 그리고 요약 능력은 서로를 북돋운다. 독해력이 좋을수록 요약을 더 잘할 수 있다. 요약을 전제로 텍스트를 읽으면 독해력을 기르는 데 큰 도움이 된다. 요약을 열심히 하면 저절로 문장 구사 능력이 발전한다. 텍스트 요약 훈련을 할 때는 기왕이면 글쓰기에 도움이 되는 교양서를 선택하는 게 좋다. 예컨대 4장에서 추천한 '전략적 도서 목록'에 있는 책을 읽고 요약해보는 것이다. 물론 꼭 그 책이어야 하는 건 아니다. 다른 교양서라도 상관없고 소설도 괜찮다.

　텍스트 요약은 혼자 해도 괜찮지만 여럿이 함께하면 더 좋다. 텍스트를 오독하거나 핵심을 잘못 파악할 경우 혼자 하면 깨닫기 어렵지만 여럿이 하면 저절로 알게 되기 때문이다. 흥미로운 소설 요약본을 하나 소개한다. 알렉산드르 솔제니친의 데뷔작 《이반 데니소비치의 하루》를 읽고 줄거리를 200자 원고지 석 장으로 요약해보라. 그런 다음 그것을 솔제니친 스스로 요약한 것과 비교해 보

라. 아래는 《이반 데니소비치의 하루》 마지막 단락을 원본 그대로 옮겨온 것이다.

● 오늘 하루는 그에게 아주 운이 좋은 날이었다. 영창에 들어가지도 않았고, '사회주의 생활 단지'로 작업을 나가지도 않았으며, 점심때는 죽 한 그릇을 속여 더 먹었다. 그리고 반장이 작업량 조절을 잘 해서 오후에는 즐거운 마음으로 벽돌쌓기도 했다. 줄칼 조각도 검사에 걸리지 않고 무사히 가지고 들어왔다. 저녁에는 체자리 대신 순번을 맡아주고 많은 벌이를 했으며, 잎담배도 사지 않는가. 그리고 찌뿌드드하던 몸도 이젠 씻은 듯이 다 나았다. 눈앞이 캄캄한 그런 날이 아니었고, 거의 행복하다고 할 수 있는 그런 날이었다.
이렇게 슈호프는 형기가 시작되어 끝나는 날까지 무려 10년을, 그러니까 날수로 계산하면 삼천육백오십삼 일을 보냈다. 사흘을 더 수용소에서 보낸 것은 그사이에 윤년이 들어 있었기 때문이다.

솔제니친은 이 두 문단으로 소설 전체를 요약했다. 그런데 이 소설도 어찌 보면 요약이라고 할 수 있다. 주인공 이반 데니소비치 슈호프의 하루는 강제노동수용소에서 보낸 3,653일을 대표하며 솔제니친 자신이 겪었던 수용소 생활을 요약해서 보여준다. 그것은 또한 이젠 사라지고 없는 스탈린 시대 소련의 정치사회 질서와 민중의 삶에 대한 요약이기도 하다. 텍스트 요약은 단순한 압축 기술이 아니다. 요약하는 사람의 사상과 철학을 반영하며 생각과 감정을 표현한다.

솔제니친은 소련이라는 국가 전체가 하나의 강제노동수용소라고 생각했다. 계급 없는 사회라는 미명 아래 인간의 자유와 존엄성을 짓밟은 공산당 독재에 슬픔과 분노를 느꼈다. 이반 데니소비치 슈호프의 하루를 통해 소련의 사회상을 요약해 보임으로써 그 슬픔과 분노를 표현했다. 그러나 거의 같은 시대를 살았던 작가 니콜라이 오스트롭스키는 소련 사회를 전혀 다르게 요약했다. 소설《강철은 어떻게 단련되는가》의 주인공 파벨 코르차긴은 전쟁 때 입은 부상과 전염병의 후유증을 앓으면서도 사회주의 조국을 위한 건설 작업에 목숨을 걸고 참여한다. 노동계급 출신의 공산주의자였던 오스트롭스키는 인류 역사 최초의 공산주의국가 소련이 성공하기를 바라는 강렬한 소망을 지니고 있었기 때문에 혁명 직후 소련 사회의 모습을 그렇게 요약한 것이다.

살다 보면 자신의 인생을 요약해야 할 때가 있다. 이력서와 자기소개서를 써야 할 때다. 이력서는 보통 정해진 서식에 맞추어 쓴다. 이름, 생년월일, 성(性), 출생지, 본적, 키, 몸무게, 가족 관계, 학력, 경력, 외국어 구사 능력, 자격증 보유 현황, 교우 관계, 포상 기록과 전과 기록, 정당이나 사회단체 활동 경력, 해외 체류 경험 등을 적고 잘 나온 사진을 붙인다. 어떤 항목은 부당한 편견이나 차별을 조장한다는 비판 때문에 삭제되었다. 하지만 자신이 어떤 사람이고 어떻게 살아왔으며 무엇을 잘하는지 알려주는 정보를 이력서에 적어야 한다는 사실은 변함이 없다.

　이력서에는 사실을 적어야 한다. 그러나 이력서에 어떤 사실을 적을지 결정하는 것은 쓰는 사람이 아니라 읽는 사람이다. 이력서 서식은 철저하게 그것을 받는 사람의 요구를 반영한다. 읽는 사람이 쓴 사람에 대해 알고 싶은 사항을 적도록 서식을 만들었다. 단순한 기술적 이유 때문에 그렇게 만든 것이 아니다. 누가 이력서를 읽는가? 정부, 기업, 정당, 대학교, 단체에서 권력을 행사하는 사람들이다. 쓰는 사람이 밝히기 싫은 정보까지도 이력서 서식에 따라 기재해야 한다. 어떤 정보를 일부러 누락하거나 거짓 정보를 적어 넣을 수 있지만 일이 잘못되면 책임을 져야 한다.

　이력서와 달리 자기소개서는 서식이 없다. 그래서 쓰는 사람이 원하는 대로 쓸 수 있다. 자기소개서는 창작하는 것이 아니다. 인생을 텍스트로 삼아 핵심을 요약하는 것이다. 자신이 누구이며 어떻게 살았는지, 잘하는 게 무엇이며 어떻게 살고 싶은지, 모든 정보를 아는 것은 그 사람 자신뿐이다. 그런 면에서 보면 대입 시험이나 입사 시험 서류에 넣을 자기소개서를 대필(代筆)시키는 것은 지극히 어리석은 짓이다. 자기소개서를 대필받으려면 대필자에게 자신이 어떤 사람인지 알려주어야 한다. 그런데 모든 것을 다 이야기할 수는 없기 때문에 자기 자신에 관한 정보를 요약해서 이야기해주어야 한다. 자기소개서 대필은 결국 스스로 이미 한 일을 남한테 또 시키는 것이다. 거짓으로 무엇인가를 지어낸다면 모를까, 그렇지 않다면 남한테 자기소개서를 대필시킬 이유가 없다.

자기소개서는 자기 자신, 살아온 이력, 살아갈 계획에 관한 정보의 요약이다. 인생을 요약할 때는 목표를 의식해야 한다. 대학교수는 공부 잘할 사람을 찾는다. 기업의 인사담당자는 회사에 도움될 사람을 뽑는다. 객관적으로 확인할 수 있는 정보는 이력서와 부속서류를 보면 된다. 전공이 무엇이고 성적이 얼마나 좋으며 전문지식과 외국어 실력이 어느 정도이고 자격증은 어떤 게 있는지는 다른 서류에 다 나와 있다. 자기소개서도 그런 정보를 중요하게 다루어야 하지만 그것만으로 채우면 이력서와 차이가 없다.

그렇다면 대학교와 기업이 굳이 자기소개서를 요구하는 이유가 무엇일까? 글을 얼마나 잘 쓰는지 보려는 게 아니다. 대학 문예창작과 신입생을 선발하거나 광고회사 카피라이터, 출판사 편집사원, 언론사 기자를 채용하는 경우가 아니면 글솜씨를 꼼꼼히 따지지는 않는다. 자기소개서를 받는 것은 이력서만 보아서는 알기 어려운 인간적 특성을 알아보기 위해서다.

우리는 인간적 미덕을 가진 사람을 좋게 본다. 솔직하고, 정직하고, 성실하고, 긍정적이고, 창의성과 열정이 있고, 남을 배려하고, 인내심과 도전 정신이 있는 사람을 훌륭하다고 한다. 자기소개서는 자신이 그런 사람이라고 상상하면서 써야 한다. 그런 사람으로서 이력서에 적은 객관적 사실을 해석하고 자신의 장점과 단점을 살펴야 한다. 그런 마음으로 과거와 현재를 평가하고 미래를 설계해야 한다. 그래야만 자기 인생을 제대로 요약할 수 있다.

대입원서를 내는 학생이라면 자신이 공부하기를 원하며 공부를 잘하는 사람이라고 생각하면서 그것을 뒷받침하는 사실을 중심으로 인생을 요약해야 한다. 기업 입사원서를 내는 청년이라면 자신이 회사의 발전에 크게 기여할 수 있는 사람이라고 믿으면서 그 믿음의 근거를 제공하는 사실을 중심으로 인생을 요약해야 한다. 텍스트 요약도 자기소개서 쓰기와 다르지 않다. 요약하는 사람의 소망과 의지와 태도에 따라 같은 텍스트라도 다르게 요약할 수 있는 것이다.

글쓰기의
철칙 1

어떤 글을 잘 썼다고 할까? 시와 소설 같은 문학작품은 객관적인 기준을 세우기 어렵다. 그러나 논리 글은 다르다. 논술 시험 답안, 문학평론, 신문 기사와 칼럼, 연구 논문, 보도자료 같은 글은 어느 정도 객관적인 기준을 정할 수 있다. 나는 두 가지가 제일 중요하다고 생각한다. 우선 쉽게 읽고 명확하게 이해할 수 있는 글이어야 한다. 그리고 논리적으로 반박하거나 동의할 근거가 있는 글이어야 한다. 이렇게 글을 쓰려면 다음 네 가지에 유념해야 한다.

첫째, 무슨 이야기를 하는지 주제가 분명해야 한다.
둘째, 그 주제를 다루는 데 꼭 필요한 사실과 중요한 정보를 담아야 한다.

셋째, 그 사실과 정보 사이에 어떤 관계가 있는지 분명하게 나타내야 한다.

넷째, 주제와 정보와 논리를 적절한 어휘와 문장으로 표현해야 한다.

본보기로 짧은 칼럼을 하나 소개하겠다. 역사학자 전우용 선생이 〈한겨레〉에 연재하는 칼럼 '현대를 만든 물건들'에서 골랐다. 제목은 〈백신〉.

● 　　　　역사상 가장 많은 사람을 죽인 살인마는? 답은 두창(천연두)바이러스다. 지구 상에 인류가 출현한 이래 세균과 바이러스는 인간의 생명을 위협하는 최대의 적이었고, 인류 역사 대부분의 기간 동안 인간은 그들에게 속수무책으로 당할 수밖에 없었다. 인간이 세균과 바이러스를 통제할 수 있는 대상으로 여기기 시작한 것은 고작 200여 년 전부터다.

우리나라에서 처음 사용된 백신은 1879년 겨울 지석영이 충북 덕산에서 처조카들에게 놓은 우두다. 이때까지, 아니 이 뒤로도 한동안 두창에 대처하는 방법은 마마 귀신에게 제발 살려만 달라고 비는 것뿐이었다. 우두는 두창바이러스를 전멸시켰을 뿐아니라 전염병에 대한 무지도 격퇴했으나, 모든 전염병이 두창바이러스처럼 호락호락하지는 않았다. 20세기 중반까지는 장티푸스, 콜레라, 말라리아, 뇌염 등이 수시로 침습하여 매년 수천 명에서 수만 명에 달하는 인명을 앗아갔다.

세균과 바이러스의 활동을 억제할 수 있는 백신들이 차례차례 개발되자 백신은 옛날 무당보다 훨씬 강력한 권위를 행사했다. 태평양전쟁 때부터 한국전쟁 직후까지 '예방접종 증명서'는 통행 허가증이자 사실상의 신분증으로 통용되었다. 이후에도 1970년대까지는 학교, 군대, 직장 등에서 의무적인 단체 접종이 시행되었다. 주사기 한 대로 여러 사람에게 접종하는 과정에서 확산된 간염은 치명적인 전염병에 비하면 '새 발의 피' 정도로 간주되었다.

이제 전염병으로 인한 사망자는 통계학적으로 무의미한 수치로까지 줄어들었지만, 아직 유효한 백신을 만들지 못한 세균과 바이러스에 대한 공포는 여전하다. 조류독감, 신종플루, 에볼라 바이러스 등은 그들의 실질적인 살상력 이상으로 사람들의 의식과 행동에 큰 영향을 미친다. 태어나서 1년 안에 열 차례 정도 백신을 맞고 자라온 현대인들에게 '백신 없음'은 총탄이 빗발치는 전쟁터에서 방탄복도 입지 못한 채 서 있는 듯한 느낌을 주는 공포 그 자체다.

이 칼럼은 무엇에 관한 글인지 오인할 염려가 전혀 없다. 글의 주제는 인간이 전염병과 벌인 투쟁의 역사다. 주제를 벗어난 곁가지가 없다. 있어도 없어도 그만인 군더더기를 찾기도 어렵다. 지석영 선생이 만든 우두를 비롯해 우리나라 백신 개발 보급의 역사에 대해 중요한 정보를 제공한다. 최악의 살인마가 누구인지 묻는 첫 문장에서 백신과 방탄복을 비교한 마지막 문장까지 여러 사실과 정보를 긴장감 넘치는 논리로 묶어주었다. 적절한 어휘(語彙)를 다채롭게 활용했고 문장이 자연스러워 읽는 맛이 있다.

훌륭한 글은 뜻을 잘 전달하기 때문에 이해하기 쉽다. 훌륭한 글은 읽는 사람의 이성을 북돋우고 감정을 움직인다. 전우용 선생은 몇 가지 역사적 사실을 불러내어 냉정하게 해석했을 뿐 직접적으로 감정을 표출하지는 않았다. 그런데도 이 글을 읽으면 백신을 만든 과학자와 국가보건정책담당자의 수고를 생각하게 되며, 그로 인해 내가 받은 혜택에 감사하는 마음이 든다. 글쓴이는 여러 역사적 사실을 제시하고 해석했다. 사실이 정확하지 않다거나 해석이 불합리하다고 생각한다면 정확한 사실과 다른 해석을 제시해 논박할 수 있다. 그래서 이 글이 훌륭하다고 하는 것이다.

어떻게 하면 글을 이렇게 쓸 수 있을까? 그 방법은 잘 알려져 있다. 첫째는 텍스트 독해, 둘째는 텍스트 요약, 셋째는 사유와 토론이다. 전우용 선생은 역사학을 공부하면서 이 훈련을 수없이 되풀이했을 것이다. 어떤 분야, 어떤 주제로 글을 쓰든 논리 글쓰기는 이렇게 훈련할 수밖에 없다. 전공이 무엇이든 그런 방법으로 탄탄한 근육을 만든 사람이라야 인접 분야까지 넘나들면서 원하는 주제, 원하는 형식으로 글을 쓸 수 있다.

다시 말하지만, 논리 글쓰기의 첫걸음은 텍스트 요약이다. 그런데 이 첫걸음을 똑바로 내딛으려면 텍스트를 신속하고 정확하게 독해할 수 있어야 한다. 글을 쓰고 싶으면 먼저 글을 많이 읽어야 한다는 이야기다. 텍스트를 읽지 않고 독해력을 키우는 방법은 없다. 글쓰기의 첫 번째 철칙은 바로 이 단순한 사실에서 나온다.

많이 읽지 않으면 잘 쓸 수 없다. 많이 읽을수록 더 잘 쓸 수 있다.

문학작품은 감정과 정서를 직접 표현함으로써 독자의 직관에 다가선다. 논리 글은 사실과 정보를 전달해 독자의 이성적 사고와 추론을 북돋우며 간접적으로 정서와 감정을 움직인다. 최종 목표는 공감을 얻는 것이지만 장르에 따라 경로는 다르다. 따라서 논리적인 글을 잘 쓰려면 주제와 관련되어 있는 중요한 사실과 정보를 최대한 많이 그리고 정확하게 알아야 하며, 그것을 적절한 논리적 맥락에서 해석할 수 있어야 한다.

우리가 아는 정보와 논리 중에 스스로 창조한 것이 얼마나 될까? 별로 많지 않다. 사실은 거의 없다. 대부분 누군가 다른 사람이 만든 것이다. 우리는 그 모든 것을 책, 방송, 신문, 인터넷, 대화를 통해 얻는다. 정보와 논리만 그런 게 아니다. 그것을 담은 어휘와 문장도 마찬가지다. 지식과 정보, 논리 구사력, 자료 독해 능력, 어휘와 문장, 논리적 글쓰기에 필요한 모든 것을 우리는 남한테서 받는다.

그 모든 것을 가장 효과적으로 받을 수 있는 경로는 책이다. 책을 많이 읽을수록 아는 것이 많아진다. 아는 게 많을수록 텍스트를 빠르게 독해할 수 있고 정확하게 요약할 수 있다. 텍스트를 독해하고 요약하는 데 능한 사람은 그렇지 않은 사람보다 같은 시간에 더 많은 책을 읽고 더 많은 지식과 정보를 얻는다. 그러면 글을 잘 쓸 가능성 또한 높아진다. 그래서 많이 읽지 않고는 잘 쓸 수 없다는 것이다. 글을 잘 쓰고 싶다면 독서광(讀書狂)이 되어야 한다. 책을 읽지 않고 타고난 재주만으로 글을 잘 쓰는 사람은 없다. 글 쓰는 기술만 공부해서 잘 쓰는 사람도 물론 없다.

글쓰기의
철칙 2

책을 많이 읽기만 하면 다 글을 잘 쓰게 될까? 그렇지는 않다. 독서는 글쓰기의 필요조건일 뿐 충분조건이 아니다. 독서와 글쓰기는 밀접한 관계가 있지만 똑같지는 않다. 나는 초등학교에서 고등학교까지 한문을 배운 세대에 속한다. 한자가 섞인 글을 읽는 데 큰 어려움을 느끼지 않는다. 그렇지만 아는 한자라고 해서 손으로 쓸 수 있는 것은 아니다.

고등학교를 졸업한 후에는 눈으로 읽기만 했을 뿐 손으로 한자를 쓰지 않았다. 그러다 보니 어렸을 때 곧잘 썼던 글자조차 이제는 매끈하게 쓰지 못한다. 컴퓨터가 등장한 뒤로는 쓸 일이 더 없어졌다. 한글 프로그램은 정말 편리하다. 한글로 쓰고 커서로 지정해

F9 키를 누르면 한자가 주르륵 뜬다. 맞는 걸 골라서 엔터 키를 치면 자동 변환된다. 읽을 줄만 알면 한자를 병기(倂記)하는 데 아무 어려움이 없다.

20년 넘게 그리하다 보니 이젠 손으로는 한자를 쓰지 못하게 되었다. 자신의 이름을 군이 한자로 써서 사인해달라고 하는 독자를 만나면 무척 난감하다. 글쓰기와 글씨 쓰기는 같은 게 아니지만 잘하려면 근육을 길러야 하는 것은 마찬가지다. 한자를 읽을 줄 알아도 써보지 않으면 잘 쓰지 못하는 것처럼, 책을 많이 읽어서 아는 게 많고 말로는 잘 표현하는 사람도 글을 많이 쓰지 않으면 잘 쓰지 못한다. 여기에서 논리적 글쓰기의 두 번째 철칙이 나온다.

쓰지 않으면 잘 쓸 수 없다. 많이 쓸수록 더 잘 쓰게 된다.

글쓰기 근육이 부실한 사람은 무엇보다 첫 문장을 쓰는 데 어려움을 느낀다. 앞에서 본 전우용 선생의 칼럼 첫 문장은 대단한 매력이 있다.

'역사상 가장 많은 사람을 죽인 살인마는?'

첫 문장을 이렇게 쓰기는 사실 쉽지 않다. 글을 쓰려고 원고지를 펼치거나 컴퓨터 모니터를 켠 다음 첫 문장을 어떻게 시작해야 할지 몰라 막막한 심정으로 앉아 있었던 경험이 아마 누구나 있을 것이다. 그게 왜 그리 어려울까? 첫 문장은 그저 첫 문장이 아니기 때문이다.

첫 문장을 자신 있게 쓰려면 먼저 글 전체를 대략이라도 구상해야 한다. 그런 구상 없이 첫 문장을 쓰려면 설계도와 조감도 없이 무작정 집 짓기 공사를 시작하는 것처럼 막막할 수밖에 없다. 첫 문장 쓰기가 어렵다는 것을 나는 대학교 3학년 때 처음 느꼈다. 제대로 형식을 갖춘 글을 처음 써보았기 때문에 첫 문장을 쓰는 어려움도 그때 처음 느낀 것이다.

유신 시대 고등학생은 남녀를 불문하고 군사교육을 받았다. 대학교에서는 남자만 받았다. 3년 동안 매 학기에 3학점씩 '교련' 과목을 이수해야 했다. 1학년 남자들은 '병영집체훈련'을 받았다. 고3 겨울방학 때부터 반년 넘게 애지중지 길렀던 머리카락을 '스포츠'로 깎고 병영에 들어가 열흘 동안 군사훈련을 했다. 병영집체훈련에 불참하면 학교는 1학년 1학기 교련 학점을 F로 처리했고 정부는 그 학생을 곧바로 징집했기 때문에, 당장 군대에 갈 각오를 한 사람이 아니고는 훈련을 거부할 수가 없었다.

10·26 사건으로 박정희 대통령이 서거한 후 이마가 시원하게 벗겨지고 별 두 개를 어깨에 단 군인이 반란을 일으켰다. 그는 1979년 12월 12일 밤에 총격전을 벌이며 상관인 육군참모총장을 체포해 감옥에 가두고 군권(軍權)을 장악했다. 국군보안사령관이자 계엄사령부 합동수사본부장이었던 그는 1980년 4월 비어 있던 중앙정보부장 자리까지 차지해버렸다. 10·26 사건이 날 때 국무총리를 하고 있었던 탓에 갑자기 '체육관대통령'이 되었던 최규하 씨는 큰 감투를 세 개나 쓴 전두환 소장이 조종한 꼭두각시에 지나지 않

았다.

하필이면 그때 신입생 병영집체훈련 소집일이 다가왔다. 서울대학교 총학생회는 신입생 병영집체훈련을 거부하기로 결정했다. 그런데 당사자인 신입생들더러 선언문을 쓰라고 할 수는 없었고 선배들도 써주지 않았다. 하는 수 없이 총학생회 대의원회 의장이었던 내가 선언문을 쓰게 되었다. 〈병영집체훈련 거부 선언문〉의 첫 문장을 쓰는 데 무려 사흘이 걸렸다. 만고의 명문(名文)도 아닌 것을, 그렇게 오래 걸려 썼다. 그 첫 문장은 대충 이랬다.

인간은 자유롭게 태어났으며 자유롭게 살 권리가 있다.

내가 이 문장을 기억하는 것은 '표절'했기 때문이다. 이것은 프랑스대혁명 직후 국민공회가 선포한 〈인권선언문〉 제1조를 베낀 것이었다. 학교 중앙도서관에 가서 온갖 유명한 선언문을 뒤진 끝에 겨우 찾은 게 그 문장이었다. 무려 200년 전 다른 나라에서 나온 선언문을 베낀 것은 대학생 병영집체훈련에 관한 정보나 그것을 거부하는 논리가 없어서가 아니었다. 서클에서 텍스트를 발췌 요약하는 훈련은 했지만 어떤 주제에 대해 무엇인가 주장하는 글은 써보지 않았기 때문이었다. 지금 쓴다면 첫 문장을 아주 간단하게 쓸 것이다.

우리는 대학생 병영집체훈련을 단호히 거부한다.

선언문에서 하려던 말은 바로 이것이었다. 이렇게 쓰는 게 뭐 어려운 일이란 말인가. 주장하는 바를 한 문장으로 요약해서 문자로 옮기면 된다. 블로그에 정치, 영화, 축구에 대한 글을 쓸 때도 첫 문장은 이렇게 쓰는 게 좋다. 정말 하고 싶은 말을 단문(短文)으로 일단 내지르는 것이다. 그 이유는 일단 내지르고 난 다음에 차분히 설명하면 된다. 첫 문장 쓰기는 어렵지 않다. 써보지 않았기 때문에 어렵다고 생각할 뿐이다.

태어나면서부터 잘 쓰는 사람은 없다. 글을 잘 쓰고 싶다면 누구든, 처음에는 민망한 문장을 붙들고 씨름해야 한다. 당장 그만두고 싶은 심정을 이겨내야 한다. 나도 예외가 아니었다. 1983년 가을이었다. 학교에서 쫓겨나고 감옥에 갔다 온 청년들이 5·18 이후 처음으로 정부와 싸우는 단체를 공개적으로 만들었다. 민주화운동청년연합(민청련)이었다. 군 복무를 마치고 사회로 막 돌아온 나는 잔심부름이나 하는 막내 회원이었다. 선배들이 자꾸 글 쓰는 일을 시켰다. 제일 자주 시킨 선배가 두 사람 있었다. 김근태와 이범영. 안타깝게도 너무 일찍 세상을 떠난 두 선배는 내게 이런저런 성명서와 선언문을 쓰게 했으며 초안을 검토하고 수정·보완을 지시했다. 가끔은 문장을 고쳐주기도 했다.

1984년 봄, 대구 택시 기사들이 파업을 세게 한 적이 있었다. 신호등은 많고 길은 막히는데 사납금은 자꾸 올라서 먹고살기가 너무나 힘든 나머지, 그 서슬 푸른 5공 독재 시절에 감히 파업과 가두 행진을 했던 것이다. 김근태 의장은 나더러 현지 조사와 진상조사보고서 작성 작업에 참여하라고 했다. 보고서를 제출하자 생각했던 것보다 공부도 많이 했고 글도 제법 쓴다고 칭찬해주었다. 어린 마음에 대선배의 칭찬을 받아서 좋기는 했지만, 잘하지도 못하는 일을 자꾸 맡긴다고 속으로 많이 원망했다. 내가 고강도 글쓰기 특별 훈련을 받고 있는 줄은 몰랐다.

본격적으로 글을 쓰기 시작한 것은 〈항소이유서〉가 세상에 알려진 1985년 이후였다. 〈항소이유서〉는 항소심 재판장더러 보라고 쓴 글이었다. 피고인 대신 변호인이 쓰는 경우가 많은데, 무슨 이유에서인지 이돈명 변호사가 나더러 직접 쓰라고 했다. 내가 쓰지 않으면 변호인들이 써야 하는데, 무료 변론을 맡아준 변호인들에게 그것까지 폐를 끼칠 수는 없었다. 나는 영등포구치소 7사(舍) 2층 구석방 나무 탁자 앞에 앉아 미농지 넉 장을 포개고 먹지 석 장을 끼워 잉크 없는 볼펜으로 꾹꾹 눌러 〈항소이유서〉를 썼다.

규정대로 세 부를 만들어 두 부는 항소심 재판부와 검찰에 보내고 구치소에 한 부를 보관했다. 그런데 변호사 사무실 직원들이 소송 서류를 복사하면서 그 〈항소이유서〉도 복사해 갔다. 이돈명 변호사가 혼자 보기 아깝다면서 큰누이에게 복사본을 줬다. 큰누이가 그것을 들고 을지로 뒷골목 인쇄소에 가서 '청타마스터' 인쇄를 했고 서울지법 기자실에도 몇 부 가져다 놓았다. 그런데 법원을 출입하던 〈동아일보〉 황호택 기자가, 그 자신의 말에 따르면 점심시간에 심심해서 그 〈항소이유서〉를 읽었다.

나중에 국가정보원으로 이름을 바꾼 국가안전기획부(안기부)와 문화공보부가 언론사에 날마다 '보도지침'이라는 것을 내려보내던 시절이었다. 보도하지 말 것과 크게 보도할 것을 정부가 다 정해주었다. 말을 듣지 않으면 안기부에 데려다 고문을 하거나 해고를 했기 때문에 언론인들은 '보도지침'을 따를 수밖에 없었다. 황호택 기자는 아주 어렵게 사회부장과 편집국장을 설득해서 〈항소이유서〉를 소개하는 작은 박스 기사를 냈다.

　　신문이 나가자 독자들의 격려 전화가 빗발쳤다.《월간조선》은 전두환 정권을 대놓고 비판한 부분만 빼고 전문을 실었다. 재야단체와 대학가에 수없이 많은 복사본이 나돌았다. 황호택 기자가 쓴 기사 때문에 내 인생이 적잖게 바뀌었다. 1년 형기를 채우고 교도소에서 나오자 김근태, 이범영 의장뿐 아니라 다른 단체의 아는 선배들까지 수시로 나를 불러내 글쓰기를 시켰다.

　　그때부터 1987년 말까지 약 2년 동안 숱한 성명서, 선언문, 홍보 전단, 팸플릿, 리플릿을 썼다. 내가 속했던 모든 조직과 단체에서 글 쓰는 임무를 맡았다. 문학예술과는 거리가 멀었다. 자료를 보고 중요한 정보를 파악한 다음 핵심을 요약하고 우리의 주장을 덧붙이는, 재미는 별로 없고 스트레스는 아주 많은 작업이었다. 하지만 그렇게 하다 보니 날이 갈수록 짧은 시간에 더 많이 쓸 수 있게되었다. 글 쓰는 일이 점점 수월해졌다. 글은 쓸수록 더 잘 쓰게 된다는 것을 몸으로 체험한 것이다.

　　황호택 기자에 대해서 한마디만 더 보태자. 내가 1998년 초 독일 유학을 그만두고 돌아왔을 때 그는 〈동아일보〉에 칼럼을 연재하도록 주선해주었다. 그 덕분에 나는 '칼럼니스트'라는 명함을 새길 수 있었고 다른 매체의 기고 요청을 받았으며 라디오와 텔레비전 시사 프로그램의 출연 제의도 받게 되었다. 그런데 〈동아일보〉가 너무 많이 달라져버렸기에 2002년도에 공개 절독 선언을 하고 관계를 끊었다. 지금도 〈동아일보〉나 채널A 방송은 굳이 찾아보지 않는다. 기고도 출연도 하지 않는다. 그러나 황호택 기자와 '예전의 〈동아일보〉'는 변함없이 고마운 존재로 내 마음에 남아 있다 .

●

혹평과 악플을
겁내지 말자

●

논리적 글쓰기의 첫걸음인 텍스트 요약은 혼자보다는 여럿이 해야 효과가 있다. 자기 글을 자연스레 남에게 보여주게 되기 때문이다. 남에게 평가받는 것이 싫어서 혼자 움켜쥐고 있으면 글이 늘지 않는다. '유인물 제작 팀' 일꾼으로 활동하던 시절에 우리는 늘 '자아 비판'과 '상호 비판'을 했다. 무슨 일이든 다 평가를 했다. 일은 적게 하고 평가는 너무 많이 하는 폐단도 있었지만 평가는 언제나 중요하다. 평가를 제대로 하지 않으면 발전하기 어렵기 때문이다.

'조직지도부'는 우리가 쓴 유인물에 대해서 때로는 말이 되고 때로는 말이 되지 않는 지적을 했다. 우리 '유인물 제작 팀'에게 '윗선'의 평가와 비판은 심각한 골칫거리였다. 6월민주항쟁이 터지기 직전인 1987년 봄이었다. 나는 다섯 사람으로 이루어진 '선전 팀'에서 활동했다. 유인물을 제작해 '배포 팀'에 넘기는 것이 우리의 임무였다. 그런데 유인물을 하나 '납품'하고 나면, 누구인지 모를 '지도부'가 썼다는 '평가서'가 내려왔다. 대부분 공감하기 어려운 내용이었다. 우리는 '절대 체포되면 안 될 중요한 동지들이시라 안전한 골방에 들어앉아 지내시는 탓에 현장감이 떨어져 그런 것'이라며 빈정거리곤 했다.

우리는 골방에서 유인물을 만들지 않았다. 수첩을 들고 집회와 시위 현장을 배회하면서 사람들이 하는 말을 들었다. 멋지고 설득력 있는 것을 뽑아 '민중어록'이라는 것을 만들었고, 유인물을 쓸 때 그것을 활용했다. 우리 팀에는 평가에 유난히 민감한 여성 활동가가 있었다. A라고 하자. A는 가끔 모임 장소에 반나절 늦게 나타나 조직의 비상사태를 일으키곤 했는데 이유를 들어보면 웃을 수도 화낼 수도 없었다. 자취방에서 나오는데 갑자기 머리를 감아야겠다는 생각이 나서 다시 들어가 머리를 감고 말리고 빗고 묶고 화장을 고쳤다. 다시 나오다가 이번에는 옷차림이 마음에 들지 않아서 다시 갈아입느라 꾸물거렸더니 어느새 시간이 그렇게 지나버렸더라. 뭐 그런 식이었다. 그 문제만 빼면 A는 완벽하게 유능한 일꾼이었다.

나는 유인물을 하나 '납품'하고 나면 시간제 요금을 받는 만홧가게에서 빈둥거리거나 자취방에서 뒹굴며 책을 읽었다. 그런데 A는 집회장에 나가서 '시장조사'를 했다. 다음번 유인물을 만들기 위해

회의를 하면 지난번에 '납품'한 유인물 시장조사 결과를 가지고 왔다. A는 자기 나름의 시장조사 방법과 가치를 이렇게 설명했다.

● 큰 집회에 가면 여러 단체와 조직이 유인물 수십 종을 배포합니다. 집회에 오는 사람들은 입구에서 유인물을 한 무더기 받지요. 적합한 자리를 찾으면 그 유인물을 대충 살펴보고 어떤 것은 깔고 앉아요. 어떤 건 흘낏 보고 버립니다. 몇 줄만 읽고는 얼른 접어서 가방이나 주머니에 집어넣기도 하고, 차분히 다 읽은 다음에 접어서 넣기도 해요.

나는 우리가 만든 유인물을 받은 사람을 몰래 따라가서 헤아립니다. 내가 관찰한 사람 중에 몇 명이 우리 것을 다 읽은 다음에 접어서 넣느냐? 그걸 보는 겁니다. 그게 많을수록 잘 쓴 겁니다. 대충 보고 나서 깔고 앉는 건 야당에서 만든 두꺼운 아트지 홍보물인 경우가 많아요. 흘낏 보고 버리는 것은 상투적이라 그래요. 제목만 보고 접어서 넣는 건 무서워서 그런 겁니다. 나중에 사람 없는 데에서 보려는 거죠. 무섭지 않고 공감이 가는 유인물은 그 자리에서 다 읽어요. 그리고 아는 사람한테 보여주어야겠다 생각하면 접어서 넣는 거예요. 우리는 그런 유인물을 만들어야 합니다.

제가 어제 열 사람을 추적 조사했는데, 우리 것이 빈도가 제일 높았어요. 계속 그런 방향으로 가야 합니다. 제목에 '애국 시민 여러분'이라고 쓴 것을 두고 프티부르주아 냄새가 난다고 위에서 비판했는데, 그럼 애국 민중이라고 해야 하나요? '애국'이란 말이 부르주아 냄새가 난다고 해서 쓰지 말아야 하나요? 사람들이 좋아하는 말을 버리고 싫어하거나 무서워하는 말로 우리 주장을 하면 그게 잘 먹히겠어요?

내가 만약 기업경영자라면 고액 연봉을 주고 A를 영입해서 홍보책임자로 기용할 것이다. 글은 지식과 철학을 자랑하려고 쓰는 게 아니다. 내면을 표현하고 타인과 교감하려고 쓰는 것이다. 다른 사람의 공감을 끌어내지 못하면 의미가 없다. 화려한 문장을 쓴다고 해서 훌륭한 글이 되는 게 아니다. 사람의 마음에 다가서야 훌륭한 글이다.

글을 쓸 때는 읽는 사람이 누구일지 미리 살펴야 한다. 글을 쓰고 나면 독자의 반응을 점검하고 타인의 평가와 비판을 들어야 한다. 다음에는 그런 것을 더 깊이 고려하면서 글을 써야 한다. 모두가 가명을 썼기 때문에 A의 이름은 그때도 몰랐고 지금도 모른다. 가명도 이젠 기억나지 않는다. 그렇지만 '시장조사'를 하면서 유인물을 만들었던 창의적 작업 방식은 잊은 적이 없다.

우리는 인터넷과 스마트폰의 시대를 살고 있다. 이제는 유인물을 만들지 않는다. 도심의 고층 빌딩에 올라가 정부 비판 '삐라'를 뿌리는 사람이 있기는 하지만 텍스트를 전하려고 그러는 게 아니다. 북한 체제와 권력자를 비난하는 전단을 풍선에 매달아 북으로 보내는 것을 표현의 자유라고 옹호한 대통령의 발언을 비판하려고 일종의 행위 예술을 보여준 것이다. 지금은 메시지를 전하기 위해서 돈을 들여 유인물을 만들 필요가 없다. 돈 한 푼 들이지 않고도 내가 쓴 글을 만인에게 보여줄 수 있고 실시간으로 독자 반응을 점검할 수 있다. 공감을 표시하는 댓글, 비판하는 댓글, 저질 악플까지 모두 볼 수 있다. 이 얼마나 편리한 세상인가!

그런 경험 때문인지는 모르겠지만 나는 출판사 편집자들의 견해를 기꺼이 듣는 편이다. 초고가 다 되면 편집자에게 보내 검토 의견을 요청한다. 어떤 의견을 내든 편집자들의 자유에 맡기되, 그 의견을 수용할지 여부는 내가 결정할 것이라고 미리 이야기한다. 편집자들은 별 부담감 없이 아무 의견이나 다 내고, 나는 타당하다고 생각하는 것만 받아들인다. 이렇게 하면 몰랐던 오류를 찾아내고 독자와 눈높이를 맞추는 데 도움이 된다.

글은 쓴 사람의 인격을 반영하지만 인격 그 자체는 아니다. 글을 자신의 인격으로 여기면 편집자의 수정 요구를 불쾌하게 받아들일 수 있다. 책을 많이 팔려고 장삿속으로 그런다는 생각이 들면 기분이 나빠질 수도 있다. 작가한테서 그런 기운을 느끼면 출판사 편집자들은 말을 하지 못하고 속만 끓이게 된다. 만약 권력이나 돈을 가진 쪽에서 귀에 거슬리는 말이 듣기 싫어 수정을 요구한다면 단호하게 거부해야 할 것이다. 그러나 책을 만드는 편집자의 견해는 독자의 목소리라고 생각하는 게 현명하다.

초고를 보여주고, 지적과 비판과 조언을 듣고, 받아들일 수 있는 만큼 반영해서 글을 고치는 것은 나쁠 게 없다. 직업적 글쟁이만이 아니라 글을 쓰는 사람 누구나 그렇게 하는 게 바람직하다. 글을 썼으면 남에게 보여주어야 한다. 혹평을 받더라도 두려워하지 말아야 한다. 혹평도 반갑게 듣고 즐겨야 한다. 그렇게 해야 글이 는다. 남몰래 쓴 글을 혼자 끌어안고만 있으면 글이 늘 수 없다.

요즘은 인터넷이 있어서 글과 인격을 분리하기가 수월하다. 운영자의 실명을 밝히지 않고 블로그를 개설하면 된다. 피차 익명을 쓰는 사람끼리 이야기를 주고받으면 글 비판을 인격 비판으로 여길 필요가 없다. 예컨대 야구를 즐기는 사람이 LA다저스 선발투수로 뛰는 류현진 선수의 경기 관전평을 쓴다고 하자. 다른 야구 애호가의 블로그를 방문해 그 사람이 쓴 관전평에 댓글을 남기고, 그 사람이 내 블로그에 와서 댓글을 쓰게 하는 것은 어려운 일이 아니다. MLBPARK 불펜에 관전평을 올리고 자기 블로그 링크를 표시해 두어도 된다.

내 글이 좋으면 수준 있는 댓글이 붙는다. 칭찬하는 댓글뿐만 아니라 비판하는 댓글도 수준이 높아진다. 댓글을 주의 깊게 읽으면 글솜씨를 개선하는 데 큰 도움이 된다. 의미 있는 댓글에 답변을 붙여주면 더 좋다. 이것은 내가 책을 완성하기 전에 출판사 편집자들과 초고에 대한 의견을 주고받는 것과 똑같은 효과를 낸다.

3

책 읽기와 글쓰기

．

．

시간순으로 보면 감정과 생각이 먼저고 언어는 그다음이다.

언어에서는 말이 글보다 먼저다. 말보다 먼저 글을 배우는 사람은 없다.

그러나 시간이 흐르고 아이가 어른으로 자라는 동안 모든 것이 서로 영향을 주기 때문에

나중에는 선후를 가리기 어려워진다. 글이 말을 얽어매고 언어가 생각을 구속한다.

하지만 언어에 한정해서 보면 글이 아니라 말이 먼저다.

글을 쓸 때는 이 사실을 잊지 말아야 한다.

텍스트를 요약하는 것은 논리 글쓰기의 첫걸음이다. 그런데 요약을 하려면 텍스트를 읽고 이해해야 한다. 무슨 말인지 이해하지 못하면 텍스트를 요약할 수 없다. 아기가 첫 걸음을 떼려면 먼저 혼자 일어설 수 있어야 한다. 일어서지 못하면 걸을 수도 없다. 발췌 요약이 글쓰기의 첫 걸음이라면 텍스트 독해는 두 다리로 일어서는 것과 같다. 텍스트를 발췌 요약하려면 먼저 독해력을 갖추어야 한다는 이야기다.

독해는 단순히 문자를 알고 글을 읽는 행위가 아니다. 독해는 어떤 텍스트가 담고 있는 정보를 파악하고 논리를 이해하며 감정을 느끼는 것이다. 더 나아가서는 그 정보와 논리와 감정을 특정한 맥락(脈絡, context)에서 분석하고 해석하고 비판하는 작업이다. 독해 능력이 뛰어난 사람은 같은 시간에 다른 사람보다 더 많은 텍스트를 읽고 더 넓고 깊게 이해하며 때로는 남들과 다르게 텍스트를 해석한다. 독해력이 좋은 사람일수록 텍스트를 더 빠르게 더 정확하게 더 개성 있게 요약할 수 있다. 그렇다면 어떻게 해야 독해 능력을 기를 수 있을까?

독해력

세상에는 맛있는 음식이 많다. 그렇지만 '제일 맛있는 음식'을 특정할 수는 없다. 음식 맛이 제각각이고 사람 입맛도 저마다 다르기 때문이다. 우리는 각자 취향에 따라 맛있는 음식과 그렇지 않은 음식을 구별할 뿐이다. 각자에게 아주 맛있는, 그런 대로 괜찮은, 별로인 또는 형편없는 음식이 있는 것이다. 나는 식재료의 맛이 살아 있는 게 좋다. 냄새와 식감을 중요하게 여긴다. 예쁜 그릇에 담으면 더 좋다. 향신료나 화학조미료 맛이 나거나 지나치게 짜고 매운 것은 되도록 피한다. 하지만 어떤 사람들은 맵고 짠 것을 좋아한다. 취향이 어떠하든 우리는 음식을 먹으면 곧바로 맛을 느낀다. 좋은지 아닌지 먼저 판단하고 이유는 그다음에 생각한다.

맛있는 음식과 그렇지 않은 음식을 구별하는 일반적 기준을 세울 수 있을까? 그렇다. 전문가들은 사람들이 대체로 공감하는 기준을 제시한다. 글도 음식과 다르지 않다. 글마다 맛이 다르고 읽는 사람 취향도 제각각이기 때문에 세상에서 제일 잘 쓴 글, 제일 잘 쓰는 작가를 특정할 수 없다. 그러나 우리는 잘 쓴 글과 그렇지 않은 글을 알아볼 수 있다. 끝내주는 글, 괜찮은 글, 신통치 않은 글, 글 같지도 않은 글을 가려낸다. 그렇다면 잘 쓴 글과 그렇지 않은 글을 나누는 일반적 기준을 정할 수 있을까? 문학작품은 어떨지 모르겠으나 논술문은 그럴 수 있다.

앞에서 말했듯이 훌륭한 글은 뚜렷한 주제 의식, 의미 있는 정보, 명료한 논리, 적절한 어휘와 문장이라는 미덕을 갖추어야 한다. 만약 이 네 가지 미덕을 갖추는 데 각각 서로 다른 훈련이 필요하다면 글쓰기는 너무나 어렵고 복잡해서 보통 사람은 할 수 없는 일이 될 것이다. 다행히 그렇지가 않다. 이 네 가지는 따로따로 배우고 익히는 게 아니다. 넷 모두 한꺼번에 얻거나, 하나도 얻지 못하거나, 둘 중 하나다.

독해력을 기르는 방법은 독서뿐이다. 결국 글쓰기의 시작은 독서라는 것이다. 독해력은 글쓰기뿐만 아니라 모든 지적 활동의 수준을 좌우한다. 눈으로 텍스트를 읽고 이해하지 못하는 사람은 텔레비전을 보거나 강연을 들을 때도 핵심을 잘 파악하지 못한다. 독해력은 체력과 비슷하다. 체력이 부족한 사람은 어떤 스포츠도 잘

할 수 없다. 독해력이 부족한 사람은 글쓰기만이 아니라 논리적 사고를 요구하는 어떤 과제도 잘해내기 어렵다.

독해력은 학업성적을 좌우한다. 독해력이 부족하면 국어나 수능 언어영역 성적만 나빠지는 게 아니라 사회탐구, 과학탐구, 수학 성적까지 모두 떨어지게 된다. 어떤 과목이든 시험문제 자체를 바르게 이해하지 않으면 옳게 풀 수 없기 때문이다. 소위 '스토리텔링 수학'이라는 모토 아래 긴 문장으로 출제한 수학 문제는 수학 실력이 아니라 독해력이 모자라서 풀지 못할 수 있다. 영어 시험도 주어진 예문을 정확하게 독해하지 못하면 정답을 찾기 어렵다. 독해력이 부족한 대학생, 독해력이 모자라는 직장인은 필요한 자료를 제시간에 구하지 못하며 핵심을 빠뜨린 보고서를 쓰게 된다. 반면 독해력이 좋은 사람은 더 적게 노력해도 더 좋은 학점과 더 나은 업무 평가를 받는다.

독서는 독해력을 기르는 가장 좋은 방법일 뿐만 아니라 사실상 유일한 방법이다. 다른 작가들처럼 나도 새 책을 내면 출판사나 서점이 주최하는 저자 강연을 한다. 질의응답 시간에 꼭 나오는 질문이 있다.

"글을 잘 쓰려면 어떤 책을 읽어야 하나요?"

대개 초등학생 자녀를 둔 어머니들이다. 어머니들은 자녀를 글 잘 쓰는 사람으로 키우고 싶어 한다. 독서가 중요하다는 것은 잘 안다. 그런데 글을 잘 쓰는 데 특별하게 도움 되는 책이 있는지는 모른다. 있다면 그게 어떤 책인지 알고 싶어 한다.

논리 글쓰기를 하는 데 특별히 도움 되는 책이 있다. 이미 열여섯 살이 넘어 지적 능력이 성인 수준에 도달한 청소년들은 적절한 책을 골라서 읽는 것이 좋다. 대입 시험이나 취직 시험까지 남은 시간이 그리 길지 않기 때문이다. 그런 책 목록은 뒤에서 소개할 것이다. 그러나 어린이는 다르다. 어린이는 재미있는 책을 많이 읽기만 하면 된다. 왜 그런지는 작가나 언어학자, 교육전문가보다 뇌과학 연구자들이 더 그럴듯하게 설명한다.

모국어가
중요하다

사람은 언어를 쓴다. 소리를 듣거나 문자를 읽는 신체 기관에 장애가 있어도 언어를 쓸 수 있다. 청각장애인은 수화로 대화하고 시각장애인은 점자(點字)책을 읽는다. 헬렌 켈러 여사는 보지도 듣지도 못했지만 대학 교육을 받았고 훌륭한 글을 썼다. 세계 시민과 소통하면서 장애인과 노동자의 인간적 존엄을 실현하려고 평생 분투했다. 언어는 인간이 할 수 있는 모든 것 중에서 가장 신기한 것이 아닌가 싶다. 아무나 다 하는 건데 신기할 게 뭐 있느냐고 할지 모르겠지만 그게 그렇지 않다.

사람은 언어를 모르는 채 태어난다. 세상에 막 나왔을 때는 말을 알아듣지 못한다. 하지만 몇 달만 지나면 말귀를 알아듣고 1년 정도 더 지나면 말로 의사 표현을 할 수 있다. 일단 말을 시작하면 몇 년 걸리지 않아 길고 복잡한 문장을 구사하며 그리 오래지 않아 문자를 익히고 글을 읽는다. 도대체 어떻게 이 일을 해내는 것일까? 아직은 완전하게 밝혀지지 않았다. 하지만 뇌과학 연구자들은 언어 습득의 비밀을 이해하는 데 꼭 필요한 사실을 여럿 밝혀냈다.

인간의 모든 지적·정신적·정서적·신체적 활동을 총괄하는 신체 기관은 뇌다. 3층 구조로 된 이 1.4킬로그램짜리 살덩어리는 수십억 년에 걸친 생물의 진화를 통해 만들어졌다. 언어 구사를 포함한 정신적·지적 활동은 대뇌피질이 관장한다. 글쓰기가 여기에 포함된다는 것은 말할 나위도 없다. 뇌에는 약 1000억 개의 신경세포(뉴런)가 있다. 뇌신경세포는 저마다 수십 개에서 수천 개의 돌기(시냅스)를 만들어 다른 신경세포와 전기적·화학적 신호를 교환한다. 뇌는 여러 신체 기관이 전해준 정보를 빛의 속도만큼이나 빠르게 분석 처리하며 각각의 신체 기관이 상황에 맞는 운동을 하도록 명령한다. 우리가 자아를 인식하고 의식 활동을 할 수 있는 것은 뇌가 있기 때문이다.

'자아'나 '지성' '의식'은 물질이 아니라 뇌신경세포가 주고받는 전기적·화학적 신호의 집합일 뿐이다. 언어 구사는 뇌가 수행하는 여러 기능 중 하나다. 대뇌피질은 영역마다 서로 다른 기능을 담당한다. 언어를 관장하는 영역도 물론 따로 있다. 이 영역은 뇌가 성장하는 동안 다른 일을 하는 영역과 함께 형성된다. 뇌는 태내에서 만들어지기 시작해 태어난 후 3년 정도 폭발적으로 자라며 그 이후에도 지속적으로 성장한다. 성장기의 뇌에서는 서로 다른 기능을 수행하는 부위 사이에 더 많은 신경세포를 차지하려는 경쟁이 벌어진다. 그래서 이 시기에 어떤 환경에 노출되어 어떤 자극과 과제를 받느냐에 따라 뇌의 구조와 기능이 적지 않게 달라진다. 형성기의 뇌는 만지기에 따라 모양이 달라지는 점토와 비슷한 것이다.

뇌는 유전자 혼자서 만드는 게 아니다. 환경도 뇌 형성에 큰 영향을 준다. 우리의 뇌는 생물학적인 동시에 사회적이다. 뇌는 평생 두 요인의 영향을 받으면서 성장, 발전, 퇴화한다. 사람의 언어 구사 능력도 유전자와 환경이 어울려 결정한다. 사람은 언어를 배우고 사용하는 데 필요한 생물학적 하드웨어를 지니고 태어나며, 부모를 비롯한 주변 사람들과 교감하고 소통하면서 모국어라는 소프트웨어를 장착한다. 부모는 적절한 환경을 만들어주고 풍부한 언어적 자극을 제공함으로써 아이의 뇌가 이 과제를 순조롭게 완수하도록 도울 수 있다.

어떤 사람들은 둘 이상의 언어를 마치 하나의 언어처럼 구사한다. 이러한 다중언어(多重言語) 능력을 선망한 나머지 어린아이를 영어유치원에 보내고 외국어 조기교육에 열을 올리는 부모들이 적지 않다. 하지만 성공하는 경우는 극히 드물다. 특별히 그에 적합한 유전자를 가진 아이가 부모와 전문가의 보살핌을 받으면서 복수의 언어에 일상적으로 노출되는 경우에만 그렇게 될 수 있다. 영어유치원에 보낸다고 무조건 다중언어 능력자가 되는 게 아니다. 오히려 원하지 않는 부작용이 생길 가능성이 훨씬 크다.

문명이 생긴 이후 인간이 생물학적으로 진화했다는 증거는 없다. 우리의 몸, 우리의 뇌, 우리의 유전자는 문명이 생기기 이전인 수렵·채집 시대에 만들어졌다. 수십만 년 동안 인간은 몇십 명이 넘지 않는 혈연집단을 이루고 살았다. 둘 이상의 언어에 노출되는 경우는 거의 없었다. 이것은 우리의 뇌가 하나의 언어를 사용하는 데 최적화되어 있다는 것을 의미한다. 이런 뇌를 가지고 세계화 시대를 살아야 하니 현대인의 삶은 고달플 수밖에 없다. 만약 우리의 뇌가 복수의 언어를 사용하는 데 최적화되어 있다면 외국어를 배우려고 그 많은 시간과 돈을 쓰지 않아도 될 것이다.

아기의 뇌가 빠르게 성장하는 동안 모국어를 다루는 뇌신경세포가 먼저 자리를 잡는다. 외국어를 처리하는 뇌신경세포는 인접한 곳에 터를 잡고 모국어를 담당하는 영역과 교신하는 통로를 만든다. 우리는 보통 모국어로 생각하기 때문에 외국어를 담당하는 뇌 영역은 모국어를 처리하는 영역에 기대지 않을 수 없다. 두 영역 사이에 정보를 교류하는 통로가 넓게 형성되고 교신이 원활하게 이루어질수록 외국어를 더 유창하게 할 수 있다. 통로가 아주 넓어져서 두 영역이 아예 한 덩어리처럼 되면 복수의 언어를 하나의 언어처럼 다룰 수 있다. 다중언어 능력자의 뇌는 그렇게 되어 있다. 그래서 단순히 복수의 언어를 구사하는 게 아니라, 생각하고 느끼는 것도 여러 언어로 자유롭게 할 수 있는 것이다.

그런데 모국어의 기득권이 확고부동한 것은 아니다. 어린 나이에 다른 언어에 더 많이 노출되면 먼저 자리를 잡았던 모국어가 밀려나기도 한다. 외국에서 오래 산 유학생이나 교민 자녀 중에는 우리말을 제대로 하지 못하는 경우가 많다. 한국에서 태어나 우리말을 제대로 배운 후에 부모를 따라 외국으로 간 아이들도 현지 유치원에 다니면 얼마 지나지 않아 우리말이 흔들린다. 가정에서 부모와 한국어로 대화를 나누는 시간보다 유치원에서 현지어로 의사소통하는 시간이 훨씬 길어지기 때문이다. 두 언어 모두 잘하는 아이도 있지만, 둘 모두 엉망이 되는 경우도 드물지 않다.

뇌과학과 인공지능을 연구하는 KAIST 김대식 교수는 열두 살 때 독일에 갔다. 처음에는 독일어를 전혀 못 했기 때문에 독일어부터 배우고 김나지움을 다녔다. 독일에서 대학교를 졸업하고 박사학위를 취득한 그는 수준 높은 독일어, 영어, 라틴어, 한국어를 구사한다. 한국어 문장을 매끄럽게 쓰고 말도 정확하고 빠르게 한다. 다중언어 능력자일 것이라고 추측하면서 어떻게 우리말을 지켰느냐고 물어보았더니, 뜻밖에도 거의 잃어버렸다가 노력해서 겨우 되찾았다는 대답이 돌아왔다. 그토록 언어 감각이 좋은 사람이, 열두 살까지 한국에서 자랐는데도 모국어를 잃을 뻔했다는 것이다.

이렇게 보면 초등학교 취학 전 어린이의 '영어몰입교육'은 아주 위험한 선택이다. 얻는 것은 적고 불확실한 반면 잃는 것은 크고 확실하다. 영어를 잘하면 좋다는 건 분명하다. 대학교를 가고 취업을 하는 데 유리하다. 지구촌에서 유통되는 지식과 정보 가운데 영어로 말하고 쓴 것이 절반을 넘는 게 현실이다. 하지만 영어만 잘한다고 해서 다 잘되는 건 아니다. 영어를 익히려고 그보다 더 중요한 것을 버린다면 차라리 영어를 하지 않는 편이 낫다.

　무엇보다도 자기 머리로 생각하는 능력이 중요하다. 그래야 창의적으로 생각하면서 주체적으로 살아갈 수 있다. 어린이 영어몰입교육은 우리말로 생각하는 능력을 훼손할 수 있다. 언어는 단순한 말과 글의 집합이 아니다. 언어는 생각을 담는 그릇이다. 말하고 글 쓰는 것뿐만 아니라 생각하는 데에도 언어가 있어야 한다. 모국어를 바르게 쓰지 못하면 깊이 있게 생각하기 어렵다. 생각을 제대로 하지 못하면 글을 제대로 쓸 수 없다. 모국어를 잘하지 못하면 외국어도 잘하기 어렵다. 외국 유학을 하는 경우에도 외국어를 물 흐르듯 하면서 모국어가 신통치 않은 것보다는 차라리 그 반대가 낫다.

　나는 독일에서 경제학 공부를 했다. 대학교에서 한 학기 동안 독일어를 배운 다음 전공 강의와 세미나에 들어갔다. 졸업하는 데 필요한 학점을 다 딴 후에 필기시험과 구두시험을 쳤고 마지막으로 석사 학위 논문을 썼다. 그 모든 시험을 볼 때 내 말과 글은 '부러지는(broken) 독일어'였다. 말도 글도 '물 흐르듯(fluently)' 하지 못했다. 아이가 있었고 아내도 공부를 했으므로 강의 시간 말고는 독일 사람과 어울릴 수 있는 시간이 부족했기 때문이다. 이래도 되나 걱정은 했지만, 형편이 그러니 어쩔 수 없는 일이었다.

　그렇지만 전공 세미나에서 발표를 하거나 구두시험을 보는 데 큰 문제는 없었다. 나는 '부러지는' 독일어를 해도 독일 교수와 학생은 '물 흐르듯' 알아들었다. '대외 교역 확대와 학력별 임금격차 심화 현상 사이에 인과관계가 있는지' 여부를 다룬 석사 논문은 그 학기 마인츠대학교 경제학과 졸업생 중에서 최고점을 받았다. 두 심사 교수 모두 만점(1.0)을 주었다. 졸업한 후 열람 신청을 해서 논문 심사 내역을 보았다. 교수들은 논문 주제를 다루는 데 적합한 자료를 비판적으로 해석하고 창의적으로 활용했는지 평가했다. 전제에서 결론으로 이르는 추론 과정에 논리적 결함이 없는지 살폈다. 독일어 문장이 얼마나 매끄러운지에 대해서는 아예 관심을 두지 않았다.

나는 한국어로 생각하면서 독일어로 논문을 썼다. 대부분 영어로 된 참고 문헌을 읽을 때도 한국어로 생각했다. 세부 주제, 데이터, 논리, 문장까지 모두 한국어로 먼저 생각을 정리한 후에 독일어로 옮겼다. 그렇지만 독일어로 생각하고 독일어로 글을 쓰는 독일 학생들보다 더 나은 평가를 받았다. 논문을 쓸 때 중요한 것은 논리적으로 생각하고 문자로 정확하게 옮기는 능력이다. 어느 언어로 생각하느냐는 중요하지 않다. 외국어로 쓰는 글도 모국어를 제대로 하는 사람이 더 잘 쓸 수 있다. 다중언어 능력이 없는 우리네 보통 사람은 다 모국어로 생각하고 모국어로 느끼며 살기 때문이다.

우리나라 대학이 교수를 채용할 때 영어 강의 능력을 가진 사람을 지나치게 우대하는 것은 어린이 영어몰입교육만큼이나 어리석은 짓이다. 미국에서 10년을 공부한 박사도 미국 드라마 대사를

100퍼센트 알아듣지는 못한다. 영어로 생각하고 영어를 모국어처럼 쓰는 한국인은 거의 없다. 영어로 강의를 하려면 교안을 미리 준비해서 그대로 읽어야 한다. 학생들이 그 강의를 다 알아듣는 것도 아니다. 영어로 질문하고 토론할 수 있는 학생은 많지 않다. 교수와 학생들 사이에 질문과 답변이 깊이 있고 활발하게 오가는 영어 강의를 실제로 진행할 수 있는 대학교는 대한민국에 하나도 없다고 본다. 그런 판국에 교사를 양성하는 사범대학교에서 수학과 교수를 뽑을 때도 영어 강의 능력을 최우선으로 본다고 하니, 그야말로 얼빠진 짓이 아닐 수 없다.

영어를 잘하면 동시통역이나 번역을 직업으로 삼을 수 있다. 그러나 통역이나 번역도 잘하려면 한국어를 잘해야 한다. 영어로는 다 이해한다고 해도 한국어를 제대로 하지 못하면 말의 뜻과 느낌을 정확하게 전하지 못한다. 영어책을 잘 읽어도 우리글을 제대로 쓸 줄 모르면 좋은 번역을 할 수 없다. 우리글은 잘못 번역한 영어 문장에 심하게 오염되어 있다. 영어 실력이 없어서 잘못 번역한 게 아니다. 우리말 실력이 부족해서 그런 것이다.

번역서가
불편한 이유

번역서를 읽다 보면 텍스트를 이해하기 어려울 때가 많다. 그럭저럭 이해는 하지만 불편한 느낌을 떨치기 어려울 때도 있다. 여러 이유가 있지만, 가장 큰 문제는 번역서의 문장이 우리말답지 않다는데 있다. 문장을 잘못 쓰면 뜻을 잘 나타내지 못한다. 번역은 남의 나라 말로 된 책을 우리말 책으로 바꾸는 작업이다. 원문의 뜻을 정확하게 전달하는 것은 기본이고 문장의 분위기까지 제대로 전해주면 더 좋다.

사람들은 직역(直譯)과 의역(意譯) 가운데 어느 쪽이 나은지 논쟁을 벌이는데, 나는 이것을 의미 없는 논쟁이라고 생각한다. 우리말에 없는 외국어 문장구조를 그대로 둔 채 단어와 표현만 바꾸어놓

고서 직역이라고 주장하는 사람도 있는데, 이런 번역을 과연 직역
이라고 할 수 있을지 모르겠다. 그냥 틀린 번역이라고 생각한다. 독
자에게 전해야 하는 것은 뜻과 느낌이지 원서의 문장구조가 아니
다. 문장구조를 그대로 둠으로써 원문의 뜻과 느낌을 그대로 전한
다고 생각한다면 착각이거나 오해일 뿐이다. 번역서든 아니든, 우
리말 책은 우리말다운 문장으로 써야 한다. 그러므로 번역을 잘하
려면 우리말을 잘해야 한다. 다음은 인류 역사에서 가장 유명한 정
치선언문, 《공산당선언(Manifest der Kommunistischen Partei)》 독일어판
첫 두 문장이다.

- Ein Gespenst geht um in Europa - das
Gespenst des Kommunismus. Alle Mächte des alten Europa
haben sich zu einer heiligen Hetzjagd gegen dies Gespenst
verbündet, der Papst und der Zar, Metternich und Guizot,
französische Radikale und deutsche Polizisten.

독일어를 아는 독자는 많지 않을 것이다. 그래서 마르크스와 엥
겔스가 직접 쓴 영문판 《공산당선언》 첫 두 문장을 소개한다. 영
어를 아는 독자라면 큰 어려움 없이 이해할 수 있을 것이다.

- A spectre is haunting Europe - the
spectre of communism. All the powers of old Europe have

entered into a holly alliance to exorcise this spectre: Pope and Tsar, Metternich and Guizot, French Radicals and German police-spies.

정부가 출판의 자유를 무식하게 탄압한 시대에《공산당선언》 번역본은 불법유인물 형태로 지하에서 유통되었으며 1987년 민주화가 시작된 후에야 정식으로 출판되었다. 그런 시대에 많은 고초를 겪으면서 칼 마르크스의 책을 번역·출판했던 이론과실천출판사의 한글판《공산당 선언》(강유원 옮김)은 이것을 아래와 같이 번역했다.

●   하나의 유령이 유럽에 떠돌고 있다 – 공산주의라는 유령. 옛 유럽의 모든 세력들, 즉 교황과 차르, 메테르니히와 기조, 프랑스 급진파와 독일의 경찰관은 이 유령에 대항하는 신성한 몰이사냥을 위해 동맹하였다.

이 번역문은 원문의 뜻을 그대로 옮겼지만 잘한 번역이라 하기는 어렵다. 번역한 문장을 소리 내어 읽어보라. 선언문다운 맛이 나는가? 그렇지 않다. 문장의 운율이 맞지 않아서 힘 있게 들리지 않는다. 정치선언문이 마땅히 풍겨야 할, 독일어나 영어로 쓴《공산당선언》이 내뿜는 기세를 실감 나게 전해주지 않는다.

《공산당선언》은 정치선언문이다. 신문 칼럼도 아니고 학술 논문도 아니다. 원문은 대중에게 공산주의혁명의 정당성과 필요성을 선전하고 투쟁에 참여하도록 선동하는 글답게 문장이 힘차고 운율이 또렷하다. 이 분위기를 살려야 좋은 번역이라 할 수 있다. 무슨 말인지 감이 오지 않는다면 독일어 원문을 소리 나는 대로 적은 아래 글을 참고할 수 있을 것이다. '一'는 장모음(長母音)이다. 악센트가 들어가는 모음에는 밑줄을 그었다.

● 아인 게슈펜스트 게-트 움 인 오이로-파, 다스 게슈펜스트 데스 코무니스무스. 알레 매히테 데스 알텐 오이로-파 하-벤 지히 추 아이너 하일리겐 헤츠약트 게-겐 디-스 게슈펜스트 페어뷘데트, 데어 팝스트 운트 데어 차어, 메테르니히 운트 기조, 프란최-지셰 라디칼-레 운트 도이체 폴리치스텐.

독일어와 영어는 형제간이다. 요즘 유행하는 랩 가사처럼 라임이 맞는 독일어판의 'Alle Mächte des alten Europa(알레 매히테 데스 알텐 오이로-파)'는 영문판의 'all the powers of old Europe'으로 멀쩡하게 살아남았다. 아쉽게도 우리말로 옮길 때는 라임을 이런 식으로 살릴 수가 없다. 그러나 글자 수를 조절하면 어느 정도는 운율을 만들 수 있다. 이렇게.

● 하나의 유령이 유럽을 배회하고 있다, 공산주의라는 유령이. 낡은 유럽의 모든 권력이, 교황과 차르,

메테르니히와 기조, 프랑스 급진파와 독일 비밀경찰이, 이 유령을 사냥하기 위한 신성동맹을 체결했다.

강유원 선생의 번역과 비교하면 몇 군데 다른 점이 있다. '옛 유럽'을 '낡은 유럽'으로, '세력'을 '권력'으로, '독일의 경찰관은'을 '독일 비밀경찰이'로, '이 유령에 대항하는 신성한 몰이사냥을 위해 동맹하였다'를 '이 유령을 사냥하기 위한 신성동맹을 체결했다'로 바꾸었다. 두 번역문을 비교해 보라. 뜻은 같다. 그러나 소리 내어 읽어보면 다르게 들릴 것이다. 강유원 선생의 문장보다는 내가 쓴 문장이 더 명랑하고 힘차게 들린다. 내 것이 옳은 번역이라고 할 수는 없다. 그러나 더 실감 나는 번역인 것은 확실하다고 생각한다. 왜 이런 차이가 생겼을까? 내가 '말이 글보다 먼저'라는 이오덕 선생의 이론을 충실하게 따랐기 때문이다. 글을 쓸 때도 번역을 할 때도, 말하듯 쓰는 것이 좋다.

●

말이 글보다
먼저다

●

아직 어린 자녀를 둔 부모들은 아이들이 글 잘 쓰는 사람으로 자라
기를 원한다. 그런 부모라면 뇌의 비밀을 조금 더 깊게 들여다보아
야 한다. 아이를 잘못 대하면 부모가 앞길을 막을 수도 있기 때문
이다.

　태아의 뇌는 컴퓨터의 빈 하드디스크와 비슷하다. 용량은 크지
만 아직 운영 프로그램이 장착되지 않은 상태라고 할 수 있다. 비어
있는 컴퓨터 하드디스크가 윈도우든 리눅스든 아무 운영 시스템이
나 받아들일 수 있는 것처럼 아기의 뇌도 어떤 언어든 다 받아들일
수 있다. 한국인 어머니가 낳은 아기라도 말을 배우기 전에 해외로
입양되면 그 나라 말을 배운다. 심지어 이미 우리말을 하는 아이도

세월이 가면 양부모의 말을 하게 된다.

만약 아기가 언어에 전혀 노출되지 않으면, 다시 말해서 아무도 아기에게 말을 걸어주지 않으면 어떻게 될까? 아기는 말을 배우지 못한다. 소설과 영화에 등장하는 '늑대소년'이 사람의 말을 하지 못하는 것은 뇌가 성장하는 시기에 사람의 언어에 노출되지 않았기 때문이다. 다른 일을 하는 부위들이 뇌의 하드디스크를 이미 다 차지해버렸기 때문에 늑대소년의 대뇌피질은 사람의 언어를 처리하는 영역을 형성하지 못한다.

오늘날 뇌과학자들은 MRI와 PET 같은 첨단진단장비로 뇌를 스캔 하고, 어느 부위가 어떤 기능을 하는지 파악해 뇌 지도를 만들었다. 예전에는 살아 있는 인간의 뇌를 관찰하는 기술이 없었다. 동물실험을 하거나 환자를 관찰하는 방식으로 연구해야 했다. 동물실험으로는 고양이 실험이 유명하다. 건강하게 태어난 새끼 고양이의 한쪽 눈을 봉합했다가, 뇌가 다 형성되기를 기다린 다음 눈꺼풀을 열어주었더니 고양이는 그 눈으로 사물을 보지 못했다. 고양이의 뇌가 닫혀 있었던 눈으로 들어오는 시각 정보 처리에 필요한 신경세포를 형성하지 못한 것이다. 뇌가 빠르게 성장하는 시기에 다양한 작업을 수행하는 다른 뇌 영역이 하드디스크 용량을 다 소진해버렸기 때문이다.

사람의 뇌도 같은 원리에 따라 형성된다. 뇌가 빠르게 성장하는 시기에 적절한 언어적 자극에 노출된 아이들은, 언어를 담당하는 뇌 영역에 충분히 많은 신경세포를 확보하고 원활한 교신 시스템을 갖추게 된다. 이 시기에 경험하지 못한 정보는 그 이후에도 잘 처리하지 못한다. 우리는 영어를 배울 때 L과 R의 음가(音價)를 구별하지 못해 애를 먹는다. 한국인의 뇌가 그 차이를 제대로 인식하지 못하기 때문이다. 경상도 사람들이 '쌀'을 '살'이라고 발음하는 것이나, 〈짝사랑〉이라는 노래를 부를 때 '아 아-, 어악새 설피 우-년 가얼인-가---요'라고 하는 것도 그렇다. 〈비정상회담〉이라는 텔레비전 프로그램에 나온 중국 사람 장위안이 '이까짓'을 제대로 발음하려고 무진 애를 쓰는데도 번번이 '이깍지'라 하는 것도 마찬가지다.

자녀가 뛰어난 언어 능력을 가지기를 바란다면 뇌가 형성되는 시기에 적절한 언어적 자극을 넉넉하게 제공해야 한다. 여기서 언어 능력이란 아는 어휘의 수, 문장구사력, 독해력, 문제의식, 논리적 사고 능력 등 글쓰기에 필요한 모든 요소를 포함한다. 말 못 하는 아기도 욕구가 있다. 배가 고프거나 기저귀가 젖으면 칭얼댄다. 안아주면 좋아하고 겁을 주면 운다. 말로 표현하지는 못해도 기쁨, 슬픔, 두려움과 같은 감정을 느끼는 것이다. 아기는 말하는 법을 익히기 전에 먼저 말귀를 알아듣고 반응한다. 말하는 법을 체득한 다음에는 문자를 깨쳐 글을 읽고 쓰게 된다.

시간순으로 보면 감정과 생각이 먼저고 언어는 그다음이다. 언어에서는 말이 글보다 먼저다. 말보다 먼저 글을 배우는 사람은 없다. 그러나 시간이 흐르고 아이가 어른으로 자라는 동안 모든 것이 서로 영향을 주기 때문에 나중에는 선후를 가리기 어려워진다. 글이 말을 얽어매고 언어가 생각을 구속한다. 하지만 언어에 한정해서 보면 글이 아니라 말이 먼저다. 글을 쓸 때는 이 사실을 잊지 말아야 한다.

말 못 하는 아기한테도 자주 말을 걸어주어야 한다. 아기는 부모가 하는 말을 이해하려고 무의식적으로 노력한다. 부모가 다정하게 말을 걸어줄 때 아기의 뇌에서는 행복한 비상사태가 일어난다. 청각신경이 포착한 음성 정보를 해독하고 적절한 대응을 하기 위해 아기의 뇌는 언어를 담당하는 영역에 더 많은 뉴런을 배치하고 교신을 더욱 강화한다. 따라서 반쪽짜리 말을 하는 아이라도 완전한 문장으로 대화해야 한다. '찌찌' '때때' '응가' 같은 반쪽짜리 말을 가르치고, 아이가 그런 말을 한다고 해서 부모도 같은 방식으로 말하면 아이의 뇌는 쉬운 숙제를 받은 학생처럼 느긋해진다. 더 많은 신경세포를 배치하고 더 많은 시냅스를 만들어 더 효율적으로 교신하려는 노력을 덜하게 된다.

아이가 언어 능력을 온전하게 발전시키도록 하려면 부모가 우리말을 정확하게 해야 한다. 그런데 모든 부모가 우리말을 잘하는 것은 아니다. 그렇다고 해서 우리말 공부를 새로 할 수도 없다. 이 문제를 해결하는 가장 좋은 방법은 우리말을 바르고 예쁘게 쓴 동화책을 읽어주는 것이다. 부모가 완전한 문장으로 이루어진 책을 친숙한 목소리로 읽어줄 때, 아이의 뇌는 그 음성 정보를 해독하기 위해 편안한 분위기에서 최선을 다하게 된다. 모든 아이가 동화책

듣기에 집중하는 것은 아니다. 하지만 그렇게 하면 하지 않는 것보다 낫다는 것은 확실하다.

잘 알지도 못하면서 뇌와 언어에 대해서 아는 척했다. 그렇지만 지어낸 이야기는 아니다. 아이 둘을 키우면서 읽었던 육아책과 뇌과학책에서 '발췌 요약'한 것이다. 아내와 나는 아이들이 세상으로 나오기 전에도 자주 말을 걸었다. 세숫대야에 들어갈 만큼 작았을 때도 뜻을 물어본 다음 씻겼다. 아이가 의사표시를 할 능력이 없었기 때문에 우리 마음대로 판단했지만 어쨌든 물어보기는 했다. 제 힘으로 고개를 돌리지도 못하는 아기를 눕혀놓고 그림 동화를 읽어주었다. 말을 시작한 뒤에는 무엇이든 본인 의사를 말할 기회를 주었다. 적어도 말과 글에 관한 한, 우리의 양육 방식은 제법 큰 성공을 거두었다. 타고난 것이 없다고 할 수는 없겠지만 양육 방식도 효과가 있었다고 믿는다.

추천도서 목록을
무시하라

사람이 문자를 깨치면 많은 것이 달라진다. 문자를 알기 전에는 눈으로 보고 귀로 듣고 몸으로 체험하는 것만 안다. 하지만 글 읽는 법을 알면 텍스트에 담긴 정보를 취득함으로써 직접 경험하지 않은 것도 알게 된다. 아이들은 그 순간 '독해의 여정'을 시작한다. 혼자서 많은 것을 깨닫게 되고 부모에게 의존하는 단계에서 벗어나 정신적·지적 독립을 추구해나간다.

한글을 깨쳤던 순간을 나는 또렷하게 기억한다. 여섯 살 때였다. 아버지가 곧 초등학교에 들어갈 손위 누이를 위해 커다란 종이를 방 안에 붙여두셨다. 누이가 학교에 들어간 후에도 그 종이는 그대로 있었다. 맨 위에는 모음 열 개를 가로 방향으로, 맨 왼쪽에는 자음 열네 개를 세로 방향으로, 그리고 칸마다 자음과 모음을 결합한 글자 140개를 적은 것이었다. 가로 첫 줄은 '가갸거겨고교구규그기', 세로 첫 줄은 '가나다라마바사아자차카타파하'였다. 요즘에는 글자를 통째로 익히게 하지만, 옛날에는 그런 방식으로 한글을 가르쳤다.

어느 날 하는 일 없이 방바닥을 뒹굴다가 내 이름이 있는지 찾아보았다. '유'와 '시'는 있는데 '민'이 없었다. 그 표에는 받침이 없는 글자만 있었기 때문이다. 한참을 들여다보고 있는데 갑자기 머릿속에서 전구가 팍 켜졌다. '미'에 'ㄴ'을 붙이면 '민'이 된다! 뭐라 표현하기 어려운 황홀감이 밀려왔다. 내 인생의 대부분을 채웠고 앞으로도 세상을 떠날 때까지 이어갈 텍스트 읽기를 시작한 순간이었다.

특별한 도서 목록은 없었다. 일곱 살에 입학 허가를 받지 못해 울던 나를 위해 아버지가 구독 신청을 해주셨던 어린이신문, 월간 어린이잡지 《어깨동무》, 누나들이 읽다가 방바닥에 팽개쳐 둔 동화책과 엄희자 화백의 순정만화, 일본 번안만화 《황금의 왼팔》, 깨알만 한 글씨로 세로쓰기를 한 《서유기》가 기억난다. 나는 눈에 띄는 책을 아무렇게나 읽으며 자랐다. 초등 6학년 때 정부 주최 '자유교양대회'에 참가했지만 따분하고 괴로웠던 기억밖에 없다.

중학교 첫 2년 동안은 코넌 도일의 〈셜록 홈스〉 시리즈를 위시해 학교 도서관에 있던 추리소설을 모조리 읽었다. 중학교 3학년이 되어 고교 입시 공부를 시작한 후에는 교과서와 참고서만 팠다. 독서 편력은 일단 멈춤 상태에 들어갔다. 가뭄에 콩 나듯 소설 몇 권을 읽었을 뿐이다. 고등학생 때 읽은 책도 아버지가 권하신 교양서 몇 권과 공부가 잘되지 않을 때 심심풀이로 읽은 세계 명작소설이 전부였다. 《좁은 문》《적과 흑》《죄와 벌》을 읽었던 기억이 난다.

책을 많이 읽지는 않았지만 독서가 재미있다는 생각은 했다. 본격적인 독서는 대학생이 된 뒤에 했다. 시간은 있는데 다른 할 일이 없을 때는 무조건 책을 읽었다. 서울에 아는 사람도 없고 돈도 없는 지방 출신 대학생한테는 독서 말고 즐길 만한 레저가 없었다. 실컷 놀아도 허무하거나 자책감을 느끼지 않는 놀이 또한 독서만 한 것이 없었다. 학회 도서 목록에 있는 책만 읽었던 것은 아니다. 20대 청년 시절 나는 톨스토이, 도스토옙스키, 체호프를 비롯한 러시아 작가의 소설과 최인훈, 김승옥, 윤흥길, 오정희, 박완서, 조세희, 이청준, 황석영 등 우리나라 작가들의 소설책을 끼고 다녔다.

독해력과 언어 구사 능력을 기르려면 책 읽기를 즐겨야 한다. 책에서 우리는 지식을 얻는다. 일상생활의 범위에서 벗어나 추상적·논리적 사유를 하는 데 필요한 개념을 익히며, 여러 개념을 연결하는 논리적 상관관계를 배운다. 하지만 독서도 억지로 하면 좋지 않다. '선행학습'이라는 괴상한 풍조를 독서에 가져다 붙이는 것도 현명한 일이 아니다. 소위 추천도서 목록이란 것을 따라가면서 무작정 책을 가져다 먹이는 것도 마찬가지다. 도움이 되기보다는 부작용을 낼 가능성이 더 크다. 초등학생은 물론이요, 중학생도 추천도서 목록은 필요 없다고 본다.

가장 좋은 독서법은 아이들 스스로 흥미를 느끼는 책을 읽게 하는 것이다. '어린이를 위한 고전 100선'이니 'ㅇㅇ추천 청소년 필독서 50선'이니 하는 광고에 현혹되지 마시라. '어린이 논어'니, '어린이 사서삼경'이니, '청소년용 그리스·로마 신화'니 하는 책을 재미있게 읽을 아이는 거의 없다. 어린이 독서는 책 읽는 즐거움을 느끼는 것만으로 충분하다. 독서를 생활 습관으로 만들고 자신이 읽은 것을 활용해 무엇이든 자기 머리로 생각하는 버릇을 들이면 된다. 많은 지식을 습득하는 것이 독서 교육의 목표는 아니다. 재미를 붙이기만 하면 아이들은 스스로 자기 나름의 독서 이력을 만들어간다. 만화, 판타지소설, 무협소설, 추리소설, 역사소설, 잡지, 그 무엇이든 괜찮다.

4

전략적 독서

사람이 구사하는 어휘의 수는 지식수준에 비례한다.

또 어휘를 많이 알아야 옳고 정확한 문장을 만들 수 있다.

우리는 지식을 배우면서 어휘를 익히고, 텍스트를 독해하면서 문장을 익힌다.

똑같이 많은 책을 읽어도 어떤 책이냐에 따라

배우고 익히는 어휘와 문장의 양과 질이 다를 수밖에 없다.

글쓰기에 특별히 도움 되는 책이 있을까? 이제 이 문제를 다루어보자. 조정래 선생의 소설 《정글만리》 제1권과 마이클 샌델 교수의 《정의란 무엇인가》를 읽는 데 시간이 얼마나 걸릴까? 사람마다 다를 것이다. 그렇지만 같은 분량이라면 대개는 《정의란 무엇인가》를 읽는 데 더 긴 시간이 걸린다. 《정의란 무엇인가》를 빠르게 읽는 사람은 《정글만리》도 짧은 시간에 독파한다.

　《정의란 무엇인가》를 읽는 데 시간이 더 걸리는 것은 무엇보다 이 책이 《정글만리》보다 훨씬 많은 정보를 담고 있는 데다 철학적·이론적으로 복잡한 쟁점을 다루었기 때문이다. 그뿐만이 아니라 《정글만리》는 논리적 사유의 대상이 될 만한 문제를 감각으로 풀어준 반면 《정의란 무엇인가》는 직관으로 느끼는 문제까지도 사유의 대상으로 묶어세운다. 그래서 《정의란 무엇인가》를 막힘없이 읽는 사람은 《정글만리》를 읽는 데 별 어려움을 느끼지 않는다. 그러나 《정글만리》를 술술 읽는다고 해서 《정의란 무엇인가》도 술술 읽을 수 있는 것은 아니다. 책이라고 해서 다 똑같은 책은 아니다. 독해하기가 쉬운 책이 있고 어려운 책이 있다. 쉬운 책만 읽어서는 독해력을 기르기 어렵다.

속독(速讀)하는 사람은 모든 책을 빠르게 읽는다. 물론 속도가 중요하지는 않다. 아무리 빠르게 읽어도 내용을 깊게 이해하지 못한다면 별 소용이 없다. 그러나 같은 수준으로 텍스트를 이해한다면 빠르게 읽는 편이 낫다. 같은 시간, 같은 노력으로 더 많은 정보를 획득하고 처리할 수 있기 때문이다. 최선은 빠르게 읽으면서도 깊이 있게 이해하고, 단순히 이해하는 수준을 넘어 비판적으로 해석하는 능력을 기르는 것이다.

독해란
무엇인가

텍스트는 단어와 문장으로 이루어져 있으며 정보와 논리, 이야기와 감정을 전해준다. 독해는 텍스트가 전해주는 정보, 논리, 이야기, 감정을 파악하고 해석하고 느끼고 즐기는 일이다. 텍스트를 그저 따라가기만 하거나 그대로 받아들이는 것은 독해가 아니다. 모든 텍스트가 옳은 정보, 앞뒤가 맞는 논리, 공감할 수 있는 이야기와 감정을 담고 있는 것은 아니기 때문이다. 세상에는 잘 쓴 글만큼이나 잘못 쓴 글도 많다. 주제가 무엇인지 알아보기 어려운 횡설수설, 논리와 맥락이 뒤죽박죽인 논문, 쓸데없이 어려운 단어와 복잡한 문장을 늘어놓은 칼럼, 심지어는 쓴 사람이 과연 무슨 말인지 알면서 썼을까 싶은 평론도 있다.

독해는 텍스트의 한계와 오류를 찾아내거나 텍스트를 다른 맥락에서 해석하는 작업을 포함한다. 독해력은 저절로 생기지 않는다. 처음에는 텍스트를 이해하는 것도 쉽지 않다. 어려운 글은 밑줄을 긋고 사전을 뒤지고 인터넷에서 관련 정보를 검색해가면서 읽어야 한다. 독서량이 늘어 아는 게 많아지고 생각이 깊어져야 텍스트를 읽는 속도가 빨라지고 비판적·창의적으로 독해할 능력이 생긴다. 글을 잘 쓰려면 먼저 높은 수준의 독해 능력을 길러야 한다.

텍스트를 비판적으로 읽고 해석한다는 것은 구체적으로 무엇을 어떻게 한다는 말일까? 사례를 들어 이야기하는 게 좋을 듯하다. 아래는 《한국의 이공계는 글쓰기가 두렵다》(임재춘 지음, 북코리아)에서 가져온 글이다. 이 책은 보고서, 발표 자료, 연구 논문을 쓸 때 어려움을 겪는 이공계 출신 엔지니어와 연구자가 논리적 글쓰기의 기본을 익히는 데 큰 도움이 된다. 그렇지만 훌륭한 책도 비판적으로 읽어야 한다. '글쓰기 실용서'라고 예외가 될 수는 없다. 많든 적든, 크든 작든, 모든 책에는 결함이 있다. 비판적으로 독해하지 않으면 결함까지 그대로 따라 배우게 될지 모른다. 임재춘 선생은 핵발전 또는 원자력발전과 관련된 예문을 즐겨 썼다.

● **원래 글**　　　　　　원자력은 탄산가스에 의한 온실효과를 줄일 수 있는 깨끗한 <u>에너지이며,</u> 또한 발전 단가도 석유나 액화가스에 비하면 거의 반값에 해당하는 저렴한 에너지이다.

● **고친 글**   원자력은 탄산가스에 의한 온실효과를 줄일 수 있는 깨끗한 에너지이다. 또한 발전 단가도 석유나 액화가스에 비하면 거의 반값에 해당하는 저렴한 에너지이다.

여기서 원래 글과 고친 글의 차이는 중간에 한 번 끊어준 것뿐이다. 이렇게만 해줘도 뜻이 더 분명해진다. 임재춘 선생은 한 문장에 하나의 개념(생각, 주장)만 담는다는 글쓰기의 원칙을 설명하려고 이 예문을 들었다. 한 문장에 생각 하나를 담으면 저절로 단문이 된다. 나는 문장을 단문으로 쓰는 원칙에 전적으로 공감하며, 글을 쓸 때 이 원칙을 따르려고 노력한다. 그런데 이 텍스트는 두 가지 문제가 있다.

첫째, 잘 쓴 문장이 아니다. 이 예문은 원래 저자가 쓴 문장이 아니라 글 고치는 방법을 보여주려고 다른 곳에서 가져온 것이다. 뒤에서 자세히 말하겠지만, '탄산가스에 의한'이나 '액화가스에 비하면 거의 반값에 해당하는 저렴한 에너지'는 우리말다운 표현이 아니다. 운율이 어색한 데다 두 문장 다 '에너지이다'로 끝나서 지루하다. 다음과 같이 문장을 끊어주면서 앞뒤 문장을 서로 다른 형태로 만들어주면 훨씬 분명하고 자연스러운 글이 된다.

●   원자력은 탄산가스를 내뿜지 않는 깨끗한 에너지여서 온실효과를 줄일 수 있다. 발전 단가도 저렴해서 석유나 액화가스의 반밖에 들지 않는다.

둘째, 이 예문이 전하는 정보가 참인지 의심스럽다. 만약 온실효과를 유일한 기준으로 삼는다면 이산화탄소를 대량으로 내뿜는 화력발전보다 원자력발전이 깨끗하다고 할 수 있다. 그러나 핵발전은 화력발전에 없는 위험이 따른다. 원전 사고와 방사능 누출 위험이다. 화석연료를 태워 만든 전기만 깨끗하지 않은 게 아니다. 핵분열로 만든 전기도 마찬가지다. 단지 서로 다른 종류의 오염을 일으키며 그 위험의 정도와 양상이 다를 뿐이다. 원자력이 깨끗한 에너지라는 주장은 틀린 것이다.

핵발전이 화력발전보다 저렴하다는 주장도 반박할 여지가 있다. 핵발전 사고는 일단 났다 하면 그 피해가 측정하기 어려울 정도로 크다. 미국 스리마일 원전 사고, 소련 체르노빌 원전 사고, 일본 후쿠시마 원전 사고가 다 그랬다. 게다가 고준위 방사능을 내뿜는 '사용 후 핵연료'와 발생량이 많은 중·저준위 폐기물을 처리하는 데에는 적지 않은 비용이 든다. 수명이 다해서 폐기한 핵발전소를 안전하게 관리하는 비용도 만만치 않다. 여기에 핵발전소 인근 지역 주민들이 당하는 피해까지 제대로 계산해서 보태면 핵발전의 비용은 더 늘어난다. 그래서 어떤 전문가들은 핵발전이 화력발전보다 더 비싼 전기 생산방법이라고 주장한다.

독해는 이렇게 하는 것이다. 텍스트는 내용을 이해하는 것을 넘어 문제점과 한계까지 탐색하면서 읽어야 한다. 한걸음 더 나아가면 그 문제점과 한계가 어디서 왔는지도 추론해볼 수 있다. 그렇게 하려면 책을 읽을 때 저자가 어떤 사람이며 무슨 일을 하는지 알아보는 게 도움이 된다. 임재춘 선생은 과학기술부 원자력실장을 지낸 핵발전전문가이며 책날개의 저자 소개와 서문에서 그런 이력을 명확하게 밝히고 있다. 그는 핵발전으로 화력발전을 대체하는 것이 경제적 효율성도 높고 지구 환경을 보호하는 데도 더 낫다는 확신을 바탕으로 텍스트를 썼다. 그러나 나는 그런 주장의 타당성을 의심하면서 그 텍스트를 읽었다.

글쓰기에 유익한
독서법

'알아야 면장(免墻)'이라는 말이 있다. 공부를 하지 않으면 담벼락 앞에 선 것처럼 앞이 보이지 않아서 앞으로 나아갈 수 없다는 뜻이다. 글쓰기도 뭘 알아야 할 수 있다. 아는 것이 많아야 텍스트를 빠르게 읽고, 정확하게 이해하고, 비판적으로 해석할 수 있다. 많이 알려면 어떻게 해야 할까? 책을 읽는 것 말고는 다른 방법이 없다.

그렇다면 아무 책이나 그저 많이 읽기만 하면 될까? 그렇다. 무슨 책이든 많이 읽으면 독해력이 좋아진다. 하지만 글쓰기 능력을 기르고 싶다면 책을 골라 읽는 것이 바람직하다. 독해력을 키우고 글쓰기를 익히는 데 더 많이 도움 되는 책이 있기 때문이다. 이런 책을 모으면 '글쓰기를 위한 전략적 독서 목록'이 된다. 그렇다면 왜 어떤 책은 다른 책보다 글쓰기에 더 도움이 되는 것일까? 어휘와 문장의 양과 질이 다르기 때문이다.

사람은 특정한 언어를 모국어로 쓴다. 여러 언어를 모국어처럼 쓰는 사람은 드물다. 한국인은 대부분 우리말을 모국어로 쓴다. 그렇지만 한국 사람이라고 해서 모두가 같은 수준의 한국어를 하는 건 아니다. 일상생활에서 차이가 크게 드러나지 않는 것은 자주 쓰는 어휘와 표현의 수가 그리 많지 않기 때문이다. 우리말이든 영어든, 자주 쓰는 단어 몇백 개와 몇 가지 형태의 문장만 잘 구사하면 살아가는 데 큰 지장이 없다.

그러나 사회적·정치적 현안이나 자연과학의 쟁점에 대해서 이야기할 때는 상황이 크게 달라진다. 자기 생각을 말하지 못하는 사람도 많다. 글로 쓰라고 하면 더 어려워한다. 여러 이유가 있겠지만 견해를 세우는 데 꼭 필요한 개념과 어휘를 몰라서 그런 경우가 많다. 뭘 몰라서 말도 못 하고 글도 못 쓰는 것이다. '침묵은 금'이라는 격언이 늘 타당한 것은 아니다. 적절한 때 꼭 필요한 말만 하려고 일부러 침묵을 지키는 것은 현명한 행동이지만 뭘 몰라서 어쩔 수 없이 입을 다무는 것은 그렇지 않다. 모든 침묵을 다 금으로 대접하면 무지가 세상을 지배하게 될 것이다. 침묵이 언제나 금인 것은 아니다.

텍스트를 생산하려면 단어를 조합해서 문장을 만들어야 한다. 어떤 주제에 관해 이야기하는데 꼭 필요한 개념을 아예 모르면, 또는 그 개념을 알아도 다른 개념과의 관계를 잘 모르면 문장을 만들지 못한다. 토론을 하기는 더 어렵다. 글은 여러 번 고치고 다듬어서 발표할 수 있지만 말은 그렇지 않다. 생방송 토론에서 말을 하는 것은 일필휘지로 글을 써서 교정하지도 않고 출판하는 것과 같다. 칼럼 쓰는 것보다 토론하기가 더 어렵다는 이야기다.

사람이 구사하는 어휘의 수는 지식수준에 비례한다. 또 어휘를 많이 알아야 옳고 정확한 문장을 만들 수 있다. 우리는 지식을 배우면서 어휘를 익히고, 텍스트를 독해하면서 문장을 익힌다. 똑같이 많은 책을 읽어도 어떤 책이냐에 따라 배우고 익히는 어휘와 문장의 양과 질이 다를 수밖에 없다. 글을 쓰는 데 특별하게 도움이 되는 책과 별로 그렇지 않은 책이 있는 것이다.

이미 말한 것처럼 어린이는 흥미를 느끼는 책을 마음 가는 대로 읽으면 된다. 특별한 도서 목록이 필요 없다. 하지만 뇌가 거의 다 성장해 지적 능력이 성인 수준으로 올라선 고등학생부터는 적절한 도서 목록이 있어야 한다. 그렇다면 어떤 책을 읽어야 할까? 글쓰기에 도움이 되는 책을 고르는 기준은 세 가지로 요약할 수 있다.

첫째는 인간, 사회, 문화, 역사, 생명, 자연, 우주를 이해하는 데 꼭 필요한 개념과 지식을 담은 책이다. 이런 책을 읽어야 글을 쓰는 데 꼭 필요한 지식과 어휘를 배울 수 있으며 독해력을 빠르게 개선할 수 있다.

둘째는 정확하고 바른 문장을 구사한 책이다. 이런 책을 읽어야 자기의 생각을 효과적이고 아름답게 표현하는 문장 구사 능력을 키울 수 있다. 한국인이 쓴 것이든 외국 도서를 번역한 것이든 다르지 않다.

셋째는 지적 긴장과 흥미를 일으키는 책이다. 이런 책이라야 즐겁게 읽을 수 있고 논리의 힘과 멋을 느낄 수 있다. 좋은 문장에 훌륭한 내용이 담긴 책을 즐거운 마음으로 읽으면 지식과 어휘와 문장과 논리 구사 능력을 한꺼번에 얻게 된다.

이런 책은 친구로 만드는 게 좋다. 친구는 오랜 세월 좋은 일은 함께 즐기고 아픔은 서로 나누며 자주 어울려야 친구다운 친구다. 어떤 책과 친구가 되려면 한 번 읽고 말 것이 아니라 여러 번 읽어야 한다. 시간이 들지만 손으로 베껴 쓰는 것도 괜찮은 방법이다. 그런 책 목록을 제안하기에 앞서 우선 세 권을 소개한다. 《토지》와 《자유론》 그리고 《코스모스》다. 이 책들은 두세 번이 아니라 열 번 정도 읽어보기를 권한다.

어휘를 늘리는 동시에 단어와 문장의 자연스러운 어울림을 즐기고 익힐 수 있는 책으로는 박경리 선생의 소설 《토지》만 한 것이 없다고 생각한다. 다 읽기가 부담스럽다면 1부 네 권만 읽어도 된다. 2부 다섯 권까지 읽으면 더 좋다. 논리적인 글과 예술적인 글은 서로 다르지만 완전히 다른 건 아니다. 논리 글도 최고봉에 오르면 예술 근처에 갈 수 있다. 수준 높은 문학작품을 읽으면 논리 글쓰기를 하는 데에 도움이 된다. 굳이 단어나 문장을 암기하려고 애쓸 필요는 없다. 읽고 잊어버리고, 다시 읽고 또 잊어버리고, 그렇게 다섯 번 열 번을 반복하면 박경리 선생이 쓴 단어, 단어와 단어의 어울림, 문장과 문장의 연결이 저절로 뇌에 '입력'된다. 그리고 글을 쓸 때 그 단어와 문장을 자기도 모르게 '출력'하게 된다.

아래는 《토지》 1부 3권에서 박경리 선생이 어린 티를 벗고 어른이 되는 주인공 길상과 서희, 그리고 첫 바깥나들이를 나온 어린 소를 묘사한 장면이다. 마치 그림이나 영화의 한 장면을 보는 것 같다. 이런 글을 읽으면 모든 예술적 창조 행위가 자연을 묘사하고 모방하는 데에서 출발한 것 아닐까 하는 생각이 든다.

●　　　　　길상은 목소리가 굵게 터져 나오는 이 시기가 자신에게 있어 봄이라는 것을 모른다. 눈은 더욱 크고 서늘해졌으며 긴 목이 좀 퉁거워졌고 양어깨가 벌어졌으며 다리에는 힘줄도 생긴 이런 변모가 인생에서의 봄이라는 것을 모른다. 봄에 눈을 떴기 때문에 이 화창한 봄 날씨가 좋았던 것이다.

●　　　　　서희는 귀밑머리를 남은 머리에 모두어서 머리채를 앞으로 넘겨 다시 세 가닥으로 갈라땋는다. 하얀 당목 적삼에 뱀같이 꿈틀거리는 새까만 머리채는 때마침 들창을 통해 비쳐 들어오는 환한 아침 햇빛에 선명하게 떠오른다. 머리를 엮어 내리는 하얗고 가는 손, 그것은 마물 같고 열 손가락에 오목오목하게 박힌 손톱은 이른 봄날에 날아내리는 매화꽃 이파리 같았다. 거울을 보기 위해 검은 눈동자는 한 켠으로

몰리었고 흰자위가 넓어진 얄팍한 눈매가 몹시 아름답다. 길게 찢어져서 확실한 골을 이룬 눈꼬리도 또렷한 윤곽과 더불어 오묘한 조화를 이루고 있다.

● 　　　　　소는 처음으로 굴레를 쓰고 밖에 나온 모양이다. 새로 엮은 굴레 빛깔은 햇보리같이 신선해 보였다. 소도 그러했다. 털빛이 희여끄름하여 앳된 모습이 가련하게 느껴진다. 어린 계집아이 같았다. 그것도 허약한 계집아이같이 세상을 신기로워하기보다 두려워하는 표정이었다.

처음에는 재미로 《토지》를 읽었다. 그런데 읽고 보니 재미만 있는 게 아니라 마음도 울리는 소설이었다. 인상 깊었던 대목을 다시 보고 싶어서 한 번 더 읽었다. 그런데 처음 읽었을 때 무심히 지나쳤던 것들이 새삼스럽게 다가왔다. 용이가 만주를 다녀온 월선과 재회하는 장면, 두 사람이 사별하는 대목은 읽을 때마다 눈물이 났다. 또 읽으면 다른 게 더 보일까 싶어서 한 번 더 읽었다. 벌렁 누우면 양 손가락 끝이 벽에 닿는 0.7평짜리 독방에서 책 읽는 것 말고는 달리 할 일이 없던 때였기에 1부와 2부를 다섯 번 읽게 되었다. 그 직후 사흘 동안 〈항소이유서〉를 썼다. 문득 그런 생각을 했다. '어쩐지 내 글이 달라진 것 같아!'

황석영 선생의 《장길산》과 미하일 숄로호프의 《고요한 돈 강》, 조정래 선생의 《태백산맥》, 시몬 드 보부아르의 《레 망다랭》, 안

톤 체호프의 단편소설집을 그런 식으로 되풀이해 읽었다. 하지만 어느 것도 《토지》만큼 좋지는 않았다. 나는 《토지》를 우리말 어휘와 문장의 보물 창고라고 생각한다. 누구나 원하는 만큼 꺼내 써도 되는, 아무리 퍼내도 마르지 않는 보물 창고. 내게 《토지》는 그런 책이다. 나는 박경리 선생을 만난 적이 없다. 사진과 영상으로만 보았다. 경남 통영 토지문학관 위편 언덕에 있는 묘소에 뒤늦은 인사를 드렸을 뿐이다. 그렇지만 나는 언론인 리영희 선생과 함께 박경리 선생을 글쓰기의 은사(恩師)로 여긴다.

논리적 글쓰기를 하려면 추상적 개념을 담은 어휘를 많이 알고 명료한 문장을 쓸 줄 알아야 한다. 추상적 개념을 익히려면 문학작품만이 아니라 인문학과 자연과학 교양서도 많이 읽어야 한다. 힘 있는 문장도 마찬가지다. 좋은 문장을 쓰고 싶어서 논증의 기술을 다룬 책을 공부하는 사람이 많다. 하지만 그런 책을 읽는다고 해서 논리가 분명하고 힘이 있는 문장을 쓰게 되는 것은 아니다.

논증의 기술을 다룬 책은 많지만 내용은 다 비슷하다. 전제와 결론을 구별하라. 신뢰할 수 있는 전제에서 시작하라. 주장을 뒷받침하는 근거를 제시하라. 그런저런 논리학의 규칙과 요령을 설명한다. 사례를 일반화하는 방법, 상관관계와 인과관계를 설정하는 방법을 가르쳐주며, 연역적·실증적 논증 방법과 삼단논법, 귀류법 같은 논증 형식을 안내한다. 어떤 책은 첫 문장과 마지막 문장을 쓰는 방법까지 가르쳐준다. 역설로 들릴지 모르겠지만, 이런 책은 오히려 글을 많이 써본 사람한테 도움이 된다. 아직 글을 잘 쓰지 못하는 사람은 초보자용 글쓰기 안내서를 피하는 게 현명하다. 그런 책들은 무엇보다 재미가 적어서, 읽기는 힘들고 부작용만 생길 수 있다. 원, 이렇게 어려워서야 글쓰기를 어떻게 하누! 그런 좌절감을 느끼게 하는 것이다.

방법이 나쁘면 배움이 어려워진다. 요즘은 제2 외국어로 중국어가 유행이지만 우리가 어렸을 때는 프랑스어와 독일어가 대세였다. 나는 고등학교에서 독일어를 배웠다. 독일어 학습의 첫 단계는 알파벳 철자 발음 규칙, 그다음은 관사와 부정관사 어미(語尾)의 격변화였다. '데어 데스 뎀 덴 디 데어 데어 디…' '아인 아이네스 아이넴 아이넨 아이네 아이너 아이너 아이네…' 우리는 독일어 시간마다 입을 모아 소리 지르며 어미격변화표를 외워야 했다. 외지 못하면 별명이 '게슈타포'였던 독일어 선생님에게 손바닥을 맞았다.

그렇지만 우리의 독일어 공부는 그 단계를 넘지 못하고 끝났다. 영어와 달리 독일어는 '들어갈 때 울어도 나올 때는 웃는다'던 선생님의 감언이설도 소용이 없었다. 독일어 배우기가 그렇게 어려웠던 것은 독일어가 어렵기 때문이 아니라 잘못 가르쳤기 때문이다. 독일어는 영어와 형제간이어서 라틴어에서 온 단어는 거의 비슷하다. 부문장(副文章)에서 동사를 맨 뒤에 놓는 것만 빼면 문장구조도 사실상 동일하다. 영어를 어느 정도 아는 사람은 그렇지 않은 사람보다 훨씬 쉽게 독일어를 배울 수 있다.

그런데 독일어는 우리말 못지않게 어미변화가 심하다. 관사, 형용사, 동사 어미가 성, 격, 시제, 수에 따라 달라지고 때로는 불규칙 변화를 일으킨다. 하지만 알고 보면 어미변화도 크게 어려운 것은 아니다. 모든 단어가 문장 안에서 저마다 적합한 어미를 달고 나오기 때문에 독일어 문장을 많이 읽고 해석하고 듣고 따라 하다 보면 저절로 익히게 된다.

독일어 어미변화표를 암기하도록 강제하는 것은 어리석은 교습법이다. 초보자들이 독일어에 진저리를 치게 만들 뿐이다. 논증의 기술을 가르치는 책도 그와 비슷한 면이 있다. 나는 이 책을 쓰느라고 그런 책이 어떻게 생겼는지 처음 구경했다. 논증의 기술을 가르치는 책은 글을 어느 정도 잘 쓰게 된 후에 가볍게 읽어보면 도움이 된다. 그러나 독서량이 적은 사람은 논증의 기술을 배워봐야 힘만들 뿐 효과는 없다. 기초 체력이 허약한 사람이 축구 드리블 기술을 배우는 것이나 마찬가지다.

《자유론》과
《코스모스》

인문학과 자연과학 교양서는 추상적 개념과 논리적 문장을 담고 있다. 책 전체가 중요한 사실과 개념, 그것들 사이의 인과관계나 상관관계를 다룬다. 좋은 문장으로 쓴 흥미로운 교양서를 반복해서 읽으면 《토지》를 반복해서 읽을 때와 같은 효과가 난다. 손으로 필사하는 것도 괜찮은 방법이다.

그렇게 하는 데 적합한 책 두 권을 소개한다. 먼저 《자유론》(존 스튜어트 밀 지음, 서병훈 옮김, 책세상)이다. 《자유론》은 어려운 단어가 별로 없고 문장이 화려하지도 않다. 어떻게 이런 글을 쓸 수 있을까 하고 찬탄하게 만드는 글도 훌륭하지만, 이 정도라면 나도 쓸 수 있겠다는 희망을 주는 글도 그 못지않게 훌륭하다. 다음은 《자유론》제1장에서 가져온 것으로 책 전체의 핵심을 압축한 대목이다.

● 인간 사회에서 누구든, 개인이든 집단
이든, 다른 사람의 행동의 자유를 침해할 수 있는 경우는 오직
한 가지, 자기 보호를 위해 필요할 때뿐이다. 다른 사람에게 해
를 끼치는 것을 막기 위한 목적이라면, 당사자의 의지에 반해 권
력이 사용되는 것도 정당하다고 할 수 있다. 이 유일한 경우를
제외하고는, 문명사회에서 구성원의 자유를 침해하는 그 어떤
권력의 행사도 정당화될 수 없다. (중략) 그런 행동을 억지로라도
막지 않으면 다른 사람에게 나쁜 일을 하고 말 것이라는 분명한
근거가 없는 한, 결코 개인의 자유를 침해해서는 안 되는 것이
다. 다른 사람에게 영향을 주는 행위에 한해서만 사회가 간섭할
수 있다. 이에 반해 당사자에게만 영향을 주는 행위에 대해서는
개인이 당연히 절대적인 자유를 누려야 한다. 자기 자신, 즉 자
신의 몸이나 정신에 대해서는 각자가 주권자인 것이다.

존 스튜어트 밀은 19세기 유럽의 최고 지성인으로 인정받는 인
물이다. 부유하고 학식 있는 아버지 제임스 밀은 지적 재능을 타고
난 아들을 '공부기계'로 만들었다. 우리 식으로 표현하면 '세 살에
천자문을 떼고 여덟 살에 사서삼경을 독파하였으며 열세 살에 고
금(古今)의 고전에 통달한 천재'였던 밀은 열여덟 살이 되어서야 세
상의 모든 아이가 자기처럼 유년 시절을 보내지는 않았다는 사실

을 알고 한동안 심각한 정신적 혼돈과 우울증을 겪었다. 하지만 결국 그 모든 것을 극복하고 소란스러운 세상의 중요한 문제들과 씨름하면서 의미 있는 해법을 여럿 제시했다.

《자유론》에서 밀은 단 하나의 질문을 다루었다. 어떤 경우에 국가나 사회가 개인의 자유를 제한하는 것이 정당한가?《자유론》은 놀라운 책이다. 우선 내용이 놀라울 만큼 훌륭하다. 개인의 자유와 관련한 중대한 쟁점을 철학적으로 높은 수준에서 해명했다. 하지만 더 놀라운 점은 그 훌륭한 내용을 사회에 대한 기초 지식과 평범한 수준의 독해력만 있으면 누구나 어려움 없이 읽고 이해할 수 있는 문장으로 썼다는 것이다. 밀은 아무리 심오한 철학이라도 지극히 평범한 어휘와 읽기 쉬운 문장에 담을 수 있다는 것을 증명했다.

이 책을 거듭 읽으면 밀이 구사한 어휘와 문장, 그가 펼친 논리와 철학적 안목을 힘들지 않게 자기 것으로 만들 수 있다. 글을 잘 쓰고 싶다면《자유론》과 같은 인문학 고전과 교양서를 많이 읽어야 한다. 그런데 번역서를 읽을 때 고려해야 할 것이 하나 있다. 되도록이면 우리말다운 문장으로 잘 번역한 책을 골라서 읽어야 한다. 원문은 훌륭한 책이라고 해도 우리말 문장이 나쁜 번역서를 반복해서 읽거나 필사하면 문장이 더 나빠지는 부작용이 생길 수 있기 때문이다. 잘 번역한 책도 뜻을 알기 어렵거나 어색한 문장이 더러 있을 수 있다. 그런 문장을 보면 원문이 어떻게 생겼을지 상상하면서 바르게 고쳐보자. 문장력을 키우는 데 도움이 된다.

다음 추천할 책은 과학 교양서 《코스모스》(칼 세이건 지음, 홍승수 옮김, 사이언스북스)다. 유럽 산업혁명 이후 몇백 년 동안 과학은 세분화와 전문화의 길을 걸었으며 그런 경향은 여전히 지속되고 있다. 하지만 학문 분야를 잘게 쪼갠다고 해서 인간과 사회, 국가와 역사, 생명과 자연, 지구와 우주의 구조와 작동 원리를 더 잘 이해하고 해명할 수 있는 것은 아니다. 오히려 지나친 전문화 때문에 나무만 보고 숲을 보지 못하는 근시안이 생겼다.

이런 문제점을 직시한 학자들은 혼자서 또는 집단적으로 자잘하게 쪼개놓은 학문의 울타리를 뛰어넘으려고 노력했다. '융합(融合)' '통섭(統攝)' '학제간연구(學際間硏究)' 같은 신조어는 바로 이런 흐름을 대표한다. 《코스모스》는 그 흐름을 선도했고 또 대표하는 책이다. 내용이 훌륭할 뿐만 아니라 문장이 아름답기도 하다.

20세기 초반까지 인류는 인간이 어떤 존재인지 명확하게 알지 못하는 상황에서 철학, 심리학, 사회학, 경제학 등 인문학과 사회과학의 이론을 세웠다. 그런데 지난 몇십 년 동안 과학자들은 우리가 '무엇인지'에 대해 많은 사실을 새로 알아냈다. 인문학과 사회과학은 사회생물학, 진화생물학, 뇌과학, 천체물리학 등 자연과학의 연구 성과를 받아들여 오래된 가설과 이론을 재검토하고 재해석할 필요가 있다.

인문학과 자연과학의 경계가 허물어지는 새로운 현상은 지식인들의 글쓰기뿐만 아니라 대학 입시 논술 시험에서도 드러난다. 전통적 기준으로는 자연과학의 범위에 속하는 주제를 다룬 제시문과 논제가 문과 시험문제에도 자주 등장하는 것이다. 이제는 평범한 시민들도 과학을 알아야 한다. 전문가들 역시 전공 분야의 좁은 울타리 안에만 머무를 수 없게 되었다.

황우석 교수의 '논문 조작 사건'이 났을 때 우리는 배아줄기세포와 성체줄기세포, 배아복제와 체세포복제의 차이를 알아야 했다. 정부가 아무런 토론도 사회적 합의도 없이 미국산 쇠고기 수입 위생 조건을 전격 완화했을 때 시민들은 전국적 촛불시위를 벌이면서 소위 '인간광우병'을 일으키는 변종단백질 프라이온(prion)이 무엇인지 학습했다. AI(조류인플루엔자)와 신종플루가 몰고 온 공포감이 지구촌을 점령하자 언론에는 바이러스의 생물학적 구조와 진화 과정에 관한 보도가 넘쳐났다. 우리는 또한 천안함과 세월호 참사 원인을 이해하려고 물리학과 유체역학에 관련된 지식과 정보를 들여다보아야 했다. 천안함 선체 절단이 과연 수중 기뢰 폭발 때문인지 여부를 둘러싼 논쟁은 아직도 종결되지 않았다.

언론인들은 과학 지식이 부족한 탓에 때로 본의 아닌 오보를 낸다. 정부와 정치인과 전문가는 암호 같은 학술 용어를 동원해 저마다 원하는 쪽으로 여론을 몰고 가려 한다. 지난 10년만 돌아보아도 이러한 사건은 헤아리기 어려울 정도로 많이 일어났다. 이런 세상에서는 모르면 속는다. 그럴 만한 이유가 없는데도 남에게 휘둘린다. 자기 나름의 견해를 세우고 줏대 있게 살아가려면 공부를 해야 한다.

자연과학을 공부하거나 공학 분야에서 일하는 사람은 인문학과 사회과학 책을 읽어야 한다. 인문학과 사회과학을 전공하는 사람은 자연과학 책을 읽어야 한다. 인문학과 자연과학의 문제의식과 연구 결과를 융합한 교양서를 읽어도 된다. 나는 그런 교양서 목록 맨 앞에 《코스모스》를 둔다. 다음은 《코스모스》 제9장의 한 단락이다. 애플파이 만드는 일과 우주를 생성한 대폭발(빅뱅)을 하나로 엮은 것이 흥미롭다.

● 애플파이를 만드는 데에는 밀가루, 사과, 설탕 조금, 비전(秘傳)의 양념 조금 그리고 오븐의 열이 필요하다. 파이의 재료는 모조리 설탕이니, 물이니 하는 분자들로 이루어져 있다. 분자는 다시 원자들로 구성된다. 탄소, 산소, 수소, 그 외의 원자들이 파이의 재료가 되는 분자들을 구성한다. 그렇다면 이 원자라는 것들은 도대체 어디에서 왔는가? 수소를 제외한 나머지 원자들은 모두 별의 내부에서 만들어졌다. 그러고 보니 별이 우주의 부엌인 셈이다. 이 부엌 안에서 수소를 재료로 하여 온갖 종류의 무거운 원소라는 요리들이 만들어졌다는 이야기이다. 별은 주로 수소로 된 성간(星間) 기체와 소량의 성간 티끌이 뭉쳐서 만들어진 것이다. 그런데 그 수소는 대폭발에서 만들어졌다고 한다. 수소 원자는 코스모스가 비롯된 저 거대한 폭발 속에서 태어났던 것이다. 애플파이를 맨 처음부터 만들려면, 이렇게 우주의 탄생에서부터 시작해야 한다.

칼 세이건 박사는 《코스모스》에 1980년대까지 인간과 생명, 지구와 우주에 대해서 인류가 알아낸 거의 모든 것을 압축해서 담았다. 나는 밤하늘의 별과 내 몸이 같은 물질로 이루어져 있다는 사실을 알고 큰 위로를 받았다. 내 몸을 구성하는 물질은 그 무엇도 사라지지 않는다고 생각하니 삶이 덜 외롭고 덜 허무해 보였다. 우주의 질서와 운행 법칙을 예전보다 더 명료하게 이해하게 되었고 의식과 지성을 가진 생명체로 세상에 온 것이 얼마나 큰 행운인지 새삼 깨달았다. 나는 이 책에 이끌려 예전에는 관심도 없고 어렵게만 느껴졌던 생물학과 뇌과학, 물리학의 세계를 조금이라도 들여다보게 되었다.

《코스모스》가 나온 후 30년 세월이 흘렀다. 그동안 우리는 인간과 우주에 대해 더욱 많은 것을 알아냈다. 인간 유전자를 완전하게 해독했으며 PET와 MRI 같은 첨단진단장비로 뇌를 스캔 했다. 인간의 생각과 행동을 지배하고 제약하는 생물학적 조건을 살핌으로써 우리 자신의 어떤 면을 어디까지 바꿀 수 있을지 탐색했다. 생명체를 복제하는 기술을 발명하고 생명 윤리 논쟁을 더 높은 차원으로 진입시켰다.

비록 최신 연구 결과를 반영하고 있지는 않지만, 이 책은 언론에 하루가 멀다 하고 등장하는 새로운 과학적 발견과 그것이 야기한 정치적·윤리적·사회적 논쟁을 이해하는 데 충분한 기초 지식을 제공한다. 여러 번 읽으면 책이 담고 있는 모든 개념, 어휘, 개념의 상호 관계, 새로운 과학적 사실에 대한 해석, 간결하고 품위 있는 문장을 한꺼번에 내 것으로 만들 수 있다. 책 한 권이 때로는 기적이라 해도 좋을 만한 정신의 변화를 일으키기도 한다. 《코스모스》가 바로 그런 책이라고 생각한다.

전략적
도서 목록

아는 것이 많아야 글을 잘 쓸 수 있는데, 우리가 알아야 할 것과 알고 싶은 것은 너무나 많다. 우리는 어디서 왔는가? 인간의 몸은 무엇으로 만들어져 있는가? 우리는 어떻게 세상과 우주를 인식할 수 있는가? 우리가 느끼는 감정과 욕망과 충동은 생물학적으로 결정되는가, 아니면 사회적으로 형성되는가? 아름다움은 대상 자체에 있는가, 아니면 우리의 감각에 존재하는가? 남자와 여자의 차이는 생물학적으로 주어진 것인가, 아니면 사회적으로 만들어지는 것인가? 국가는 언제 생겼으며, 국가의 본질은 무엇인가? 인간은 국가 없이도 살 수 있는가? 어떤 힘이 사회의 변화를 일으키는가? 역사 진보의 방향은 정해져 있는가? 지구는 언제 생겼으며, 지구 행성에는 어떻게 해서 이처럼 다양한 생물이 살게 되었는가? 태양과 별은 어떤 물질로 이루어져 있는가? 태양은 영원히 존재할 수 있는가? 알고 싶은 것은 끝이 없다.

이런 의문에 대한 답을 찾기 위해서 인류는 수천 년 동안 쉼 없이 생각하고 토론하고 조사하고 연구했다. 그 결과 오늘날 우리는 인간의 몸, 심리와 정신, 사회구조와 역사, 생명과 자연, 지구 행성과 우주의 운행 원리에 대해 많은 것을 알게 되었다. 그런데 새로운 지식을 발견하고 새로운 정보를 생산하는 전문연구자들은 보통 자기네끼리만 통하는 '암호'로 논문을 쓴다. 하지만 평범한 사람들과 지식을 나누려고 애쓰는 학자도 많다.

그런 학자들이 보통 사람을 위해 쓴 책을 '교양서'라고 한다. 살아가면서 보고 겪고 부딪치는 여러 일에 대해 글을 쓰려면 인문학, 사회과학, 자연과학 교양서를 많이 읽어서 아는 게 많아야 한다. 수준 높은 지식과 정보를 풍부한 어휘와 멋진 문장에 담아놓은 교양서를 읽으면 지식과 함께 어휘와 문장도 익히게 된다.

다음은 '글쓰기를 위한 전략적 독서'에 적합한 책을 '경험주의적'으로 고른 목록이다. 지은이 이름 첫 글자를 기준으로 우리말 사전과 같은 순서로 나열했다. 여기서 '경험주의적'이란 내가 읽어본 교양서 중에서 괜찮은 것을 골랐다는 뜻이다. 세상에는 정말이지 책이 많다. 여기에 소개하는 책보다 더 흥미롭고 멋지고 유익한 교양서가 숱하게 많을 것이다. 하지만 직접 읽어보지 않은 것을 추천할 수는 없었다. 다시 말하지만 초등학생과 중학생에게는 이런 도서 목록이 필요하지 않다. 그러나 고등학생, 대학생, 생활인에게는 도움이 될 것이다.

번역서는 되도록 우리말 문장이 좋은 것을 골랐다. 읽는 순서는 따로 없다. 구미가 당기는 책부터 읽으면 된다. 다만 어떤 책인지 알아야 독자들이 우선순위를 정할 수 있을 것 같아서 각각의 책이 다루는 중심 주제를 질문 형태로 소개한다. 대학 입학 자격시험인 프랑스 바칼로레아와 독일 아비투어에는 이런 질문이 논제로 나온다. 우리의 대입 논술 시험과 기업의 인문학 논술 시험도 비슷한 면이 있다.

● **라인홀드 니버, 《도덕적 인간과 비도덕적 사회》, 문예출판사**

모든 집단은 자기중심적이고 이기적인가? 구성원들이 개별적으로는 이타적인데도 집단으로 뭉치면 이기적으로 행동하는 이유는 무엇인가? 특권계급의 집단적 이기심이 만들어내는 불의를 대화와 타협을 통해 평화적으로 해결할 수 있는가? 어떤 방법으로 우리는 개인의 도덕과 사회의 정의를 함께 실현할 수 있을까?

● **레이첼 카슨, 《침묵의 봄》, 에코리브르**

화학살충제와 제초제로 '해충'과 '잡초'를 박멸할 수 있는가? 만약 성공해서 곤충과 잡초가 완전히 사라진다면 좋은 일인가?

인간이 살아가는 데 아무 문제가 없을 것인가? 생태계의 다양성과 균형을 유지하면서 해충과 잡초를 제어할 수 있는 방법은 없는가?

● **리처드 도킨스, 《만들어진 신》, 김영사**

우주와 생명은 누가 만들었나, 스스로 태어났나? 신이 인간을 창조했는가, 아니면 인간이 신을 창조했는가? 만약 신이 존재한다면 그것을 어떻게 증명할 수 있으며, 인간이 신을 만들었다면 그 이유는 무엇인가? 우리는 종교의 도움 없이도 삶에 필요한 도덕을 세울 수 있는가? 신이 있는 세상과 없는 세상 가운데 어느 쪽이 더 희망적인가?

● **리처드 도킨스, 《이기적 유전자》, 을유문화사**

다윈의 진화론은 생존경쟁과 자연선택을 주장한다. 자연선택과 생존경쟁은 어떤 차원에서 이루어지는가? 집단인가, 개체인가, 유전자인가? 인간을 유전자가 창조한 생존기계라고 하는 것은 인간의 존엄성을 부정하는 이론인가? 인간은 자유의지로 유전자의 독재에 저항할 수 있는가? 이기적 유전자의 생존기계인 인간이 이타적으로 행동하는 이유는 무엇인가?

● **리처드 파인만 강의, 폴 데이비스 서문, 《파인만의 여섯 가지 물리 이야기》, 승산**

우리가 살아가는 세계를 구성하는 물질의 최소 단위인 원자는 무엇이며, 어떤 성질을 가지고 있는가? 원자에서 거대한 은하에 이르기까지 물질세계의 모든 운동을 지배하는 보편적인 법칙이 있는가? 상대성이론과 양자물리학은 인간의 세계관과 철학에 어떤 영향을 주었는가?

● **마이클 샌델, 《정의란 무엇인가》, 김영사**

정의는 무엇이며, 정의를 실현하기 위해서 우리는 어떤 철학적·도덕적 원리에 의지해야 하는가? 사유재산제도와 징병제, 누진소득세, 낙태와 성매매 금지 같은 국가의 법과 제도가 정의의 원칙을 어떻게 또는 얼마나 잘 실현하거나 침해하고 있는가? 상이한 철학적·도덕적 원리가 대립, 경쟁하는 상황에서 최대한의 정의를 실현할 수 있는 방법은 무엇인가?

● **막스 베버, 《프로테스탄트 윤리와 자본주의 정신》, 다락원**

기독교가 지배한 서유럽에서 산업혁명이 일어나고 자본주의가 가장 먼저 발흥한 것은 단순한 우연일까? 우연이 아니라면 자본주의정신과 종교개혁운동의 산물로 출현한 프로테스탄티즘의 교리 사이에서 어떤 상관관계를 찾을 수 있을까? 직업을 신이 부여한 소명으로, 세속적 성공을 종교적 구원의 증거로 간주

한 프로테스탄티즘과 이윤 추구를 동력으로 삼는 자본주의, 둘 사이에는 인과관계가 있는가? 기독교가 없는 지역에서도 자본주의가 발전한 사실은 어떻게 설명해야 할까?

● **소스타인 베블런, 《유한계급론》, 우물이있는집**

사람들이 끝없이 돈을 벌려고 하는 것은 무엇 때문인가? 유한계급이 생산적 노동을 하지 않는 것을 명예롭게 여기면서 가치 없는 활동에 엄청난 돈을 지출해 부를 과시하는 이유는 무엇일까? 명백하게 불합리한 차별과 착취가 만연한 사회에서도 대중은 왜 사회의 혁신이나 혁명을 도모하는 사람들을 존경하거나 따르지 않는가?

● **스티븐 핑커 외 지음, 존 브록만 엮음, 《마음의 과학》, 와이즈베리**

마음이란 무엇이며 우리 몸 어디에 존재하고 있는가? 인간의 뇌는 어떤 방식으로 작동하는가? 인간은 무엇을 위해 언어 능력을 키웠는가? 왜 선한 사람도 악행을 저지르는가? 우리는 왜 아무 관계없는 타인의 기쁨과 고통을 함께 느끼는가?

● **슈테판 츠바이크, 《다른 의견을 가질 권리》, 바오**

인간이 삶과 우주의 궁극적 진리를 알 수 있을까? 절대 진리를 안다고 확신하는 어떤 사람이 권력의 힘으로 그것을 만인에게 강요할 경우 어떤 일이 벌어질까? 그 귀결이 자유와 다양성, 이성과 인권과 생명력을 짓누르는 공포정치라면, 그런 위험을 피하는 방법은 무엇인가?

● **신영복, 《강의》, 돌베개**

수천 년 전의 중국 지식인이 남긴 책에도 현대인이 배울 점이 있는가? 동양 문화의 궁극적 가치는 무엇이며 고전을 현대적으로 해석한다는 것은 어떤 의미인가?

● **아널드 토인비, 《역사의 연구》, 동서문화사**

사회나 국가, 문명도 자연의 생명체와 마찬가지로 탄생, 성장, 쇠락, 사망에 이르는 필연적 생애 주기를 가질까? 만약 그렇다면 새로운 문명을 탄생시키는 요인은 무엇이며, 기존의 강대한 문명이 몰락하는 원인은 무엇인가? 지난 수백 년 동안 세계사를 이끌었던 서유럽과 미국 문명은 어떤 운명을 맞을 것인가?

● **앨빈 토플러, 《권력이동》, 한국경제신문**

권력의 원천은 무엇이며, 그것은 역사적으로 어떻게 변화해왔는가? 권력의 원천이 폭력에서 부로, 다시 부에서 지식으로 이동해왔다면 폭력과 부에서 지식으로 넘어가는 21세기 권력이동은 어떤 양상으로 전개될 것인가? 권력을 통제할 미래의 지식소유자들은 어떤 모습을 하고 있을까?

● **에드워드 카, 《역사란 무엇인가》, 까치글방**

기록된 역사는 무엇을 보여주는가? 있었던 그대로의 과거인가, 기록한 사람이 보여주고 싶은 과거인가? 만약 완전히 객관적인 역사가 존재할 수 없다면 우리는 어떤 태도로 기록된 역사와 과거의 사실을 대해야 하는가? 역사는 진보하는가? 만약 그렇다면 그 진보는 어디를 향하고 있으며, 진보를 가능하게 만드는 힘은 무엇인가?

● **에른스트 슈마허, 《작은 것이 아름답다》, 문예출판사**

우리는 비용 절감과 효율성, 성장을 추구하는 현대의 경제체제를 영원히 지속할 수 있는가? 자연은 과연 언제까지 인간의 수탈과 착취를 용인할까? 만약 현존하는 경제체제를 장기 지속하는 것이 불가능하다면 그 대안은 무엇인가? 우리는 인식의 대전환을 이루어 대공장, 첨단 기술, 거대도시를 버리고 에너지 사용을 줄이는 중간기술과 소규모 사업장, 도시와 농촌의 조화를 이루는 경제체제를 선택할 수 있을까?

● **에리히 프롬, 《소유냐 삶이냐》, 홍신문화사**

재산, 지식, 권력을 소유하면 삶이 행복하고 의미를 가지게 될까? 만약 그렇지 않다면 어디서 삶의 의미를 찾을 수 있을까? 인간은 소유를 넘어 창조와 나눔에서 존재의 기쁨을 얻도록 스스로를 변혁할 수 있을까? 만약 가능하다면 어떤 방법이 있을까?

- **장 지글러, 《왜 세계의 절반은 굶주리는가》, 갈라파고스**

인류가 세계 인구 전체를 먹이고 남을 식량 생산능력을 확보했음에도 10억 명이 심각한 영양실조로 고통받는 이유는 무엇일까? 국제기구와 부유한 나라가 기부금과 국가 예산으로 지원하는데도 왜 문제를 해결하지 못하는가? 과연 인류는 지구촌 어느 곳에서도 굶주리는 사람이 없는 세상으로 나아갈 수 있을까?

- **장하준, 《그들이 말하지 않는 23가지》, 부키**

자본주의 또는 시장경제는 자유롭고 자연스러운 경제 시스템인가? 각자가 이기심을 추구하고 소득과 이윤을 극대화하려고 노력하면 국민경제도 저절로 좋아지는가? 사람들은 각자 생산에 기여한 만큼 소득을 얻는가? 정부가 시장에서 손을 떼는 것이 경제를 발전하게 하는 최선의 방법인가?

- **재레드 다이아몬드, 《총,균,쇠》, 문학사상**

왜 어떤 민족은 다른 민족을 정복했으며 어떤 민족은 다른 민족에게 정복당했을까? 정복당한 민족은 왜 그런 비극의 제물이 되었는가? 대륙에 따라 문명의 발전 속도가 크게 달랐던 것은 무엇 때문이었는가? 인종과 민족에 따라 생물학적으로 본질적인 능력의 차이가 있었기 때문인가, 아니면 단지 생활환경이 달랐기 때문인가? 지구촌 전체를 하나의 대중 소비사회로 변모시키는 세계화가 더 깊고 넓게 이루어지는 21세기에 인류를 기다리고 있는 운명은 어떤 것인가?

● 정재승, 《정재승의 과학 콘서트》, 어크로스

우리는 물질과 우주 그리고 우리 자신에 대해서 무엇을 알고 있는가? 과학은 현대인의 생활 속 어디까지 들어와 있는가? 인간과 인간관계, 인간이 만든 사회를 이해하는 데에도 과학은 쓸모 있는가?

● 제임스 러브록, 《가이아》, 갈라파고스

지구는 단순히 물질로 이루어진 행성인가, 아니면 생명을 가진 거대한 유기체인가? 수십억 년 동안 대기의 원소 구성과 바다의 염분 농도를 일정하게 유지하면서 무수한 생명을 품고 키워온 지구를 하나의 생명체로 볼 수 있을까? 만약 그렇다면 살아 있는 지구는 무제한적 생산과 소비 활동을 통해 대기의 화학적 구성과 지구 온도에 변화를 야기하고 있는 호모사피엔스의 행위에 대해 어떤 대응을 하게 될까? 혹시 지구는 인류를 절멸함으로써 자기 자신을 지키려 하지 않을까?

● 존 스튜어트 밀, 《자유론》, 책세상

우리 삶에서 자유가 중요한 이유는 무엇인가? 어떨 때 국가나 사회가 개인의 자유를 제약하고 침해하는 것을 정당하다고 할 수 있는가? 그런 경우에도 절대 제한해서는 안 될 자유의 영역이 있는가? 있다면 어떤 영역이며 그 이유는 무엇인가?

● **존 케네스 갤브레이스, 《불확실성의 시대》, 홍신문화사**

인류의 미래에 물질적 풍요라는 축복을 선사한 고전파 경제학자들의 예언은 왜 실현되지 않았는가? 자본주의 체제는 프롤레타리아혁명의 필연성과 역사의 종말을 선포한 마르크스의 저주를 어떻게 피해갔는가? 우리의 정치체제는 소수의 거대 법인기업이 지배하는 현대 자본주의 체제를 민주적으로 제어할 수 있는가?

● **진중권, 《미학 오디세이》, 휴머니스트**

아름다움이란 무엇이며 어디에 있는가? 아름다움에 대한 인식과 표현 방법은 역사적으로 어떤 변화를 겪었으며 그런 변화는 왜 일어났는가? 시대마다 사람마다 다른 예술 행위와 그 결과로 나온 예술 작품을 어떻게 해석하고 평가해야 하는가?

● **최재천, 《생명이 있는 것은 다 아름답다》, 효형출판**

인간은 다른 동물과 본질적으로 다른 존재인가? 동물행동학의 일반 법칙을 어느 정도까지 인간에게 적용할 수 있는가? 인간이 하는 이타 행동의 대상에 한계가 있는가? 인간이 동물에게 배워야 할 것이 있는가? 있다면 어떤 것인가?

● **카를 마르크스·프리드리히 엥겔스, 《공산당선언》, 책세상**

역사를 움직이는 동력은 무엇이며 자본주의 체제에서 그 동력은 어떻게 작용하는가? 국가는 공동체의 선을 실현하는 조직인가, 아니면 유산계급의 배타적 이익에 복무하는 도구인가? 자본주의 생산양식의 지배자인 부르주아계급은 어떤 업적을 이루었으며, 왜 몰락할 수밖에 없는가? 인간에 의한 인간의 착취, 적대적 계급의 대립과 투쟁을 근본적으로 해소하는 길은 어디에 있는가?

● **칼 세이건, 《코스모스》, 사이언스북스**

인류는 어떤 과정을 거쳐 지구 행성과 태양계, 은하와 우주의 구조와 운영 원리를 알게 되었는가? 최초의 유기 분자와 생명체는 어떻게 만들어졌는가? 지구 이외에도 지성적 생명체가 존재하는 행성이 있을까? 우주는 언제 탄생했으며, 미래에는 어떻게 될 것인가? 영원히 존재하는 것이 있는가?

● **케이트 밀렛, 《성性 정치학》, 이후**

섹스에도 정치적 이데올로기와 힘이 개입되는가? 가부장제의 억압에서 여성을 해방하려면 반드시 결혼제도와 가족제도를 바꾸어야 하는가? 여성다움과 남성다움을 명확하게 나눌 수 있는가? 이것을 분리하려는 동기와 사고방식 자체가 낡은 성 역할 분담 체제를 지키려는 가부장제 이데올로기는 아닌가?

● **토머스 모어, 《유토피아》, 서해문집**

공공의 선과 사회적 정의를 완전하게 실현하기 위해 신분과 계급과 사유재산이 없고 모든 사람이 땀 흘리며 노동하는 사회를 만드는 것은 가능한 일인가? 만약 가능하다면 우리는 어떤 원리 위에서 사회제도를 만들어야 하는가?

● **한나 아렌트, 《예루살렘의 아이히만》, 한길사**

사람은 왜 악을 저지를까? 오로지 악한 사람만이 악을 저지를까? 만약 악하다고 할 수 없는 평범한 사람도 악에 가담한다면 그 이유는 무엇일까? 악을 저지르거나 악에 가담하지 않으려면 어떻게 해야 하는가?

● **헨리 데이비드 소로우, 《시민의 불복종》, 은행나무**

정당하고 합법적인 정부가 불합리하고 부당한 행위를 할 때 의로운 시민은 어떤 방법으로 저항할 수 있는가? 다른 사람들이 침묵하고 방관하는 가운데 홀로 행동하는 것이 의미를 가질 수 있는가? 불복종이라는 비폭력 저항으로 국가권력이 저지르는 악을 제거할 수 있는가?

● **헨리 조지, 《진보와 빈곤》, 비봉출판사**

생산기술이 진보하고 생산력이 크게 높아진 현대사회에서 빈곤이 사라지지 않는 이유는 무엇인가? 특정한 개인이 지구 행성의 표면 일부를 사유재산으로 소유하는 것은 정당한가? 토지에 대한 사적 소유권을 폐지할 수도 없고 그것을 정당한 권리로 인정할 수도 없는 상황에서 토지소유자가 얻는 부당한 이익을 사회 전체의 몫으로 돌려줄 해법은 무엇인가?

읽기 수월한 책은 아니다. 아는 게 많고 독해력이 좋은 사람은 쉽게 읽겠지만, 한 번 읽어서는 내용을 잘 이해하지 못하는 사람도 많을 것이다. 하지만 그 단계를 견디고 넘어서야 한다. 한 번 읽어서 이해가 되지 않으면 한 번 더 읽으면 된다. 그래도 어려우면 세 번 네 번 읽어야 한다. '독서백편의자현(讀書百遍義自見)'이라는 격언이 한문책을 읽을 때만 타당한 건 아니다.

하지만 그렇다고 해서 정말 백 번 읽으라는 것은 아니다. 한 번 읽어서 팍 와 닿지 않는다고 포기하지 말라는 이야기다. 완벽하게 다 이해하려고 하지 않아도 된다. 그 책이 다룬 개념과 논리를 어느 정도만 이해하면 충분하다. 힘이 든다고 해서 이런 책을 다 건너뛰면 개념과 논리를 배우지 못할 뿐만 아니라 어휘와 문장도 익히지 못한다. 그래서는 아무리 열심히 써도 글이 늘 수 없다.

5

못난 글을 피하는 법

글쓰기도 노래와 다르지 않다.

독자의 공감을 얻고 마음을 움직이는 글이 잘 쓴 글이다.

많은 지식과 멋진 어휘, 화려한 문장을 자랑한다고 해서 훌륭한 글이 되는 게 아니다.

독자가 편하게 읽고 쉽게 이해할 수 있도록 쓰는 것이 기본이다.

'행복한 가정은 다 비슷하지만 불행한 가정은 저마다 이유가 다르다.'

소설 《안나 카레니나》의 유명한 첫 문장이다. 정말 그런 것 같다. 가정이 행복하려면 여러 조건을 동시에 갖추어야 하는데, 그러면 어느 집이나 비슷해 보일 수밖에 없다. 반면 불행해지는 데에는 많은 게 필요하지 않다. 행복한 가정을 이루는 데 꼭 필요한 여러 조건 가운데 어느 하나라도 크게 어긋나면 불행한 가정이 될 수 있다. 예컨대 부부 금슬이 좋지 않거나, 어느 한쪽이 외도를 하거나, 찢어지게 가난하거나, 난치병에 걸린 환자가 있거나, 가족 구성원

중 누군가 일상적으로 폭력을 휘두르거나, 그렇게 '저마다 다른 이유로' 불행해질 수 있다.

이렇게 본다면 어느 가정이든 행복하기는 어렵고 불행해지기는 쉽다고 할 수 있다. 톨스토이가 무슨 생각을 했든, 이 말은 그렇게 해석해도 괜찮을 것이다. 그렇다면 글쓰기는 어떨까? 다행히도 훌륭한 글을 쓰는 것은 행복한 가정을 만드는 일보다 수월하다. 톨스토이의 말을 흉내 내면 이렇게 된다.

못난 글은 다 비슷하지만 훌륭한 글은 저마다 이유가 다르다.

역설로 들리겠지만, 훌륭한 글을 쓰고 싶다면 훌륭하게 쓰려는 욕심을 버려야 한다. 못난 글을 쓰지 않으려고 노력하기만 하면 된다. 앞에서 나는 '세상에서 제일 맛있는 음식'은 특정할 수 없지만 맛있는 음식과 그렇지 않은 음식을 가려내는 기준은 정할 수 있다고 말했다. 글도 비슷하다. 쓴 사람도 다르고, 글도 다르고, 읽는 사람 취향도 달라서 '세상에서 제일 훌륭한 글'을 특정할 수는 없다. 하지만 세상에는 분명히 훌륭한 글과 못난 글이 있으며 그 둘을 가려내는 기준을 세울 수 있다. 그런데 훌륭한 글은 서로 다르게 훌륭한 반면 못난 글은 대부분 비슷한 이유로 못났다.

사람들은 글을 멋지게 쓰고 싶어서 '문장론(文章論)'을 공부한다. 훌륭한 글을 필사하기도 한다. 모두 필요한 일이다. 하지만 문장론을 공부하고 훌륭한 작가의 문장을 모방한다고 해서 반드시 좋은 문장을 쓸 수 있는 것은 아니다. 훌륭한 글을 쓰고 싶으면 잘 쓴 글을 따라 쓰는 데 그치지 말고 잘못 쓴 글을 알아보는 감각을 키우려고 노력해야 한다.

글쓰기는 현악기 연주와 닮은 데가 있다. 바이올린 같은 현악기는 연주자가 줄을 손가락으로 눌러 음높이를 조절한다. 그렇게 하려면 음감(音感)이 있어야 한다. 귀로 들어서 틀린 음을 알아내는 능력이 있어야 악보대로 연주할 수 있다. 그래서 바이올린을 배우는데 가장 중요한 신체 기관은 눈과 손이 아니라 귀라고 한다. 피아노는 건반마다 음높이가 정해져 있다. 악보를 외우고 반복 훈련하면 숙달된 피아니스트 시늉을 하면서 한두 곡 정도는 연주할 수 있다. 하지만 바이올린은 그렇게 할 수 없다.

글을 잘 쓰려면 무엇보다 잘못 쓴 글을 알아보는 감각을 길러야한다. 바르고 정확한 문장을 구사할 수 있어야 제 나름의 멋진 스타일을 입힐 수 있다. 아무리 기교를 부려도 음을 정확하게 듣지 못하면 바이올린을 제대로 연주할 수 없는 것과 마찬가지로, 잘못 쓴 글을 알아보는 감각이 없으면 훌륭한 문장을 쓰지 못한다.

못난 글
알아보기

어떻게 하면 잘못 쓴 글을 알아볼 수 있을까? 쉽고 간단한 방법이 있다. 텍스트를 소리 내어 읽어보는 것이다. 만약 입으로 소리 내어 읽기 어렵다면, 귀로 듣기에 좋지 않다면, 뜻을 파악하기 어렵다면 잘못 쓴 글이다. 못나고 흉한 글이다. 이런 글을 읽기 쉽고 듣기 좋고 뜻이 분명해지도록 고치면 좋은 글이 된다. 별로 어려울 것이 없다.

누가 쓴 글이든 이 기준을 적용하면 된다. 유명 인사나 고관대작이 쓴 글이라고 해도 주눅 들 필요가 없다. 다음은 2014년 7월 8일 국무총리가 발표한 담화문의 한 단락이다. 이것이 못난 글인지 아닌지 알아보자. 밑줄 그은 곳을 특별히 의식하지 말고 우선 눈으로 읽어보라. 그다음에는 입으로 소리 내어 다시 읽어보라.

●   그동안 육상에서의 사회 재난과 자연 재난을 관장하는 부서가 각각 본부조직과 외청으로 이원화되어 있고, 해상에서의 재난은 해수부와 해경으로 분산되어 있어 재난 안전을 통합적으로 기획하고 관리하지 못했습니다. 이제는 육상과 해상의 재난, 사회 재난과 자연 재난을 모두 통합하여 국가안전처로 일원화하여 효율적으로 대처하고 철저히 책임 행정으로 할 것입니다. 그러기 위해서는 국가안전처가 하루라도 빨리 출범해야 국민의 생명과 안전 보호를 위한 획기적 변화가 시작될 수 있을 것입니다.

눈으로 읽어서 무슨 뜻인지 금방 들어오는가? 아마 그렇지 않을 것이다. 소리 내어 읽어보니 어떤가. 눈으로 볼 때보다 나은가? 오히려 더 힘들었을 것이다. 이 글은 뜻을 알기가 무척 어렵다. 소리 내어 읽으면 말이 입안에서 엉키고, 적당히 숨 쉴 곳을 찾기가 어렵다. 읽기만 그런 게 아니라 듣기도 불편하다.

이것은 담화문이다. 담화문은 눈으로 읽으라고 쓴 글이 아니다. 국무총리는 소리 내어 읽고 국민은 귀로 들으라고 쓴 글이다. 그런데도 입에 착 감기지 않고, 귀에 쏙 들어오지 않으며, 뜻을 바로 알기도 어렵다. 잘못 써도 크게 잘못 쓴, 못나도 한참 못난 글이다. 이 글은 살아 있는 우리말이 아니라 국적불명(國籍不明) 죽은 말이다. 국무총리도 수십 대의 카메라 앞에서 담화문을 읽으면서 힘들었을 것이다.

이 담화문을 누가 썼을까? 세월호 참사로 어두워진 민심을 수습할 목적으로, 국민의 생명과 안전을 더 잘 지키겠다는 정부의 결의를 담아 국무총리가 발표한 담화문인 만큼, 틀림없이 많이 배우고 글도 잘 쓴다고 평가받은 공무원이 초안을 썼을 것이다. 공보관과 국무조정실장을 비롯한 국무총리실 고위 관계자들이 초안을 검토해 수정하고 국무총리가 최종 결재를 했을 것이다. 그런데도 왜 이렇게 말이 아닌 말, 글이 아닌 글이 나왔을까? 공무원들이 일부러 그랬을 리는 없다. 평소 그런 글을 읽고 그런 글을 쓰기 때문에 늘 하던 것처럼 했을 뿐, 그들 자신은 아무런 문제도 느끼지 못했을 것이다.

이 담화문을 읽기 편하고 듣기 좋으며 뜻도 쉽게 전하는 문장으로 고쳐보자. 그러려면 흉한 곳을 찾아야 한다. 이제 밑줄 그은 부분을 보라. 읽기가 힘들고, 듣기에 어색하고, 뜻이 분명하지 않은 곳에 밑줄을 그었다. 어려운 중국 글자말, 일본말, 서양말이 즐비하다. 필요 없는 군더더기가 곳곳에 있다.

'육상' '해상' '관장하는' '이원화되어' '통합적으로' '일원화하여' '효율적으로' '획기적 변화'는 모두 한자말이다. 인용문은 겨우 세 문장뿐인데 '적(的)'과 '화(化)'가 붙은 한자말을 다섯 번이나 썼다. '적'도 그렇지만 '육상에서의' '이원화되어' '분산되어' '시작될 수'라는 말도 모두 일본말 조사와 수동태를 따라 쓴 것이다. '적'은 일본말 발음이 '데키'인데, 받침이 없는 일본말에서는 말의 운율을 살리는 장점이 있다. 하지만 우리말로 하면 '쩍'이라는 된소리가 나는 경우가 많다. 입으로 내기에도 귀로 듣기에도 좋은 소리가 아니다. '본부조직'과 '외청'은 시민들이 알아듣지 못하는 '관청말'이다. '각각'은 없어도 되고, '책임 행정으로 할 것'은 앞뒤가 맞지 않는 표현이다.

글은 쓴 사람의 마음과 태도를 보여준다. 정부의 혁신 의지를 밝히는 담화문인데도 '할 것'과 '있을 것'이라는, 마치 강 건너에서 구경하는 듯한 표현을 썼다. 세 문장 모두 주어와 술어가 둘 이상 들어 있는 복문(複文)인데, 문장 전체를 아우르는 주어가 무엇인지 분명하지 않다. 지금까지 정부가 일을 제대로 하지 못했다는 것을 인정하고 앞으로 잘하는 데 필요한 대책을 제시하는 담화문에 주어가 없는 것은 당국자들이 책임을 회피하려는 태도를 가졌기 때문이다. 특히 아래의 마지막 문장은 기본 중의 기본인 주술 관계가 맞지 않는다.

● 그러기 위해서는 국가안전처가 하루라도 빨리 출범해야 국민의 생명과 안전 보호를 위한 획기적 변화가 시작될 수 있을 것입니다.

이 문장 앞부분 주어는 '국가안전처'이고 뒷부분 주어는 '획기적 변화'인데, 앞뒤 모두 영어처럼 추상명사나 '무생물 주어'를 쓰다 보니 문장이 엉거버린 것이다. 이런 여러 결함 때문에 이 담화문은 분명 우리말이지만 듣기에 불편하고 뜻을 알기 어려웠다.

내가 국무총리실 공보관이라 생각하면서 담화문을 고쳐보았다. 남의 나라 말을 우리말로 바꾸고 군더더기를 없앴다. 어려운 관청말 대신 쉬운 말을 쓰고 문장 주술 관계를 분명하게 했다. 취향에 따라 다를 수는 있겠지만, 나는 원래 글보다 고친 글이 낫다고 본다. 뜻을 분명하게 전할 수 있고, 읽기도 듣기도 더 편하다. 훌륭하다고 할 수는 없겠지만 적어도 흉하거나 못난 글은 아니다. 위에서 본 원래 글과 아래에 있는 고친 글을 비교해 보라.

● 　　　　　　　　그동안 육지의 사회 재난과 자연 재난을 책임지는 부서가 안전행정부와 소방방재청으로 나뉘어 있고 바다의 재난 대처는 해수부와 해경으로 갈라져 있어서 정부가 재난 안전을 제대로 기획 관리하지 못했습니다. 이제는 책임과 권한을 모두 국가안전처 한곳에 모아 육지와 바다의 재난, 사회 재난과 자연 재난 모두에 더 잘 대처하고 철저하게 책임지는 행정을 하겠습니다. 국가안전처를 하루라도 빨리 출범시켜 획기적 변화를 시작함으로써 정부는 국민의 생명과 안전을 더 확실하게 보호하겠습니다.

소리 내어 읽어봄으로써 못난 글을 알아보는 방법은 지극히 단순한 원리에 바탕을 두고 있다. 언어(言語)는 말과 글이다. 생각과 감정을 소리로 표현하면 말(입말)이 되고 문자로 표현하면 글(글말)이 된다. 말과 글 중에는 말이 먼저다. 말로 해서 좋아야 잘 쓴 글이다. 글을 쓸 때는 이 원리를 잊지 말아야 한다.

가수이자 제작자인 박진영 씨는 방송 오디션 프로그램 참가자들에게 '말하듯이 노래하라'고 충고한다. 음정과 박자를 정확하게 지키면서 고음을 시원하게 내고 어려운 멜로디를 능숙하게 처리한 참가자를 탈락시키면서 노래 실력을 자랑하러 나왔느냐고 야단친다. 청중의 마음을 움직이지 못하면 노래를 잘해도 의미가 없다는 말이다.

글쓰기도 노래와 다르지 않다. 독자의 공감을 얻고 마음을 움직이는 글이 잘 쓴 글이다. 많은 지식과 멋진 어휘, 화려한 문장을 자랑한다고 해서 훌륭한 글이 되는 게 아니다. 독자가 편하게 읽고 쉽게 이해할 수 있도록 쓰는 것이 기본이다. 기본을 지키기만 하면 최소한 못나지 않은 글은 쓸 수 있다. 여기에 나름의 개성을 입혀 독자의 마음을 움직이면 훌륭한 글이 된다. 그런 글은 저마다 다르게 훌륭하다. 《토지》와 《자유론》과 《코스모스》가 바로 그렇다. 서로 다르지만 모두 훌륭한 글이다.

●

우리글
바로쓰기

●

훌륭한 글이라고 해서 머리끝에서 발끝까지 완벽할 수는 없다. 《자유론》과 《코스모스》에도 훌륭하지 않은 문장이 섞여 있다. 원문이 그럴 수도 있지만 번역하면서 문제가 생긴 경우도 있다. 책을 읽으면서 그런 것을 알아볼 수 있어야 한다. 다른 사람들이 잘못 쓴 글을 알아보지 못하면 자기가 잘못 쓴 것도 인식하지 못한다. 잘못 쓴 문장을 알아보는 진단법은 이미 소개했다. 소리 내어 읽으면서 귀로 듣고 뜻을 새겨보는 것이다. 그런데 사람들은 이렇게 간단한 방법을 외면한다. 좋은 글, 훌륭한 문장을 쓰려고 노력하면서도 잘못 쓴 글, 못난 문장과 결별하려는 노력을 하지 않는다. 안타까운 일이다.

못난 글을 쓰지 않으려면 흉한 문장을 알아보는 감각과 면역력이 있어야 한다. 세균과 바이러스에 대한 면역력이 있어야 건강하게 살 수 있는 것과 같은 이치다. 우리는 공기와 물이 오염되고 갖가지 세균과 바이러스가 돌아다니는 환경에서 산다. 인간의 몸은 100조 개 정도의 세포로 이루어져 있다. 그런데 살아 있는 사람의 몸에는 그 못지않게 많은 기생충과 세균과 바이러스 세포가 있다고 한다. 우리 몸과 생활공간에서 기생충과 세균과 바이러스를 완전 박멸해야 건강을 지킬 수 있는 게 아니다. 그것은 불가능하며 그렇게 한다고 해서 사람이 건강해지는 것도 아니다. 건강하게 살려면 해로운 이종단백질이 몸에 침투할 경우 즉각 알아보고 퇴치하는 능력이 있어야 한다. 이런 능력을 면역력이라고 한다.

글쓰기도 면역력이 있어야 잘할 수 있다. 우리는 못난 말과 글이 넘쳐나는 환경에서 산다. 책, 신문, 방송을 보면 병든 말과 글이 널려 있다. 면역력이 약한 사람은 책을 많이 읽을수록 문장이 더 나빠질 수도 있다. 반면 면역력이 센 사람은 글이 엉망인 책을 읽어도 거기에 물들지 않고 좋은 문장을 쓴다. 좋은 책을 많이 읽으면 못난 글과 나쁜 문장에 대한 면역력이 저절로 생긴다. 하지만 '백신' 예방접종을 하는 것도 좋은 방법이다. 효과가 좋은 백신이 이미 수십 년 전 서점에 나왔다. 앞에서 말한 이오덕 선생의 책 《우리글 바로쓰기》다.

나는 이오덕 선생이 훌륭한 문장을 쓴 작가였다고 생각한다. 하지만 생각이 다른 사람도 있을 것이다. 어떤 이들은 선생의 문장이 유치하고 멋없다고 평가하기도 한다. 훌륭한 글은 저마다 다른 이유로 훌륭하기 때문에, 특정한 작가의 글에 대해 서로 의견이 다른 것은 자연스러운 일이다. 《우리글 바로쓰기》를 읽는다고 해서 곧바로 훌륭한 문장을 쓸 수 있는 것은 아니다. 그러나 못난 글을 알아보는 감각을 익히는 데는 확실한 효과가 있다. 그래서 백신이라고 하는 것이다.

백신이 사람을 건강하게 만들어주지는 않는다. 해로운 이종단백질을 물리치는 데 필요한 항체를 미리 형성해 병에 걸리는 것을 막아줄 뿐이다. 건강하다는 것은 단지 병에 걸리지 않은 상태가 아니라 마음먹은 대로 하고 싶은 활동을 할 수 있는 상태를 의미한다. 단지 병에 걸리지 않는 것을 넘어 몸과 마음을 건강하게 유지하려면 그에 알맞은 방식으로 생활해야 한다. 영양을 고루 섭취하고 운동을 충분히 하며 잠을 편히 자고 밝은 마음으로 다른 사람과 좋은 관계를 맺으며 사는 것이다. 《우리글 바로쓰기》는 못난 글을 쓰지 않도록 면역력을 길러주는 백신일 뿐이다. 훌륭한 문장을 쓰려면 그에 맞는 훈련과 노력을 따로 더 해야 한다. 하지만 그렇다고 해서 면역의 중요성을 과소평가해서는 안 된다.

《우리글 바로쓰기》는 다섯 권이다. 다 읽으면 최선이다. 그게 버거우면 총론인 1권을 여러 번 읽어도 좋다. 5권까지 다 읽으면 1권을 다섯 번 읽은 것과 비슷한 효과가 난다. 책과 신문의 글뿐만 아니라 방송 말에 이르기까지 못난 말과 글을 알아볼 수 있게 된다.

그런데 어떤 사람들은 자기 글이 병든 줄도 모르고 오히려 이오덕 선생의 주장이 지나치거나 극단적이라고 말한다. 그대로 다 지키려고 하면 손발이 묶인 것 같아서 글을 쓰기 어렵다고도 한다. 옳지는 않지만 일리 있는 지적이다. 《우리글 바로쓰기》는 너무나 철저하다. 그대로 다 따르기는 어렵다. 또 그렇게 하는 것이 늘 정답이라고 할 수도 없다. 저마다 할 수 있는 만큼 받아들이면 된다. 하지만 내가 겪은 바로는, 많이 받아들일수록 못난 글을 피할 가능성이 높아진다. 이것만큼은 분명하다.

이오덕 선생은 무려 43년 동안 초등학교에서 아이들을 가르친 아동문학 작가였다. 2003년 별세하기까지 중국 글자말과 일본말, 서양말 홍수로 질식할 지경에 이른 우리말글을 구하는 일에 열정을 쏟았다. 나는 선생의 문제의식을 내가 실천할 수 있을 만큼만 받아들였다. 남의 나라 말에 오염되어 생긴 문제는 세 가지로 요약할 수 있다.

첫째, 우리말과 글이 쓸데없이 어려워졌다.
둘째, 우리말과 글이 흉해졌다.
셋째, 우리말과 글로 생각과 느낌을 바르게 표현하지 못하게 되었다.

글이 어려워져 의사 전달을 하기 어렵고, 글이 흉해져 공감과 감동을 일으키지 못하며, 글이 일그러져 생각과 감정도 일그러졌다는 것이다.

이오덕 선생은 외국말글 때문에 우리가 외국 사람의 가치관과 정서를 추종하게 되고, 말과 글이 민중에게서 멀어져 사람들의 생각과 행동이 비민주적으로 흐르며, 말글에서 겨레의 넋이 떠난다고 걱정했다. 민족정신과 민족문화가 언어생활과 깊게 연관되어 있다고 주장한 것이다. 이러한 민족주의적 언어이론이 과연 얼마나 타당한지는 토론해볼 가치가 있다. 하지만 이 글쓰기 책이 맡아야 할 과제는 아니라고 판단해서 여기서는 다루지 않겠다.

《우리글 바로쓰기》는 우리말글에 들어와 문제를 일으키는 중국 글자말, 일본말, 서양말을 낱낱이 집어내 보여준다. 이 책을 읽으면 그런 것을 정확하게 알아보고 물리치는 능력을 키울 수 있다. 밖에서 들어왔지만 우리말글에 잘 적응해서 큰 문제를 일으키지 않거나 오히려 우리말글을 더 풍성하게 만드는 외국말도 있다. 이런 것은 기꺼이 인정하고 활용해야 한다.

백신을 접종하면 하루 이틀 아프거나 미열이 난다. 콜레라, 장티푸스, 독감 예방주사를 맞아본 적이 있으면 알 것이다. 《우리글 바로쓰기》를 읽으면 한동안 독서와 글쓰기가 불편해진다. 예전에는 보이지 않던 것이 눈에 들어오고, 책을 읽는 중에 자꾸 화가 나거나 글을 쓰기가 더 어렵게 느껴지기도 한다. 그렇지만 못난 글을 알아보는 감각을 체득하려면 그 정도 불편함은 기꺼이 감수해야 한다.

이야기를 꺼낸 김에 한마디만 더 하자. 직업으로 글을 쓰는 작가와 지식인 중에는 《우리글 바로쓰기》를 제대로 읽어보지도 않은 채 무시하고 폄하하는 분들도 있다. 알지도 못하면서 다 아는 것처럼 그러는 것을 보면 은근히 분이 난다. 만약 이오덕 선생이 외국의 유명한 대학교에서 문학이론이나 언어학 박사 학위를 받은 분이었더라도 이렇게 했을까? 혹시 초등학교 교사였다고 해서 그러는 것은 아닐까? 그런 의심마저 든다. 나는 이오덕 선생이 글공부에 관해서는 당대의 명의(名醫)였으며 《우리글 바로쓰기》는 효과가 뛰어난 백신이라고 생각한다. 이오덕 선생에게 의사 면허증이야 있었든 없었든 아무 상관없는 일이다.

●

중국 글자말
오남용

●

해로운 외국말 바이러스에 감염된 글은 소리 내어 읽기가 힘이 들고 귀로 듣기에 좋지 않으며 뜻을 알기도 어렵다. 한자말부터 살펴보자. 중국말은 우리말과 구조가 완전히 달라서 문장을 해치지는 않는다. 광복 이후 수교가 이루어진 1990년대 초까지는 중국과 외교 관계가 없고 문화 교류도 이루어지지 않아서 특별한 영향을 받지 않았다. 하지만 우리 민족은 수천 년 동안 중국 글자를 썼고 중국의 사상과 문화를 받아들였다. 자존심 때문에 굳이 부정하려 하지만 속국이나 마찬가지였던 시기도 있었다. 몽골족이 침략한 고려 말기, 병자호란이 터진 조선 중기에는 특히 더했다.

세종대왕이 한글을 창제한 이후에도 수백 년 동안 우리는 정부의 공식 문서를 한문으로 썼다. 일본말도 한자말이 많기 때문에 개화기와 일제강점기에 일본을 통해 들어온 단어도 대부분 한자말이었다. 우리말에는 한자 단어가 많아서 어느 정도는 쓰지 않을 도리가 없다. 또 한자말을 쓰는 것 자체가 문제는 아니다. 유럽 지식계급도 중세에는 라틴어를 썼다. 그래서 영어나 독일어, 프랑스어, 스페인어에는 라틴어에서 나온 단어가 많다. 그런 것을 학술 활동이나 일상생활에서 널리 쓴다.

그러나 남용하면 문제가 있다. 유럽에서는 라틴어를 아는 게 배운 사람이라는 징표로 통했다. 우리나라는 오랜 세월 한문을 아는 게 배운 사람의 징표였다. 한자말을 써야 유식하고 품위 있는 사람으로 보인다. 그래서 우리는 한자말을 오남용(誤濫用)하는 경향이 있다. 앞서 예를 든 국무총리 담화문처럼 굳이 쓰지 않아도 될 때마저 구태여 한자말을 써서 글을 어렵게 하고 읽기도 듣기도 불편하게 만든다.

운전을 해서 국도를 달리다 보면 굴곡이 심한 구간에 경고용 푯말이 서 있는 것을 흔히 볼 수 있다. 먼저 세로로 '사망'이라고 쓴 푯말이 나오고, 조금 더 가면 '사고'가, 그리고 '발생'과 '지점'이 차례로 나타난다. '사망사고발생지점(死亡事故發生地點)'이다. '사망사고'가 '발생'했다는 것은 좀 괴상한 표현이다. 쉽게 '사망사고 난 곳'이라고 하면 될 것을 한자말을 너무 좋아해서 그렇게 쓴 것이다. '사고다발구간(事故多發區間)'이라 쓴 곳도 많다. 우리말로 하면 '사고 잦은 곳'이

다. '사고다발구간'과 '사고 잦은 곳' 가운데 어느 게 더 쉽고 명료한
가. 한자말을 남용하면 말이 어려워질 뿐 좋을 게 없는데도 공무원
들이 한자말을 고급 언어라고 생각한 탓에 이렇게 쓴 것이다. 한자
말 '오남용'이 얼마나 심각한지 알고 싶다면 《우리글 바로쓰기》를
꼭 읽어보기 바란다.

　나는 이 책에서 꼭 필요하다고 생각하는 경우에만 한자를 괄호
에 넣어 병용(竝用)했다. 바로 위에 쓴 '오남용'은 오용(誤用)과 남용(濫
用)을 합친 말이다. 우리말에는 한자말과 토박이말이 뒤섞여 있다.
마음만 먹으면 한자말을 토박이말로 바꿔 쓸 수 있다. 예컨대 '병용'
을 '아울러 쓰기'나 '나란히 쓰기'로, '오용'과 '남용'은 '잘못 쓰기'와
'함부로 쓰기'로 바꾸는 것이다. 그런데도 굳이 한자를 병용하는 것
은 한글로만 쓰면 뜻과 맛을 정확하게 나타내지 못하는 경우가 있
기 때문이다. 이 문제를 완전히 해결하려면 한자말을 모두 대체할
토박이말을 만들어야 한다. 시간이 걸리겠지만 모두가 노력하면 토
박이말이 우세해져서 언젠가는 한자말을 쓰지 않아도 되는 날이 올
수도 있을 것이다.

　나는 이 주장도 일리가 있다고 생각한다. 글 쓰는 사람들이 우
리말을 아름답게 가꾸는 일에 뜻과 힘을 모아야 한다고 믿는다. 하
지만 오직 완전한 토박이말만 아름다운 우리말이 될 자격이 있다
고 생각하지는 않는다. 게다가 지금 그런 식으로 글을 쓰면 여러 가
지 어려움을 당하게 된다.

　앞에서 나는 '우리는 한자말을 오남용하는 경향이 있다'고 썼다.

이 문장을 최대한 토박이말로 바꾸면 이렇게 된다. '우리는 중국 글자말을 잘못 쓰고 함부로 쓰는 경향이 있다.' 토박이말을 평가 기준으로 삼으면 고친 게 낫다고 할 수 있다. 그러나 나는 고친 문장이 마음에 들지 않는다. 말이 늘어져 힘이 없어 보이기 때문이다. 그래서 이런 경우에는 토박이말이 있어도 그냥 한자말을 쓴다.

게다가 토박이말을 많이 쓰는 것이 의사소통에 꼭 편리하다고 단정하기도 어렵다. 언어는 사회적 약속이다. 언어에는 옳고 그름을 가리는 철칙이 있는 게 아니다. 많은 사람이 즐겨 쓰면 그것이 표준이 된다. 사람들이 일상생활에서 많이 쓰는 범위를 넘어 토박이말을 지나치게 많이 쓰면 의사소통을 하고 정서적인 교감을 이루는 데 장애가 생긴다. 다음은 2006년 8월 24일 〈한겨레〉에 실린 손석춘 선생의 칼럼 한 단락이다. 칼럼 제목은 '괴물 한미 FTA와 살 길'. 정부와 대통령을 강력하게 비판한 이 칼럼에는 빛나는 토박이말이 많다.

● 실제로 노 대통령은 전시작통권 소동을 들먹이며 자유무역협정은 상대적으로 부담이 적다고 언죽번죽 털어놓았다. 그래서일까. 협정 추진에 절차적 민주주의조차 유린됐다는 지적에도 모르쇠다. 대안을 내놓으라고 되술래잡는다. 진보적 연구소가 곰비임비 대안을 내놓고 있는데도, 한사코 없단다. 공부에 게으르다는 개탄에 그칠 일이 아니다. 수천만 명의 삶이 걸린 국가적 의제 아닌가.

손석춘 선생은 토박이말을 쓰려고 애를 썼다. 민족주의 언어이론으로 보면 높이 평가할 일이다. 그렇지만 나는 이렇게 쓰고 싶지 않다. 말하는 것처럼 자연스러운 글을 좋아하지만, 말을 그대로 옮기기만 하면 좋은 글이 된다고 생각하지는 않는다. 글은 말과 다른데가 있다. 게다가 요즘 사람들은 이런 식으로 말하지 않는다. '언죽번죽 털어놓았다' '되술래잡는다' '곰비임비' 같은 말을 하는 사람을 나는 본 적이 없다. 옛날에는 썼는지 모르겠으나 지금은 쓰지 않는 말이다.

신문 칼럼은 생각을 알리고 공감을 얻으려고 쓰는 글이다. 토박이말 사랑을 실천하는 게 주된 목적은 아니다. 국가정책에 대해 이야기할 때만큼은 사람들이 보통 쓰는 말로 시사 칼럼을 쓰는 편이 좋다고 생각한다. 내가 똑같은 주장을 하려 했다면 이렇게 썼을 것이다.

●　　　　　실제로 노 대통령은 전시작통권 소동과 비교해서 자유무역협정은 상대적으로 부담이 적다고 주장했다. 그래서일까. 협정을 추진하면서 민주주의 절차를 짓밟았다는 지적을 받아도 모르는 체한다. 오히려 대안을 내놓으라고 역공을 펼친다. 그러면서 진보적 연구소가 꾸준히 내놓고 있는 대안은 한사코 외면한다. 공부에 게으르다고 개탄하는 것으로 끝낼 일이 아니다. 수천만 명의 삶이 걸린 국가적 의제 아닌가.

글을 잘 쓰려면 한자말을 오남용하지 말아야 한다. 한자를 병용하지 않으면 뜻을 알기 어려운 단어는 되도록 쓰지 않는 것이 좋다. 그러나 중국 글자말이라고 해서 무조건 배척하거나 오늘날 쓰지 않는 토박이말을 쓰는 것도 현명한 태도는 아니다. 말과 글은 자기 자신을 표현하고 타인과 소통하는 수단이라는 사실을 잊지 말아야 한다. 이 목적을 잘 이룰 수 있도록 쓴 글이 훌륭한 글이다. 지식을 뽐내려고 한자말을 남용하는 것, 민족주의적 언어미학에 빠져 사람들이 알지도 못하는 토박이말을 마구 쓰는 것, 둘 모두 피해야 할 행동이라고 생각한다.

일본말과 서양말
오염

한자말 오남용은 어찌 보면 간단한 문제라 할 수 있다. 한자말 때문에 우리말 문장이 심하게 뒤틀리지는 않는다. 그보다는 일본말이 훨씬 위험하다. 우리말 문장 깊은 곳까지 들어와 말과 글을 해치기 때문이다. 한글학자와 작가, 시민단체와 정부가 꾸준히 노력한 덕분에 일본말 단어를 그대로 쓰는 일은 거의 사라졌다. 물론 이것도 간단한 작업은 아니었다.

예전 고등학교 기술교과서에 '노견(路肩)'이라는 말이 있었다. 교육부는 이것이 일본말이라는 비판을 받아들여 '길어깨'로 바꾸었다. '길 로(路)'와 '어깨 견(肩)', 두 글자로 만든 일본말을 그대로 번역한 것이다. 하지만 일본말을 직역한다고 해서 우리말이 되는 건 아니다. 기나긴 우여곡절 끝에 '노견'은 순수한 우리말이면서 뜻도 매우 분명한 '갓길'이 되었다. 우리는 이런 방식으로 우리말에 들어와 있던 일본말 단어를 대부분 쫓아냈다. 하지만 마치 원래 우리말인 것처럼 문장 안에 자리를 잡은 일본말이 아직도 많이 남아 있다. 워낙 많은 사람이 그렇게 쓰기 때문에 원래 우리말이 그런 것으로 착각할 정도다.

물론 일본말이라고 해서 무조건 시비를 거는 것이 아니다. 민주주의, 자유, 시민과 같은 정치사회적 개념어는 모두 일본어를 거쳐 들어왔지만, 그렇다고 해서 일부러 배척하거나 다른 말로 바꿀 필요는 없다고 본다. 문제는 우리말에 들어온 일본말이 문장을 뒤틀고 뜻을 흐리게 하며 자연스러운 운율을 파괴하는 현상이다. 여기에 영어에서 온 서양말 문법까지 뒤섞이면 도저히 우리말이라고 하기 어려운 글이 된다. 일본말과 서양말 오염을 피하려면 두 가지를 특별히 조심해야 한다. 바로 일본말 토씨(조사, 助詞)와 피동형(被動形) 문장이다.

단연 큰 문제는 일본말 조사를 함부로 쓰는 것이다. 예컨대 일본말 조사 'の(노)'는 우리말법으로 하면 일곱 가지 '격조사'로 쓰이면서 스물한 가지 다른 뜻을 나타낸다. の는 우리말 '의'와 달리 단순한 관형격조사가 아니다. 우리말이라면 전혀 다른 토씨가 들어가거나 토씨가 아예 없어야 하는 자리에도 일본말은 の가 들어간다.

다음은 《우리글 바로쓰기》에서 그대로 가져온 예문과 설명이다. 소학교에 다니는 일본 아이가 이렇게 썼다.

きのう私は私の家のうらの私の家の畑の私の家の桃をとって
たべました。

일본말은 이렇게 써도 말법을 제대로 지킨 문장이 된다. 여기서
첫 번째 の는 평범한 철자이고, 나머지 の는 모두 관형격조사다. の를
우리말 관형격조사 '의'로 바꾸어 문장 그대로 옮기면 이렇게 된다.

어제 나는 나의 집의 뒤의 나의 집의 밭의 나의 집의 복숭아를
따 먹었습니다.

우리말은 이렇게 쓰지 않는다. 번역도 이렇게 하면 정신 나간
사람이라고 욕을 먹어 마땅하다. 이 문장을 옳게 번역하면 이렇게
된다.

나는 어제 우리 집 뒤에 있는 우리 밭 복숭아를 따 먹었습니다.

결국 관형격조사 の 여덟 개 가운데 하나만 남았다. 그것도 '의'
가 아니라 '에'로 살아남았다. 우리말이라면 '은·는·이·가'를 써야
하는 곳에 일본말은 'の'를 쓰기도 한다. 우리 국민 누구나 아는 동
요 '나의 살던 고향은 꽃 피는 산골'이 그렇다. 우리말법으로는 '내

가 살던 고향은 꽃 피는 산골'이 되어야 한다. 노랫말을 쓴 분도 잘 못임을 인정했지만 바꾸지 못했다. 언어란 참 묘하다. 조사가 잘못 되었는데도 어린 시절의 추억이 묻어서 그런지 흉해 보이지 않는 다. 만약 국민투표를 한다면 나는 고치자는 데 반대할 것 같다.

'으로의' '에로의' '에서의' '으로부터의' '에 있어서의'와 같이 '의' 를 겹쳐 쓴 토씨도 모두 우리말법에 어긋난다. 이것은 の가 든 일본 식 조사를 옮긴 것이다. 우리말은 그런 식으로 토씨를 쓰지 않는다. 일본말처럼 토씨를 쓰면 글이 늘어지고 운율이 죽으며 문장의 힘 이 빠진다. 읽기도 나쁘고 듣기도 좋지 않다. 그런데도 많은 지식인 이 '나는 나의 집의 뒤의 나의 집의 밭의 나의 집의 복숭아를 따 먹 었습니다'와 다르지 않은 문장을 쓴다. 못난 글에 대한 면역력이 없 기 때문이다.

나는 우리말의 가장 큰 매력이 토씨에 있다고 생각한다. 토씨는 뜻을 압축해서 전하는 수단이며 문장에 감칠맛이 돌게 만드는 조 미료이기도 하다. 다양한 토씨를 적절하고 정확하게 쓰는 아이는 언어 능력이 뛰어난 어른이 된다. 우리말에는 주어를 만드는 다양 한 토씨가 있다. '이' '가'를 많이 쓰지만 맥락에 맞추어 '은' '는'이나 '도'를 쓰기도 한다.

소개팅을 하고 온 어떤 여자한테 '절친'이 이렇게 물었다고 하자. '그 남자 어때?' 대답은 네 가지가 있다. '키도 커' '키는 작아' '키는 커' '키도 작아'. 이 네 가지 대답 모두에서 토씨가 핵심 정보를 전달 한다. 굳이 설명하지 않아도 알 것이다. '키도 커'는 이런 뜻이다. 그 남자 돈 많고 교양 있고 직장 좋고 심지어 키도 커. '키는 작아'는 괜찮지만 그보다는 조금 못 할 때 쓴다. 그 남자 돈 많고 교양 있고 직장 좋은데 아쉽게도 키는 작아. '키는 커'는 이렇게 해석해야 한다. 그 남자 돈 없고 교양 없고 직장 시원치 않은데 키는 커. '키도 작아'는 달리 해석할 여지가 없다. 그 남자 돈 없고 교양 없고 직장 시원치 않은 데다 키도 작아. 토씨는 이렇게 쓰는 것이다. 단 한 글자 토씨에 이렇게 많은 뜻을 담을 수 있다.

'의'와 '에의' '으로의' '에서의' '에 있어서의' '에로의' '으로부터의' 같은 일본식 조사는 주로 글에서 볼 수 있다. 말까지 그렇게 하는 사람은 흔하지 않다. 너무나 어색하기 때문이다. 그런데 많이 배운 사람일수록, 진보와 보수를 가리지 않고, 이렇게 못난 글을 쓴다. '민중의 주인 된 삶' '문학에의 초대' '고향으로의 귀환' '급변하는 사회에 있어서의 문학의 영원성' '냉전 체제로의 회귀'와 같이 일본말 조사를 따라 쓴 글은 학술 논문부터 문학평론, 신문 기사, 방송 리포트, 여성잡지를 가릴 것 없이 우리가 볼 수 있는 모든 미디어에 널려 있다.

피동형 문장도 심각한 문제를 일으킨다. 우리말에는 피동문이 드물다. 반드시 피동문을 써야 정확하게 뜻을 전할 수 있을 때만 예외로 쓴다. 그런데도 일본말이나 영어같이 피동문을 표준 문장처럼 쓰거나 뜬금없이 피동형 동사를 가져다 붙이는 사람이 많다. 일본말과 서양말을 저도 모르게 따라 한 것이다. '보여지다' '되어지다'

'키워지다' '다뤄지다' '모여지다' '두어지다' '보아지다' 같은 것은 글 뿐만 아니라 방송에도 출몰한다. 타동사를 피동형으로 쓰는 것만 으로 모자라는지 자동사까지 억지로 피동형으로 만들어 쓴 문장은 우리말이라고 할 수가 없다.

서양말의 완료시제와 복수형 어미 오남용도 심각한 문제다. 우리말은 완료시제가 없다. 그런 것이 없어도 의사소통을 하는 데 아무 문제가 없다. 현재완료니 과거완료니 하는 서양말 문법은 서양말을 할 때만 쓰면 된다. 그런데도 사람들은 '어제 어머니를 만났었다'거나 '고향을 방문했었다'는 식으로 글을 쓰고 말을 한다. 서양말은 주어가 단수냐 복수냐에 따라 동사 어미가 달라진다. 그래서 명사가 단수인지 복수인지가 중요하다. 그러나 우리말은 명사 그 자체를 복수라고 분명하게 드러내야 할 때가 아니면 복수형을 쓰지 않는다. 그런데도 '방법들을 찾아야 한다'는 식으로 추상명사에까지 '들'을 붙여 쓰는 사람이 많다.

이런 상황에서 서양말 단어까지 마구잡이로 쓰면 국적을 알기 어려운 말이 된다. 적당한 우리말이 없어서 꼭 써야 하는 경우에 서양말 단어나 외래어를 쓰는 것은 괜찮다. 그러나 패션잡지나 여성잡지 기사에서 흔히 보는 소위 '보그병신체'는 따라 하지 말아야 한다. 다음은 《보그(VOGUE)》 2015년 1월 호 인터넷판 '겨울철 필수 아이템 니트 모자'를 다룬 기사에서 가져왔다. 분명 한글로 썼지만 우리말이라 하기는 어렵다.

●　　　　　　　　오전 7시 패션 화보 촬영 현장. 모델 겸 가방디자이너 겸 패셔니스타로 꼽히는 송경아는 방금 막 샤워를 마친 듯 젖은 머리카락을 남색 비니에 감춘 채 푸시버튼 코트 자락을 휘날리며 스튜디오에 들어섰다. "다른 건 몰라도 모델들에게 비니는 필수품이에요!" 그녀를 포함해 요즘 패피들의 핫 아이템인 비니는 망가진 헤어스타일을 감쪽같이 감춰줄 뿐 아니라 스냅백만큼 스타일링 지수를 높이는 매력 만점의 아이템이다. 스테판 존스나 필립 트레이시 같은 모자 대가들도 보면 울고 갈 만큼 겨울의 비니는 인기 절정. 사실 비니로 치자면 영하 10도는 기본인 요즘 같은 날씨에 보온은 물론 휴대도 간편하며 스타일은 덤이다. 평범한 비니가 은근슬쩍 패션의 중심에 우뚝 솟았다는 사실이 감개무량할 뿐.

전체 어휘 절반이 외국어라는 점만 빼면 이 글은 사실 큰 문제가 없다. 날렵하게 잘 쓴 글이라고 할 수도 있다. 무엇보다도 일본어나 영어를 따라 하는 피동형 문장이 없다. 영어 조동사를 떠올리게 하는 문장도 없고 완료시제 문법을 따라가지도 않았다. 앞뒤 맥락으로 보아 오해할 여지가 없을 때는 주어를 과감하게 생략하는 우리말의 특징도 잘 살렸다. 업무 특성상 외국잡지를 많이 보아야 하는 패션잡지 기자가 이 정도로 정갈한 문장을 구사하기가 쉬운 것은 아니다. 그렇지만 이 글 또한 제대로 쓴 좋은 글이라고 할 수는 없다.

다시 말하지만 잘못 가져다 쓴 중국 글자말과 일본말, 서양말은 글을 어렵게 만들고 뜻을 흐리게 한다. 읽기가 힘들고 듣기도 흉하다. 이런 것이 들어와 있으면 문장이 쓸데없이 길어지고 운율이 무너진다. 노래로 말하자면 자연스럽게 말하듯 노래하는 게 아니라 가짜 감정을 넣어서, 괜한 멋을 부려서, 노래 솜씨를 뽐내려는 듯, 소리를 쥐어짜 부르는 것이다. 잘 쓴 글은 말하듯 자연스러운 글이다. 말과 달라질수록, 말에서 멀어질수록 글은 어렵고 흉하고 멋이 없어진다.

앞에서 국무총리 담화문을 흉보았다. 그러나 남이 쓴 글을 '지적질'하는 게 즐거운 일은 아니다. 자칫 내 글을 '자랑질'하는 것으로 보일 수도 있다. 그래서 이젠 내가 쓴 글을 가지고 이야기하겠다. 다음은 내가 글쟁이가 되는 계기를 만들어준 〈항소이유서〉에서 가져왔다. 〈항소이유서〉가 못난 글인지 쓸 때는 몰랐다. 명문이라고 칭찬한 사람이 많아서 한동안은 우쭐하기까지 했다. 하지만 사실은 그렇지 않았다. 뜻을 표현하는 데에는 성공했는지 모르지만 문장을 제대로 쓴 글은 아니었다.

앞서 국무총리 담화문을 평가할 때 썼던 잣대를 그대로 적용해서 못난 곳에 밑줄을 긋고 바르게 고쳤다. 원래 글에서는 한자말과 격조사를 지나치게 자주 그리고 함부로 썼고, 일본말과 서양말 문법의 흔적이 곳곳에 남아 있었다. 원래 글과 고친 글을 비교해 보라. 나는 고친 글이 더 낫다고 생각한다. 어딘가 밋밋하고 심심해진 것 같지만 훨씬 자연스럽고 뜻도 더 분명해졌다. 게다가 한 줄 짧아지기까지 했다. 글은 기왕이면 짧은 게 좋다.

● **원래 글**　　　　　　　　'경제성장' 즉 자본주의 발전을 위하여 '비효율적인' 각종 민주제도(삼권분립, 정당, 노동조합, 자유 언론, 자유로운 집회 결사 등)를 폐기시키려 하는 사상적 경향을 우리는 파시즘이라 부릅니다. 그리고 그러한 파시스트국가의 말로가 온 인류를 재난에 빠뜨린 대규모 전쟁 도발과 패배로 인한 붕괴였거나, 가장 다행스러운 경우에조차도 그 국민에게 심대한 정치적·경제적 파산을 강요한 채 권력 내부의 투쟁으로 자멸하는 길뿐임을 금세기의 현대사는 증명하고 있습니다. 나치 독일, 파시스트 이탈리아, 군국주의 일본은 전자의 대표적인 실례이며, 스페인의 프랑코 정권, 합법 정부를 전복시키고 등장했던 칠레·아르헨티나 등의 군사정권, 하루 저녁에 무너져버린 유신체제 및 지금에야 현저한 붕괴의 조짐을 보이고 있는 필리핀의 마르코스 정권 따위는 후자의 전형임에 분명합니다.

● **고친 글**　　　　　　　　'경제성장' 즉 자본주의 발전을 위하여 '비효율적인' 민주제도(삼권분립, 정당, 노동조합, 자유 언론, 자유로운 집회 결사)를 없애버리자는 사상을 우리는 파시즘이라 합니다. 그러한 파시스트국가는 인류를 재난에 빠뜨린 대규모 전쟁을 일으키고 패배해 무너졌거나, 국민에게 뼈아픈 정치적·경제적 파산을 남긴 채 권력 내부의 투쟁으로 자멸한다는 것을 20세기 현

대사는 증명합니다. 나치 독일, 파시스트 이탈리아, 군국주의 일본은 전자의 대표적인 사례이며, 스페인의 프랑코 정권, 합법 정부를 전복시키고 등장했던 칠레·아르헨티나의 군사정권, 하루 저녁에 무너져버린 유신 체제와 지금 크게 흔들리고 있는 필리핀의 마르코스 정권 따위는 후자의 본보기입니다.

〈항소이유서〉가 아주 못난 글은 아니다. 제법 잘 쓴 문장도 더러 있긴 했다. 다음은 나 스스로 이만하면 괜찮지 않을까 생각하는 단락이다. 일상생활에서 쓰는 말로 내면의 확신을 표현했고 문장이 짧으며 운율이 살아 있다. 하지만 눈에 거슬리는 곳이 있어서 밑줄을 긋고 손을 보았다. 원래 글과 고친 글을 비교해 보라. 역시 고친 게 좀 낫다. 그때 이후 무려 30년 동안 직업으로 글을 썼으니 고친 글이 나은 게 당연한 일 아니겠는가. 여기서도 역시 분량이 줄었다. 중국말, 일본말, 서양말을 걷어내면 문장이 짧아지고 뜻도 더 분명해지며 운율도 살아난다.

● **원래 글**　　　　　법은 자기를 강제할 수 있는 힘을 보유하고 있지만 양심은 그렇지 못합니다. 법은 일시적·상대적인 것이지만 양심은 절대적이고 영원합니다. 법은 인간이 만든 것이지만 양심은 하느님이 주신 것입니다. 그래서 본 피고인은 양심을 따랐습니다. 그것은 법을 지키는 일이 중요하지 않기 때문이 아니라 양심의 명령을 따르는 일이 더 중요했기 때문입니다.

● **고친 글**　　　　　　　법은 강제력이 있지만 양심은 그렇지 않습니다. 법은 일시적이고 상대적이지만 양심은 절대적이고 영원합니다. 법은 인간이 만들었지만 양심은 하느님이 주셨습니다. 그래서 저는 양심을 따랐습니다. 법을 지키는 것을 가볍게 여겨서가 아니라, 양심의 명령을 따르는 것이 더 중요하다고 믿었기 때문입니다.

단문 쓰기

글은 단문이 좋다. 문학작품도 그렇지만 논리 글도 마찬가지다. 단문은 그냥 짧은 문장을 가리키는 게 아니다. 길어도 주어와 술어가 하나씩만 있으면 단문이다. 문장 하나에 뜻을 하나만 담으면 저절로 단문이 된다. 주어와 술어가 둘이 넘는 문장을 복문이라고 한다. 복문은 무엇인가 강조하고 싶을 때, 단문으로는 뜻을 정확하게 표현하기 어려울 때 쓰는 게 좋다.

다시 노래와 비교해보자. 가수가 고음을 시원하게 잘 내면 좋다. 그런데 어떤 노래를 처음부터 끝까지 고음으로만 부르면 어떨까? 청중이 감탄할 수는 있지만 즐기기는 어려울 것이다. 노래는 높은음과 낮은음이 잘 어우러져야 제맛이다. 고음은 '클라이맥스'

에 잠깐 나오는 것으로 충분하다. 그래야 듣는 사람 팔뚝에 소름이 돋는다. 글도 마찬가지다. 계속해서 복문을 쓰면 읽는 사람이 힘들다. 복문은 꼭 필요할 때만 써야 한다.

같은 뜻을 담아도 단문으로 쓴 글과 복문으로 쓴 글은 느낌이 다르다. 다음은《거꾸로 읽는 세계사》초판(1988)에서 가져온 글이다. 드레퓌스 사건을 다룬 그 책의 첫 꼭지 첫 단락이다. 복문을 어떻게 단문으로 바꾸는지, 그리고 문장구조와 문체의 변화가 어떤 차이를 만들어내는지 살펴보자.

● **초판 글**　　　　1894년 9월 어느 날, 프랑스의 참모본부 정보국은 프랑스 주재 독일대사관의 우편함에서 훔쳐낸 한 장의 편지를 입수했다. 그 편지의 수취인은 독일대사관 무관인 슈바르츠코펜이었고 발신인은 익명이었으며, 내용물은 프랑스 육군 기밀문서의 '명세서'였다. 스파이 활동의 거점인 독일대사관을 감시하고 배반자를 색출하느라 골머리를 앓고 있던 참모본부는 '명세서'를 작성한 사람이 참모본부 내에 있는 자이거나, 최소한 그런 자와 가까운 연관을 가진 인물이라는 심증을 굳히고 수사를 시작했다.

이 단락은 세 문장인데 모두 복문이다. 공연히 어려운 중국 글자말을 많이 썼다. 마치 일본말처럼 조사 '의'를 남발했다. 문장 운율이 맞지 않는다. 결코 잘 쓴 글이 아니다.《우리글 바로쓰기》를 읽은 후 개정판(1994)을 내면서 문장을 손보았다. 다음은 개정판에서 가져온 같은 단락이다.

● **개정판 글**　　　　　　　　1894년 9월 어느 날, 프랑스 육군 참모본부 정보국 요원이 프랑스 주재 독일대사관의 우편함에서 편지 한 장을 훔쳐냈다. 독일대사관 무관 슈바르츠코펜 앞으로 가는 봉투 안에는 프랑스 육군 기밀문서의 내용을 자세히 적은 '명세서'가 들어 있었고, 보낸 사람은 누군지 알 수 없었다. 그러잖아도 프랑스 군사정보를 독일에 팔아먹는 스파이를 찾아내느라 골머리를 썩이고 있던 참모본부는 이 '명세서'를 작성한 사람이 참모본부 안에서 일하고 있거나 적어도 그 가까이 있는 인물이라고 단정하고 조사를 벌였다.

한 차례 손을 보았는데도 여전히 부적절한 표현과 군더더기가 남아 있다. 밑줄 그은 곳이다. 지금 다시 문장을 손본다면 아래와 같이 고칠 것이다. 여기서 말하고자 하는 뜻은 셋 모두 같다. 그러나 문장의 형태와 구조와 운율은 다르다. 어느 것이 나은가? 아래 '다시 고친 글'이 제일 깔끔하고 명확해서 읽기에 좋다. 개정판 글이 그다음이다. 초판 글이 제일 못났다. 내가 보기엔 그렇다.

● **다시 고친 글**　　　　　　　　사건은 1894년 9월에 일어났다. 프랑스 육군 참모본부 정보국 요원이 프랑스 주재 독일대사관

우편함에서 편지 봉투를 하나 훔쳤다. 독일대사관 무관 슈바르츠코펜에게 보낸 것이었고 발신인은 알 수 없었다. 거기에는 프랑스 육군 기밀문서의 내용을 적은 '명세서'가 들어 있었다. 군사정보를 적국에 팔아먹는 스파이를 찾아내느라 골머리를 썩이던 참모본부는, 이 '명세서'를 작성한 사람이 참모본부 요원이거나 요원과 가까운 인물일 것이라 추정하고 조사를 벌였다.

단문이 복문보다 훌륭하거나 아름다워서 단문을 쓰라는 것이 아니다. 뜻을 분명하게 전하는 데 편리하기 때문이다. 게다가 단문은 복문보다 쓰기가 쉽다. 주술 관계가 하나뿐이어서 문장이 꼬일 위험이 없다. 내가 《거꾸로 읽는 세계사》 초판을 쓸 때 단문을 쓸 줄 몰라서 복문을 많이 쓴 것이 아니었다. 왜 단문으로 써야 하는지 몰랐고 복문이 멋지다고 생각해서 그랬다.

단문을 잘 쓴다고 해서 복문도 잘 쓰는 건 아니다. 그러나 복문을 어느 정도 쓸 줄 아는 사람은 마음만 먹으면 단문을 잘 쓸 수 있다. 당시에도 나는 단문을 쓰는 데 아무 어려움을 느끼지 않았다. 다음은 내가 쓴 유일한 소설 〈달〉의 마지막 단락이다.

● 영민은 무슨 일이 일어났는지 알 수가 없었다. 순찰로 계단의 나무 말뚝이 등을 찔렀다. 그는 철책의 쇠그물을 움켜잡았다. 그러나 일어설 수가 없었다. 아무것도 들리지 않았다. 자신의 몸속에서 무엇인가가 빠져나가 버린 듯 허

전했다. 52번 투광등에 불이 들어왔다. 영민은 미소 지었다. 저
것 봐. 달이 떴네. 이젠 편지를 읽어야지. 그런데 무슨 불꽃놀
이일까? 유탄 하나가 투광등을 박살 냈다. 영민은 눈을 크게 떴
다. 부릅뜬 그의 눈 속에서 달이 졌다.

계간 《창작과 비평》은 1988년 여름 호에 이 단편소설을 신인
추천 작품으로 올렸다. 그때는 열 편 정도를 연작으로 쓰려고 계획
했는데 정작 신인 추천을 받은 뒤에는 소설을 한 편도 쓰지 않았다.
정직하게 말하면 습작 수준밖에 되지 않는 소설이었다. 그렇게 변
변치 않은 글을 굳이 소개하는 이유는 마음만 먹으면 누구나 단문
을 쓸 수 있다는 것을 강조하기 위해서다.

나는 이 소설을 1987년 겨울부터 다음 해 봄에 걸쳐 썼다. 《거
꾸로 읽는 세계사》를 쓴 바로 그 시기였다. 그런데도 만연체 복문을
늘어놓았던 《거꾸로 읽는 세계사》와는 달리 〈달〉은 처음부터 끝까
지 주로 단문을 썼다. 단문을 써야 인물의 행위와 사건 전개 상황을
속도감 있게 묘사할 수 있다고 생각했다. 소설만 그런 게 아니라 에
세이를 쓸 때도 단문이 좋다는 것을 뒤늦게 알았다. 《거꾸로 읽는
세계사》를 그렇게 썼더라면 조금은 더 나은 책이 되었을 것이다.

●

거시기
화법

●

단문 쓰기만큼 중요한 것이 어휘 선택이다. 말하려는 뜻을 명확하게 표현하려면 '꼭 맞는 단어'를 써야 한다. '꼭 맞는 단어'란 '뜻이 정확할 뿐만 아니라 앞뒤에 있는 단어들과 어울려 자연스럽고 멋진 표현을 만드는 단어'를 말한다. 그렇게 글을 쓰려면 어휘를 많이 알아야 한다. 어휘가 부족하면 같은 단어와 표현을 반복해서 쓸 수밖에 없다. 그러면 글이 음표와 멜로디가 몇 가지만 있는 노래처럼 지루해진다.

앞에서 나는 책을 많이 읽고 좋은 책을 골라 되풀이 읽어야 지식과 어휘를 늘릴 수 있다고 주장했다. 어휘가 풍부해야 생각을 깊고 넓게 하면서 뜻을 정확하게 표현할 수 있다. 그런데 어휘가 풍부하다는 것은 단순히 단어를 많이 아는 것과는 다르다. 단어의 어울림, 단어의 궁합을 알아야 한다. 뜻은 비슷해도 문장 안에서 다른 단어와 잘 어울리는 단어가 있고 아닌 단어가 있다.

좋은 문장을 쓰려면 멋지게 어울리는 단어를 결합해야 한다. 사전을 뒤져 용례를 찾아가며 글을 쓰면 도움이 된다. 하지만 특별한 경우에 가끔 그럴 수는 있어도 글을 쓰는 내내 사전을 찾기는 어렵다. 그보다는 잘 쓴 글을 많이 읽어서 자연스럽게 익히는 편이 더 쉽다. 단어의 궁합, 표현의 자연스러움은 '안다'기보다는 '느끼는' 것이다. 왠지 어색하면 무엇인가 어긋나 있다고 봐야 한다. 어색한 표현을 어색하다고 느낄 수 있는 능력은 독서를 통해서만 기를 수 있다.

무엇보다 뜻이 두루뭉수리 불분명해서 아무 곳에나 넣어도 되는 단어는 쓰지 말아야 한다. 그런 단어를 자꾸 쓰면 어휘 구사 능력이 퇴화한다. 생각을 감추고 싶어서 일부러 그렇게 한다면 그나마 다행이다. 마음을 고쳐먹으면 곧바로 잘 쓸 수 있기 때문이다. 하지만 아는 어휘가 너무 적어서 적당한 단어를 찾지 못한 탓이라면 단기 해결책이 없다. 근본 대책은 독서량을 늘리는 것뿐이어서 시간이 아주 많이 걸린다.

붕어 낚시를 즐기는 만화가 고우영 선생이 방송에 나와서 이렇게 말한 적이 있다. 오래전 일이라 영상 자료를 찾지 못했는데 워낙 재미있는 일화여서 기억한다. 그는 낚시터에 가면 먼저 단골 밥집 사장님한테 조황을 물어보곤 했다. 그러면 늘 이런 대답이 돌아왔다. 그 밥집 사장님 별명이 '거시기 아저씨'가 된 데에는 그럴 만한 이유가 있었다.

저기… 오늘 거시기가 좀 거석해서 많이 거시기하긴 거슥할 텐
데… 그래도 잘 거시기해서 거슥하면 거시기하긴 할 거여!

소위 '거시기 화법'이다. 이게 무슨 말인가? 붕어 조황을 묻는
단골손님한테 한 대답이니 뜻이 없을 리 없다. 그 뜻은 듣는 사람이
전후 맥락을 살펴 알아내야 한다. 잘못 해석해서 붕어를 낚는 데 실
패하면 그건 어디까지나 낚시꾼 책임이다. 그렇지만 단골 낚시꾼
들은 어렵지 않게 암호를 해독했다. 오래 겪어봤기 때문이다. 만약
갑자기 기온이 뚝 떨어진 가을날이라면 '거시기 아저씨'의 말을 이
렇게 해석해야 한다.

저기… 오늘 날이 좀 차서 많이 낚기는 어려울 텐데… 그래도
자리 선정 잘해서 집중하면 손맛은 볼 거여!

밥집 사장님은 '기온' '낮음' '붕어 낚기' '어려움' '자리 선정' '집중'
'손맛 보기'라는, 전혀 다른 일곱 단어가 들어갈 곳에 모두 '거시기'
를 넣었다. 그런데도 고우영 화백이 뜻을 알아들을 수 있었던 것은
기온이 갑자기 떨어졌다는 사실에 비추어 그 말을 해석했기 때문이
다. 만약 기온이 갑자기 떨어진 가을날이 아니라 따뜻하지만 바람
이 많이 부는 봄날이었다면 똑같은 말을 이렇게 해석했을 것이다.

저기… 오늘 바람이 좀 세게 불어서 채비 던지기가 어렵긴 할 텐데… 그래도 바람 덜 타는 자리를 찾아서 짧은 대로 공략하면 손맛은 볼 거여!

이것이 문맥(文脈, context)의 힘이다. 아무리 어려운 텍스트라도 문맥을 파악하면 그런 대로 독해할 수 있다. 하지만 독자에게 신묘한 독해력을 요구하는 글은 잘 쓴 글이 아니다. 맥락을 잘 모른 채 텍스트를 읽어도 뜻을 아는 데 큰 어려움이 없도록 써야 한다.

대입 논술 시험이나 기업 입사 시험 응시자가 '거시기 화법'으로 논술문을 쓰면 볼 것 없이 낙방이다. 기자가 이런 칼럼을 쓰면 독자들은 신문을 팽개치고 욕을 할 것이다. 글쓰기에서 '거시기 화법'은 절대 금물이다. 그런데도 사람들은 종종 '거시기 화법'을 쓴다. 다음은 '자동텐트'를 구입해 방에서 펴본 어느 네티즌이 블로그에 올린 사용 후기다. 사진도 함께 올려두어서 보기에는 좋았다. 그런데 이 글은 '거시기 화법'이라는 약점을 안고 있다. 만약 평범한 소비자가 아니라 그 회사 홍보담당 직원이 소비자로 '위장'해서 올린 글이라면 아직 홍보에 미숙한 사람을 배치한 인사담당자의 잘못이라 할 수 있다.

● 　　　　자동텐트를 이 가격에 구매하기는 어렵지요. 해당 가격에 만족스런 제품입니다. 일부 <u>마무리 부분이</u> 아쉽지만요. 일단 방에서 텐트를 쳐본 모습입니다. 약간 작은

듯하지만 나름 만족스럽지요. 텐트 안에서 보면 불빛이 새는 부분이 있어요. 박음질한 부분들인데. 이런 부분 때문에 비 올 때 제대로 방수가 될는지 의심스럽더라고요. 텐트 문을 묶어주는 끈이 하나가 짧아요. 이런저런 부분들이 아쉬운 점이 있지만 조금만 더 다듬어준다면 좋은 제품이 될 듯하네요.

그런 대로 뜻을 잘 전달하는 글이다. 그런데 이 짧은 글에 '부분'을 무려 다섯 번이나 썼다. 글쓴이는 아마 말을 할 때도 그럴 것이다. 방송 뉴스나 시사 토론에 나와서 '부분'이라는 말을 남발하는 사람을 흔히 볼 수 있다. 시민단체 활동가, 국책연구기관 박사, 정부 중앙부처 공무원, 기업의 홍보담당자도 그렇게 말한다. 그런 장면을 볼 때마다 나는 그 많은 '부분'을 어떤 단어로 대체하면 좋을지 생각한다.

한번은 제품에 큰 결함이 있다는 항의를 받은 기업의 홍보담당자가 방송 인터뷰에서 이렇게 말하는 것을 보았다. '그 부분에 대해서는 아직 회사의 자체 조사가 덜 끝난 부분이 있어서 제가 말씀드리기 어려운 부분입니다.' 그는 이렇게 말하려고 했을 것이다. '그 문제에 대해서는 회사의 자체 조사가 아직 끝나지 않은 상황이어서 제가 말씀드리기 어려운 점이 있습니다.' 여기서 '부분'은 '거시기'와 똑같은 것이다. 다른 말도 아니고 하필이면 왜 '부분'이 이렇게 유행인지 모를 일이다.

그 자리에 딱 맞는 단어 대신 '거시기'나 '부분'을 쓰는 이유가 무엇일까? 무엇보다 아는 어휘가 적어서 그런 것이다. 딱 맞는 단어를 떠올리지 못하면 아무 데나 넣어도 대충 뜻이 통할 것 같은 단어라도 넣어야 한다. 어휘를 많이 알아도 정확한 언어로 생각하는 습관이 되어 있지 않으면 그럴 수 있다. 책임을 회피하기 위해 일부러 모호하게 말했을 수도 있다. 그러나 원인이야 어찌 되었든, 그런 식으로 생각하고 말하는 습관이 몸에 붙으면 글쓰기를 제대로 할 수 없다. 자동텐트 사용 후기를 올린 네티즌이 자기 뜻을 제대로 표현했다면 이런 글이 되었을 것이다. '부분'을 모두 적절한 단어로 바꾸고 문장을 조금 손보았다.

● 자동텐트를 이 가격에 사기는 어려워요. 가격을 고려하면 만족스런 제품입니다. 마무리가 부실한 점이 아쉽지만요. 일단 방에서 텐트를 쳐봤습니다. 약간 작은 듯하지만 나름 만족스럽지요. 텐트 안에서 보면 불빛이 새는 곳이 있어요. 박음질한 실이 지나간 틈인데, 이것 때문에 비 올 때 제대로 방수가 될지 의심스럽더라고요. 또 텐트 문을 묶어주는 끈하나가 짧아요. 이렇게 마무리가 허술해서 아쉬운 점이 있지만 조금만 다듬어준다면 좋은 제품이 될 듯하네요.

●

우리말의
무늬

●

글을 쓰면서 그때그때 딱 맞는 단어와 표현을 찾는 것이 만만한 일은 아니다. 뜻은 비슷한데 느낌이 다른 말이 많기 때문이다. 게다가 똑같은 단어도 다른 말과 어울리면 조금은 다른 맛과 색을 낸다. 이런 것을 뭉뚱그려 '어감(語感)', 외래어로는 '뉘앙스(nuance)'라고 한다. 토박이말로 표현하자면 '말의 맛' '색깔' '느낌' '분위기' '결' '무늬' 정도가 되겠다. 우리말은 토박이말과 중국 글자말, 서양말이 섞여 있어서 무늬가 매우 다양하다. 영어, 독일어, 프랑스어에 토박이말과 라틴어 단어, 외래어가 섞여 있는 것과 마찬가지다. 그런데 우리말은 무늬가 서양말보다 더 다양하다.

'모양'은 겉으로 보는 생김새를 가리키는 말이다. 그런 뜻이 있는 단어는 '모양' 말고도 많다. '모습' '자태' '꼴' '꼬락서니' '몰골' 같은 말이다. 느낌이 좋은 순서로 배열하면 자태-모습-모양-꼴-꼬락서니-몰골이 된다. 이 여섯 단어를 잘 어울리는 다른 단어와 묶어보자. 천사처럼 고운 자태, 사나이다운 모습, 여러 가지 모양, 지저분한 꼴, 한심한 꼬락서니, 비참한 몰골, 이렇게 된다. 서로 무늬가 잘 어울리는 또는 궁합이 맞는 조합이다. 이렇게 어울리는 단어를 조합해 뜻을 정확하게 표현하면 좋은 문장이 된다. 천사 같은 꼬락서니, 비참한 자태, 사나이다운 몰골은 어떤가? 한마디로 불행한 만남이다. 이렇게 어울리지 않는 단어를 조합하면 문장은 엉망이 되고 뜻을 전하기도 어렵다.

다른 예를 하나 더 보자. '죽었다'는 말에는 특별한 감정이 묻어나지 않는다. 반면 '타계했다' '별세했다' '돌아갔다' '숨을 거두었다' '떠났다'는 존경과 애도와 아쉬움이 묻어난다. 그래서 '돌아가셨다' '떠나셨다'와 같이 존칭으로 쓰는 경우가 많다. 비하하고 조롱하는 감정이 든 단어도 있다. '밥숟가락 놨다' '뒈졌다' '골로 갔다' 같은 것이다. 죽은 사람이 누구이며 그 사람에 대한 감정이 어떠냐에 따라 단어 선택이 달라진다. '아버지가 돌아가셨다'는 자연스럽다. '독재자 영감탱이가 뒈졌어'도 괜찮다. '내 친구가 밥숟가락 놨어'는 전후 사정에 따라서 자연스러울 수도 있고 그렇지 않을 수도 있다. 그러나 '사랑하는 남편이 골로 갔다'는 확실히 어색하다.

우리는 어휘의 무늬 또는 뉘앙스를 특별히 배우지 않는다. 그러나 우리말을 익힐 때 문장 안에서 단어를 익혔기 때문에 한 번도 본

적이 없는 표현을 만나면 저절로 어색한 느낌을 받는다. 어색하게 들리는 말은 사람들이 쓰지 않는 말이다. 그런 말은 나도 쓰지 않는 게 현명하다. 그래서 언어학을 전혀 몰라도 '아름다운 몰골' 같은 표현을 쓰지 않는 것이다.

그런데 명백하게 잘못되었다고 할 수는 없지만 잘되었다고도 하기 어려운 표현이 있다. 그런 말은 뜻을 전하는 데에는 큰 문제가 없어서 널리 쓰인다. 너도나도 쓰다 보면 그게 좋은 표현인지 아닌지 판단하기가 어려워진다. 돈과 권력이 있고 높은 지위에 있는 사람들이 그런 말을 쓰는 것을 보고는 마치 품위 있고 고급스러운 문장인 것처럼 오해하기도 한다.

다음은 지난 2014년 12월 19일, 통합진보당 해산을 결정한 헌법재판소 결정문 결론의 한 단락이다. 밑줄 그은 부분을 잘 살펴보기 바란다.

● 　　　　　　정견의 자유를 누리는 정당이라면, 자신들의 대안을 통해 현재보다 진일보한 국가공동체의 미래상을 지향하는 과정에서 현재의 지배적인 관념들에 대한 의문을 제기할 수 있다. 현행 헌법상의 민주적 기본 질서에 포함된다고 인정되는 내용들이라 하더라도 그에 대한 정치적 대안을 제시하여 <u>사회적 논의를 시도하는 것이 가능하고</u> 또한 공당의 성실한 자세로서 마땅히 존중되어야 한다. 이러한 맥락에서라면 어떤 정당이 정치적 견해를 개진하는 과정에서 다소간 민주적 기

본 질서와 상치되는 주장을 제시하는 것도 불가능하지는 않다. 즉, 민주적 기본 질서의 내용으로 간주되는 개별 요소들에 대한 정치적 논의와 비판의 자유는 보장된다. 이는 우리 사회의 건전한 토론과 정치적 숙고를 촉발시키고, 보다 진전된 정치적 목표를 형성하여 이것이 우리 공동체 안에서 널리 공유될 수 있도록 하는 데 기여할 것이다.

헌법재판소는 1987년 6월 민주항쟁의 승리에 힘입어 태어난 헌법기관이다. 지금까지 대통령 탄핵 기각 결정, 신행정수도 위헌 결정, 통합진보당 해산 결정을 비롯해 국가와 사회의 향방을 좌우하는 중대한 판단을 여러 차례 내렸다. 헌법재판소는 행정부와 국회의 통제를 받지 않는다. 다수 국민의 뜻에 어긋나는 결정을 해도 어떻게 할 방법이 없는 기관이다. 사실상 아무런 감시도 견제도 받지 않는 권력기관이다. 그렇지만 사람들은 헌법재판소의 권위를 인정하고 그 결정을 존중한다.

이 결정문에서 헌법재판관들이 말하려고 한 것이 무엇이었는지는 분명하다. 비록 헌법이 규정한 민주적 기본 질서라 하더라도 불합리한 점이 있다고 생각할 경우 정당은 그것을 비판하면서 대안을 제시할 자유가 있다는 것이다. 헌법재판관들은 거의 만장일치로 통합진보당을 위헌 정당으로 규정해서 해산 명령을 내렸지만, 우리 헌법이 정당에 그런 활동을 할 자유를 보장한다는 점은 인정했다.

통합진보당 해산의 법률적·정치적·논리적 타당성 여부를 살펴려고 결정문을 인용한 것은 아니다. 단지 문장을 보려는 것이다. 이 결정문이 헌법재판소의 위상에 맞는 문장으로 이루어져 있는가? 아무리 너그럽게 보아도 도저히 인정할 수가 없다. 이것은 앞에서 본 국무총리 담화문보다도 훨씬 못난 글이다. 입으로 소리 내어 읽어보라. 음치가 부르는 발라드 노래처럼 들릴 것이다.

헌재 결정문 347쪽 가운데 147쪽까지는 통합진보당 해산에 찬성한 헌법재판관 여덟 명이 썼고, 나머지 200쪽은 반대 의견을 낸 김이수 헌법재판관이 쓴 소수 의견과 더 강경한 견해를 표명한 일부 헌법재판관들이 낸 보충 의견이었다. 다음은 김이수 재판관이 쓴 소수 의견의 한 대목이다.

● 다양한 종들이 각자의 존재를 과시하며 자연계의 아름다움을 만들어가는 것과 마찬가지로, 소수의 지지를 받는 정당들도 우리 사회의 정치적 역량과 상상력, 민주적 실천을 다채롭고 풍부하게 만드는 정치적 자산이다. 자연계에서 다양한 종의 보존이 중요하듯이 민주 사회에서 다양한 생각의 보존 또한 중요한 것이다. 따라서 우리의 민주주의가 성장하기 위해서는 다수라는 수적 우위와 보편적 정서라는 이름으로 포장된 주류적 사고로 인해 소수의 생각이 주눅 들어 사멸되지 않도록 해주어야 한다. 인간의 무한한 상상력 속에서 형성된 무수한 생각들 중에는, 무의미하고 허황된 것이라는 초기의 일축에도 불구하고 시간이 흘러 보편적으로 수용되기에 이른 것이

적지 않다. 예컨대 모든 인간이 평등하다는 현재의 생각이 과거에는 플라톤이나 아리스토텔레스 같은 인류의 대석학들로부터도 거부당하였으며, 한반도에서는 불과 100여 년 전만 해도 사회질서를 어지럽히는 주장으로 척결당했다.

앞에서 본 다수 의견과 비교해 보라. 어느 쪽이 더 편하게 읽을 수 있고 자연스럽게 들리며 더 쉽게 이해할 수 있는가. 소리 내어 읽어보면 차이가 더 분명해질 것이다. 김이수 재판관의 글도 문장이 어색하고 부자연스러운 곳이 많다. 하지만 헌법재판관 여덟 명이 함께 쓴 다수 의견에 비하면 여덟 배는 더 훌륭하다고 생각한다. 압도적 다수 의견으로 채택한 결정문은 공연히 어려운 한자말, 서양말과 일본말의 수동형 문장으로 가득하다. 추상명사까지 '들'을 붙여 쓸데없는 복수형을 만들었다. 문장의 운율을 고려한 흔적은 아예 없다.

특히 잘못 쓴 세 군데에 밑줄을 그었다. 여기서 문제의 핵심은 정당이 이른바 '민주적 기본 질서'를 비판하고 대안을 제시하는 행위를 '허용'하고 '존중'해야 하는지 여부다. 정당이 그런 일을 하는 게 '가능'한지 여부가 아니다. 정부가 헌법재판소에 통합진보당 해산 청구를 했다는 것은 정당이 그런 행위를 하는 것이 '가능'할 뿐만 아니라 이미 행동으로 옮겼다는 것을 의미한다.

헌법재판관들이 그걸 몰랐을 리는 없다고 생각한다. 그들은 다만 '가능하다'를 '허용할 수 있다'거나 '허용해야 한다'는 뜻으로 썼을 뿐이다. 일종의 '거시기 어법'이다. 뜻을 전하는 데에는 그럭저럭 성공했지만 제대로 된 말은 아니다. 이렇게 된 것은 그들이 'It's possible that…' 또는 'It's not impossible that…'과 같은 영어 문장 구조를 따라갔기 때문이다. 게다가 '정치적 숙고를 촉발시키고'라는 말은 '아름다운 꼬락서니'만큼이나 어색한 표현이다. '숙고(熟考)'가 무엇인가? 신중하고 깊게 사유하는 것이다. 신중하고 깊은 생각은 '접촉하여 폭발(촉발, 觸發)'하거나 '자극하고 재촉(촉발, 促發)'해서 되는 게 아니다. 기회를 주고 시간을 들여 천천히 은근하게 북돋워야 '숙고'할 수 있다.

헌법재판소 결정문의 '거시기 어법'을 제거하고 궁합이 맞지 않는 단어를 적절한 다른 단어로 교체해 문장을 말하듯 자연스럽게 고쳐보았다. 말하는 뜻은 똑같다. 그러나 고친 글이 훨씬 편하게 읽을 수 있고 뜻도 더 분명하다. 헌법재판관들과 헌법연구관들이 우리말 공부를 제대로 하면 좋겠다. 그들이 쓰는 결정문은 한 시대의 정신과 가치관을 표현하는 역사적인 문서이기 때문이다. 이오덕 선생의《우리글 바로쓰기》백신 구입을 강력 추천한다.

●   정치사상의 자유를 누리는 정당이라면 진일보한 국가공동체의 미래를 지향하면서 현재의 지배적인 관념에 의문을 제기하고 자신의 대안을 내세울 권리가 있다. 현행 헌법의 민주적 기본 질서에 포함되는 내용이라도 그에 대한 정치적 대안을 제시하여 <u>사회적으로 논의하는 행위를 허용하</u>

고 그것을 공당의 성실한 자세로 존중해야 마땅하다. 이러한 맥락에서 어떤 정당이 정치적 견해를 밝히는 과정에서 어느 정도 민주적 기본 질서와 충돌하는 주장을 하는 것을 막아서는 안 될 것이다. 다시 말해, 우리 사회는 정당이 민주적 기본 질서의 내용으로 간주되는 개별 요소를 비판하고 정치적으로 논의할 자유도 보장해야 한다. 그렇게 해야 그들이 형성한 더 진전된 정치적 목표를 공동체 안에 널리 공유하고 우리 사회의 건전한 토론과 정치적 숙고를 북돋울 수 있기 때문이다.

6

아날로그 방식 글쓰기

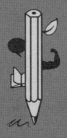

:
:

티끌은 모아봐야 티끌이라는 우스개가 있다.

하지만 글쓰기는 그렇지 않다. 글쓰기는 티끌 모아 태산이 맞다.

하루 30분 정도 자투리 시간을 활용해 수첩에 글을 쓴다고 생각해보자.

아무것도 아닌 것처럼 보인다. 하지만 매주 엿새를 그렇게 하면 180분, 세 시간이 된다.

한 달이면 열두 시간이다. 1년을 하면 150시간이 넘는다.

이렇게 3년을 하면 초등학생 수준에서 대학생 수준으로 글솜씨가 좋아진다.

나는 그렇게 해서 글쓰기 근육을 길렀다.

글 쓰는 사람의 작업실에 대해 환상을 가진 사람이 있을 것이다. 고즈넉한 실내, 은은하게 흐르는 클래식 음악, 커피 향, 원고 청탁 전화…. 그 정도 환상이 나쁠 건 없다. 하지만 그런 분위기를 만든 다음에 글을 쓰려고 한다면 좋지 않다. 그런 작업실은 베스트셀러를 내는 전업작가(專業作家)라야 가질 수 있다. 전업작가라 해서 누구나 다 그런 작업실에서 글을 쓰는 것도 아니다.

예전에 나는 돌베개출판사 3층 빈방을 빌려 썼다. 데스크톱 컴퓨터와 조그만 책꽂이를 놓은 책상 하나가 살림의 전부였다. 책상 위에는 참고도서와 메모지를 아무렇게나 늘어놓았고 청소를 자주 하지 않아 먼지가 풀풀 날렸다. 전화기도 오디오 설비도 없었다. 요즘은 아는 후배가 하는 출판사 4층 공간을 임대해 쓰는데 지저분하기는 예전이나 다를 것이 없다. 물론 마땅한 장소가 없다고 해서 글을 쓰지 못하는 건 아니다. 스티븐 킹은 무명 시절, 지하 세탁실 구석에 쪼그리고 앉아서 글을 썼다고 하지 않는가.

누누이 강조한 것처럼, 글을 쓰려면 근육을 만들어야 한다. 이제 글쓰기 근육을 키우는 방법을 살펴보자. 우리는 디지털 시대를 살고 있다. 그러나 글쓰기 근육을 만들려면 아날로그 방식으로 훈련해야 한다. 최대한 옛날 사람들이 하던 것과 비슷한 방법으로 글을 써야 한다는 이야기다.

글쓰기
근육

글쓰기 근육을 만들고 싶으면 일단 많이 써야 한다. 그게 기본이다. 언제 어디서든 글을 쓸 수 있다면 무조건 쓰는 게 답이다. 진부한 처방이지만 어쩔 수 없다. 하지만 오래된 것이라고 해서 다 낡은 건 아니다. 시대에 따라 달라지는 것이 많지만 그렇지 않은 것도 있다. 글쓰기 근육을 기르는 방법은 예나 지금이나 같다. 우리 몸이 그대로이기 때문이다.

생각은 자유롭고 상념은 스쳐간다. 생각하는 데에는 아무런 장애물이 없다. 버스 안에서든 샤워 꼭지 아래서든, 아니면 횡단보도 위에서든 생각은 자유롭게 할 수 있다. 아, 이건 중요한 생각이네. 꼭 기억해놔야겠다. 그런 생각도 적어두지 않으면 금방 사라진다.

이건 중요하니까 잊지 말아야지! 그렇게 결심했다는 사실을 분명하게 기억하면서도 정작 그 생각이 무엇이었는지는 떠올리지 못하는 경우도 많다. 생각과 느낌은 붙잡아 두지 않으면 내 것이 아니다. 우리 뇌는 엄청난 용량을 지녔지만 모든 정보를 다 저장하기에는 충분하지 않다.

스물일곱 살부터 서른 살이 될 때까지 2년 남짓, 나는 때와 장소를 가리지 않고 글을 썼다. 작은 스프링 수첩을 가지고 다니면서 뇌리를 스치는 모든 생각을 적으려고 노력했다. 완전한 문장을 만들지는 않고 중요한 단어만 적었다. 나중에 메모를 보면서 그때 생각했던 것을 재생했다. 이렇게 하려고 마음먹은 것은 정부의 공안 정책 때문이었다.

1985년에는 대우자동차 파업과 구로 지역 노동자연대투쟁, 대학생들의 미국문화원 점거·농성 사건을 비롯해 정치사회적으로 의미가 큰 사건이 연이어 터졌다. 그다음 해부터 정부는 노동자와 대학생의 조직을 뿌리 뽑으려고 전국적 '호구조사'를 했다. 특별반상회를 열어 수상한 청년들을 식별하는 방법을 교육하고, 집주인들이 월세방 거주자를 일일이 파악해 '거동수상자'를 신고하도록 했으며, 대학가와 공단 일대 식당과 다방, 술집에 대한 감시를 강화했다.

당시 나는 독산동 '벌집 동네'에서 혼자 자취를 하면서 구로 지역 노동자와 학생운동 출신 지식청년이 섞인 활동가조직의 홍보팀에서 일했다. 그런데 국가안전기획부와 보안사령부, 치안본부

등 국가정보기관들이 감시 활동을 세게 벌였기 때문에 공단 근처에서는 모임을 하기 어려웠다. 그래서 버스를 타고 그때 막 형성되기 시작한 강남 압구정동의 카페나 레스토랑에서 '접선'을 했다. 아직은 압구정동 현대백화점도 인터콘티넨탈호텔도 코엑스도 없었던 강남 개발 초기였다. 대학교도 공장도 없었기에 압구정동에는 정보기관의 감시망이 없었다. 하지만 모든 것이 비싼 동네였다. 가진 것도 없는 처지에 가리봉동 시장 국밥보다 더 비싼 커피를 마시려니 말할 수 없이 속이 쓰렸다.

당국의 감시 때문에 '접선'이 어려워지면 '지하에서 암약'하는 활동가들은 노는 시간이 많아진다. 스마트폰은 고사하고 삐삐조차 없던 시절이라 '접선' 시간과 장소를 정하기가 어려웠고, 일단 정하면 변경할 방법이 없었다. 누군가를 점심에 만나고 나서 밤에 다른 사람을 만날 때까지 오후 시간이 통째로 비는 때도 있었다. 시간제 요금을 내는 만홧가게에 죽치는 것도 한계가 있었기에 궁여지책으로 스프링 수첩과 볼펜을 챙겼다. 어떤 날은 혼자 커피숍에 앉아 성명서나 선언문 초안을 썼다. 아무 할 일도 없을 때는 스치고 지나가는 상념을 메모하거나 눈에 보이는 풍경을 묘사했다. 메모지는 자취방 부엌에서 불태워 없앴다. 그런 쪽지가 '반국가 범죄행위의 증거'로 통용되던 시절이었기 때문이다.

1987년 봄 압구정동 어느 레스토랑이었다. '접선' 시간보다 30분 정도 일찍 도착해서 주변을 정찰한 다음 구석진 곳에 자리를 잡고 보리차를 홀짝이면서 실내를 둘러보았다. 원풍모방노동조합 부위원장 출신 노동운동가 이옥순이 조용히 들어와 마주 앉을 때까지, 수첩을 꺼내 눈에 보이는 것과 생각나는 것을 적었다. 몇 살 위여서 내가 '누님'이라 했던 그가 폐암으로 세상을 떠난 지 벌써 10년이 넘었다. 기억을 되살려 보면 대충 이런 메모였다.

그날 밤 자취방에서 메모를 들여다보며 짧은 글을 썼다. 글을 쓴 종이는 결국 태워서 자취방 부엌 하수구에 흘려보냈다. 당시 나는 물질과 의식의 관계에 대해서, 미의식과 윤리 의식의 근원에 대해서 많은 생각을 했다. 이렇게 썼던 것으로 기억한다.

●　　　　　　　레스토랑 사장의 졸부적 심미안을 과시하는 가짜 스테인드글라스로 저녁노을이 들어와 여자의 몸에서 부서졌다. 수족관과 화분 너머로 보이는 옆모습. 윤기를 내며 어깨 위로 떨어진 생머리, 깨끗한 피부, 선명한 콧날, 여자는 예뻤다. 아름다움이란 무엇인가? 내가 그 여자를 보면서 느낀 아름다움은 실체가 있는 것일까? 있다면 그것은 대상 그 자체의 속성인가, 아니면 인식의 주체인 내가 느끼는 주관적 감정일 뿐인가? 아름다움은 대상에 존재하는가, 인식주체의 의식에 존재하는가? 혹시 둘 모두에 존재하는 건 아닌가? 아름다운 것과 추한 것을 구별하는 객관적 기준이 있을까? 미추(美醜)에 대한 인식은 생물학적으로 주어지는가, 사회적으로 습득하는 것인가? 만약 사회적으로 습득한 것이라면 미의식은 시대에 따라 달라질 수밖에 없으며 영원한 아름다움이란 존재하지 않는 것이다.

평범하고 진부한, 유치하고 두서없는 생각이었다. 자투리 시간에 하는 메모가 심오하면 얼마나 심오하겠는가? 그저 글 쓰는 습관을 들일 목적으로 한 것이니 수준 있는 글을 쓰지 않아도 괜찮다. 어쨌든 그때 쓴 메모는 모두 사라졌고 거기 담았던 상념과 감정도

다 흩어져버렸다. 그렇지만 남은 것이 있었다. 글쓰기 근육이었다. 그것이 내가 인생을 살아가는 자산이 되었다. 그러려고 했던 것은 아닌데 그렇게 되었다.

세월이 흘러 그때와는 아주 다른 세상이 되었다. 그러나 자투리 시간이 생기는 것은 예나 지금이나 다르지 않다. 영화를 함께 보기로 한 친구가 길이 밀려 30분 늦는다고 연락해왔다고 하자. 무얼 하면서 어떻게 그 시간을 보낼 것인가? 요즘은 열에 아홉 스마트폰을 만지작거린다. 기사 검색에서 카카오톡, 문자, 게임, 전화, 드라마, 팟캐스트 방송, 쇼핑에 이르기까지 스마트폰으로 할 수 있는 것은 정말 많다. 하지만 책을 읽는 사람은 많지 않다. 스마트폰이나 노트북컴퓨터로 무언가 글을 쓰는 사람은 간혹 있다. 그러나 수첩에 손으로 글을 쓰는 '아날로그형 인간'은 천연기념물만큼 희귀하다.

티끌은 모아봐야 티끌이라는 우스개가 있다. 하지만 글쓰기는 그렇지 않다. 글쓰기는 티끌 모아 태산이 맞다. 하루 30분 정도 자투리 시간을 활용해 수첩에 글을 쓴다고 생각해보자. 아무것도 아닌 것처럼 보인다. 하지만 매주 엿새를 그렇게 하면 180분, 세 시간이 된다. 한 달이면 열두 시간이다. 1년을 하면 150시간이 넘는다. 이렇게 3년을 하면 초등학생 수준에서 대학생 수준으로 글솜씨가 좋아진다.

나는 그렇게 해서 글쓰기 근육을 길렀다. 글쟁이로 데뷔하기 직전 두 해 동안 집중 훈련을 했다. 타고난 재능 덕에 저절로 글을 잘 쓰게 된 것이 아니다. 그래서 '글재주'가 있어서 좋겠다고 부러워하는 친구들한테 이렇게 말한다. "내가 뭐 '나이롱뽕'으로 글쟁이가 된 줄 아니!" '나이롱뽕'은 1970년대에 널리 유행했던 화투 놀이다. 지금은 '고스톱'에 밀려 거의 사라졌지만, 우리가 어렸을 때는 '나이롱뽕'이 대세였다.

자투리 시간 글쓰기의 주제와 내용은 정하기 나름이다. 출근길 버스나 지하철 풍경을 그려도 좋고 단골 카페 인테리어를 묘사해도 괜찮다. 거리에서 진한 스킨십을 하는 젊은 연인을 부러워해도 된다. '키도 큰' 친구에 대한 시기심을 토로해도 무방하다. 프로이트나 융의 심리학이론에 관한 생각, 70미터 굴뚝 위에서 농성하는 해고 노동자들에 대한 연민, 드라마 〈미생〉 시청 소감을 적어도 된다. 어제 읽은 책 독후감도 나쁘지 않다. 뭐가 되었든 많이 쓰면 되는 것이다.

눈에 보이는 것을 묘사하는 방법도 있다. 창조의 시작은 모방이다. 인간의 표현 행위는 자연을 모사(模寫)하는 데에서 출발했다. 알타미라 동굴벽화와 고구려 고분벽화 모두 자연과 인간의 겉모습을 그린 것이었다. 사람의 몸을 비틀고 찢고 조합한 〈게르니카〉로 유명한 화가 피카소가 세 살 때 처음 그린 것은 비둘기 발이었다. 그가 열 살도 되기 전에 연필로 그린 말은 금방 종이 밖으로 뛰쳐나올 것처럼 실감이 난다.

글도 그림과 다를 것 없다. 보이는 것에서 시작해서 귀로 듣는 것을 거쳐 마음으로 느끼고 머리로 생각하는 것을 적으면 된다. 중요한 것은 뭐든 많이 쓰는 것이다. 문자로 쓰지 않은 것은 아직 자기의 사상이 아니다. 글로 쓰지 않으면 아직은 논리가 아니다. 글로 표현해야 비로소 자기의 사상과 논리가 된다.

아직 완전하다고는 할 수 없지만, 오늘날 우리는 과거와 비교할 수 없을 정도로 폭넓은 표현의 자유를 누리며 산다. 지금은 메모지를 없애지 않아도 된다. 한 장씩 떼서 날짜를 적어 서랍에 넣어두었다가, 여유가 있을 때 마음에 드는 것을 골라 제대로 된 문장으로 쓴 다음 컴퓨터 문서 디렉터리에 차곡차곡 쌓아두면 좋다. 가끔씩 서너 달 전에 쓴 것을 읽어보면 열에 아홉은 마음에 들지 않을 것이다. 문장이 유치하고 묘사가 서툴고 논리가 엉성해 보일 것이다. 그렇다면 축하할 일이다. 글이 늘었다는 증거이기 때문이다. 키가 자라고 몸이 커지고 정신이 성장하면 예전에 입던 옷이 작아지고 예전에 하던 놀이가 유치해 보이는 것처럼, 글이 늘면 석 달 전에 쓴 글이 유치하고 서툴고 엉성해 보인다.

짧은
글쓰기

어떤 작가는 하루에 원고지 수십 장 분량의 글을 쓴다. 1,000쪽이
넘는 책을 내는 지식인도 있다. 글쓰기가 손에 익지 않아서 컴퓨터
모니터 한 면을 채우는 것조차 어렵게 느끼는 사람들에게는 부러
워할 만한 일이다. 아무나 다 글을 빨리 쓰는 게 아니다. 벽돌만큼
두꺼운 책도 아무나 쓰는 게 아니다. 그것도 분명 귀한 능력이다.
하지만 빨리 쓴 글, 두꺼운 책이 훌륭하다는 보장은 없다.

　글은 길게 쓰는 것보다 '짧게 잘 쓰기'가 어렵다. 똑같은 정보와
논리를 담는다면 2,000자보다는 1,000자로 쓰는 게 낫다. 이유는
자명하다. 읽는 데 시간이 덜 드는 만큼 경제적 효율성이 높다. 짧
은 글이 좋은 이유는 또 있다. 같은 내용을 절반 분량에 담으려면

어떤 방법으로든 압축을 해야 한다. 압축하려면 군더더기를 없애야 하기 때문에 글의 예술성이 높아진다.

글을 압축하는 기술을 익히려면 분량을 정해두고 짧은 글쓰기를 해야 한다. 500자, 1,000자, 2,000자, 다 괜찮다. 각자 형편에 따라 정하면 된다. 내가 청년 시절에 썼던 '불법유인물'은 8절지(A4의 두 배) 한 면이 기본이었다. 그렇게 된 것은 '운동권의 형편' 때문이었다. 수시로 을지로 인쇄 골목을 순찰하는 정보형사들의 감시를 피해 최대한 신속하게 인쇄를 마쳐야 했기 때문에 양면인쇄는 어려웠다. 원고량이 넘쳐 8절지 두 장으로 단면인쇄를 할 경우 종이값과 인쇄비가 두 배로 들 뿐만 아니라 스테이플러로 찍는 데 또 시간이 걸렸다.

8절지 한 면에 들어갈 수 있는 원고량을 요즘 기준으로 따지면 흔글 명조체 12포인트로 A4 한 장 반, 200자 원고지로는 열 장 정도였다. 백지에 손으로 초안을 쓰면서 글자 수를 헤아려 넘치면 줄이고 모자라면 보충했다. 이런 식으로 꾸준히 글을 쓰면 무슨 문제든 분량에 맞게 정보를 압축하고 논리를 정돈하는 습관이 생긴다. 예컨대 구로공단 어느 회사의 부당 노동 행위와 경찰의 노조 탄압을 규탄하는 유인물을 쓰는 경우, 현장 노동자들이 보낸 자료와 활동가들의 보고서를 읽는 동안 머릿속으로 끊임없이 원고 분량을 가늠해보게 되는 것이다.

〈동아일보〉를 비롯한 여러 신문에 칼럼을 연재할 때도 비슷한 분량으로 글을 썼다. 신문 칼럼은 띄어쓰기를 포함해 2,000자 정도 된다. 조금 모자라는 건 여백을 두어 편집하면 되니까 괜찮지만 넘치면 곤란하다. 글을 줄이거나 잘라내야 한다. 그럴 때면 담당 기자가 전화를 해서 몇 자를 줄여달라고 요구하거나 어디를 어떻게 해서 몇 글자를 잘라내겠다고 양해를 구한다. 나름 완성도를 갖추어 기고한 글을 분량이 많다는 이유 때문에 잘라내면 기분이 좋을 리 없다.

매주 2,000자 칼럼을 쓰는 것은 흥미진진한 일이었다. 나라 안팎에서 일어나는 중요한 사건을 주의 깊게 살펴 독자들이 관심을 가진 이슈를 찾아야 했다. 너무 크고 복잡한 문제는 건너뛰었다. 2,000자에 억지로 욱여넣으려면 글을 쓰기도 어렵고 재미도 적기 때문이었다. 너무 단순한 이슈도 다루지 않았다. 2,000자를 채우려면 하지 않아도 될 이야기를 섞어야 해서 글이 헐렁해졌기 때문이다.

사람이 적응하지 못하는 환경은 없다. 신문 칼럼 쓰는 것이 직업이 되면 세상 모든 문제를 2,000자에 맞추어 보게 된다. 그러면 칼럼 쓰기가 한결 편해진다. 그런데 여기에는 심각한 부작용이 따른다. 네모난 창으로 보면 하늘이 네모로 보이고 둥근 창으로 보면 둥글게 보이는 것처럼 2,000자 칼럼이라는 창으로 세상을 보면 그에 맞는 것만 보인다. 칼럼 한 편으로 다룰 수 있을 만한 것만 눈에 들어오는 것이다. 글 쓰는 호흡도 2,000자에 맞추어진다. 더 짧게 쓰거나 더 길게 쓰는 것이 점점 어려워진다.

신문기자들 중에는 '문청(文靑)' 출신이 은근히 많다. 작가가 되기를 꿈꾸었던 문학청년이 뜻을 잠시 미루고 기자가 된 것이다. 소설을 습작하던 '문청' 출신 기자도 몇 년 동안 사회부, 정치부, 경제부를 옮겨 다니면서 600자나 800자 '스트레이트(보도 기사)'만 쓰다 보면 긴 글을 잘 쓰지 못하게 된다. 20여 년 기자로 뛴 끝에 논설위원이 되면 2,000자 칼럼을 쓰는 데에도 어려움을 겪는다. 이런 것을 두고 '글의 호흡이 짧아졌다'고 한다. 방송기자는 더하다. 방송 뉴스리포트는 길어야 2분을 넘기기 어렵다. 1분이나 2분 안에 마쳐야 하는 리포트만 쓰다 보면 긴 글을 쓰기 힘들어진다.

이런 부작용을 피하려면 정해둔 분량으로 꾸준히 글을 쓰는 것을 기본으로 하되, 가끔씩 더 짧게 또는 더 길게 글을 써봐야 한다. 하지만 그런 부작용은 직업으로 글을 쓰게 된 후에 고민해도 된다. 우선은 거기까지 가는 게 중요하다.

직무를 수행하기 위해 글을 써야 하는 사람, 동호회 게시판이나 블로그에 하고 싶은 이야기를 쓰는 사람, 공부를 하거나 시험을 통과하기 위해 글쓰기 훈련을 하는 사람은 분량을 엄격하게 정해두고 글을 쓰는 게 좋다. 그렇게 해야 압축의 미학과 경제적 효율성을 갖춘 글을 연습할 수 있다.

몇 글자로 쓸지는 형편에 맞게 정하면 된다. 블로그나 카페에 올리는 글은 특별한 기준이 없다. 네티즌들이 지나치게 긴 글은 피하는 경향이 있다는 사실만 고려하면 된다. 지나치게 길지만 않다면 크게 상관없다. 하지만 업무 수행을 위해 쓰는 글은 그렇지 않다. 어느 조직이든 업무의 성격과 지위에 따라 일반적으로 통용되는 보고서나 기획서 분량이 있다. 회사원이라면 상사의 취향에 맞추어야 한다. 사장님이 12포인트 글씨로 A4 반 쪽이 넘는 보고서를 참지 못하는 성격이라면 평소 모든 글을 A4 반 쪽 분량으로 정리하는 습관을 길러야 한다. 국장님이 10포인트 글씨로 A4 두 쪽 정도의 비교적 상세한 보고서를 선호하는 편이라면 그 비슷한 분량의 글을 쓰는 습관을 길러야 한다. 민간 중소기업에서부터 육군 본부와 대통령 비서실까지, 조직 사회에서는 읽는 사람들의 취향에 맞추어 분량을 정하는 게 정답이다.

군더더기
없애는 법

긴 글보다는 짧은 글쓰기가 어렵다. 짧은 글을 쓰려면 정보와 논리를 압축하는 법을 알아야 하기 때문이다. 가장 중요한 압축 기술은 두 가지다.

첫째, 문장을 되도록 짧고 간단하게 쓴다.
둘째, 군더더기를 없앤다.

문장을 짧게 쓰려면 복문을 피하고 단문을 써야 한다. 여기서 복문은 주술 관계가 둘 이상 있는 모든 형태의 문장이다. 복수의 문장을 대등하게 연결하는 '중문(重文)', 한 문장이 다른 문장의 성분이 되는 '좁은 의미의 복문', 중문과 복문을 모두 가진 '혼성문(混成文)'을 한데 묶어 복문이라고 하자. 글을 압축하려면 단문을 기본으로 하고 특별한 경우에 복문을 쓴다는 원칙을 견지해야 한다. 뜻과 느낌을 강하고 확실하고 깊게 전하려면 복문을 써야 한다는 판단이 들 때만 복문을 쓰는 것이다. 간단한 원칙이지만 해보면 금방 효과를 느낄 수 있을 것이다.

다음은 군더더기를 없애는 것이다. 문장의 군더더기란 무엇이며 군더더기인지 아닌지 어떻게 알 수 있을까? 간단하다. 없애버려도 뜻을 전하는 데 큰 지장이 없으면 군더더기다. 문장의 군더더기는 크게 세 가지다. 첫째는 접속사(문장부사), 둘째는 관형사와 부사, 셋째는 여러 단어로 이루어져 있지만 관형어나 부사어와 비슷한 역할을 하는 문장 성분이다.

굳이 없어도 좋은 접속사는 과감하게 삭제해야 한다. 단문으로 글을 이어나갈 때 문장 사이에 매번 '그러나' '그리고' '그러므로' '그런데' '그렇지만' 같은 접속사를 넣는 것은 나쁜 습관이다. 문장은 뜻을 담고 있다. 그 뜻이 자연스럽게 이어지면 접속사가 없어도 된다. 단문을 기본으로 쓰고 불필요한 접속사를 생략하기만 해도 글을 조금은 압축할 수 있다.

다음은 《거꾸로 읽는 세계사》 초판 다섯 번째 꼭지 '대공황' 편에서 가져왔다. 제1차세계대전 이후 국제경제 상황을 설명한 단락이다. 앞에서 말한 방식으로 글을 고치면 어떻게 달라지는지 알아보자. 문장을 단문으로 바꾸고 접속사를 최대한 생략했다. 조사

'의' 남용을 비롯해 어색한 문장 요소는 그대로 두고, 복문을 단문으로 바꾸는 데에 따라 꼭 고쳐야 하는 것만 살짝 손을 보았다. 문장을 끊은 것 말고는 크게 바꾼 게 없다. 하지만 글의 분위기는 제법 크게 달라졌다.

● **원래 글**　　　　　　　인류에게 불의 저주를 퍼부은 첫 번째 제국주의 세계전쟁이 끝난 후 세계는 다시 '영원한 번영의 새로운 시대'로 접어든 것 같았다. 패전국 독일과 오스트리아가 전쟁배상금 때문에 어려움에 처했고 아시아 아프리카의 식민지 종속국 민중들은 변함없는 제국주의의 억압과 수탈로부터 벗어나기 위해 몸부림치고 있었지만 선진자본주의 나라들은 눈부신 경제적 부흥을 이루었다. 치열한 군비 증강 경쟁이 벌어지고 있는 긴박한 국제정치의 표면에서는 국제연맹이 세계 평화를 위해 힘쓰고 있었기 때문에, 사람들은 불과 몇 년 지나지 않아 전쟁이 '아득히 멀어져간 옛이야기'인 것처럼 느끼게 되었다. 혼란에 빠졌던 세계경제도 다시 제자리를 찾아 영국을 중심으로 한 금본위 체제가 회복되었다. 특히, 1차대전 기간을 통해 30억 달러의 대외 채무를 지고 있다가 일약 150억 달러의 채권국으로 변신한 미국은 전쟁으로 폐허가 된 유럽에 막대한 자본을 투자하여 전후 경제 부흥을 계기로 돈을 벌었다. 세계경제가 전례 없는 호황을 누리는 데에 따라 신흥부국인 미국의 뉴욕 '월가 (Wall Street)' 증권거래소는 날마다 오르기만 하는 증권을 사기 위

해 모여든 투자자들로 북적거렸다.

● 고친 글   인류에게 불의 저주를 퍼부은 첫 번째 제국주의 세계전쟁이 끝났다. 세계는 다시 '영원한 번영의 새로운 시대'로 접어든 것 같았다. 패전국 독일과 오스트리아는 전쟁배상금 때문에 어려움에 처했다. 아시아·아프리카의 식민지 종속국 민중은 변함없는 제국주의의 억압과 수탈로부터 벗어나기 위해 몸부림치고 있었다. 하지만 선진자본주의 나라들은 눈부신 경제적 부흥을 이루었다. 국제정치는 치열한 군비 증강 경쟁이 벌어지는 긴박한 상황이었다. 그러나 표면에서는 국제연맹이 세계 평화를 위해 힘쓰고 있었다. 사람들은 불과 몇 년 지나지 않아 전쟁이 '아득히 멀어져간 옛이야기'인 것처럼 느끼게 되었다. 혼란에 빠졌던 세계경제도 다시 제자리를 찾았다. 영국을 중심으로 한 금본위 체제가 회복되었다. 특히 30억 달러의 대외 채무를 지고 있던 미국은 1차대전 기간을 통해 일약 150억 달러의 채권국으로 변신했다. 전후 경제 부흥을 계기로 전쟁으로 폐허가 된 유럽에 막대한 자본을 투자해 더 많은 돈을 벌었다. 세계경제가 전례 없는 호황을 누리자, 신흥부국 미국의 뉴욕 '월가(Wall Street)' 증권거래소는 날마다 오르기만 하는 증권을 사기 위해 모여든 투자자들로 북적거렸다.

부사와 관형사도 적게 쓸수록 좋다. 이미 완성된 문장이라도 반드시 있어야 할 이유가 없는 문장 요소가 있으면 과감하게 빼야 한다. 실제로 그렇게 해보면 주로 부사와 관형사를 삭제하게 된다. 속도감 있는 문장을 쓰는 작가 스티븐 킹도 《유혹하는 글쓰기》에서 부사를 없애라고 권했다. 앞에서 고친 글에서 뜻을 전하는 데 꼭 필요하다고 할 수 없는 부사와 관형사를, 그리고 그와 비슷한 역할을 하는 문장 요소를 제거했다. 아래 '다시 고친 글'은 원래 글보다 건조하지만 더 깔끔해 보인다. 그리고 글 분량이 30퍼센트나 줄었다. 글은 이런 식으로 줄이면 된다.

● **다시 고친 글**　　　　　　첫 번째 제국주의 세계전쟁이 끝났다. 세계는 '영원한 번영의 새로운 시대'에 접어들었다. 독일과 오스트리아는 전쟁배상금 때문에 어려움에 처했다. 아시아·아프리카 민중은 제국주의 억압과 수탈에서 벗어나려고 몸부림쳤다. 하지만 선진자본주의 나라들은 눈부신 경제적 부흥을 이루었다. 치열한 군비 증강 경쟁이 벌어졌지만 국제연맹이 세계 평화를 위해 힘쓰고 있어서 사람들은 전쟁을 '아득히 먼 옛이야기'처럼 느꼈다. 세계경제는 제자리를 찾았고 영국을 중심으로 금본위 체제를 회복했다. 30억 달러 채무국이던 미국은 1차대전 기간에 150억 달러 채권국으로 변신했다. 전쟁으로 폐허가 된 유럽에 막대한 자본을 투자해 더 많은 돈을 벌었다. 세계경제가 호황을 누리자 미국 뉴욕 '월가(Wall Street)' 증권거래소는 투자자로 북적거렸다.

군더더기를 제거하는 방법과 관련하여 다른 사례를 하나 더 보기로 하자. 다음은 2011년 6월 〈문화일보〉에 윤창중 논설위원이 쓴 칼럼의 첫 단락이다. 대통령의 미국 방문 일정을 수행하던 중에 민망한 사건을 일으켜 청와대 대변인 자리에서 해임당하기는 했지만, 윤창중 논설위원은 개성 있는 글을 쓰는 언론인이었다. 이 글은 그의 칼럼 중에서 문장이 단연 돋보이지만 군더더기가 많다. 있어도 없어도 그만인 것이 있고, 차라리 없는 편이 나은 것도 있으며, 같은 글자를 반복 사용하는 바람에 문장의 운율이 어색해진 대목도 있다. 밑줄 그은 곳을 눈여겨보기 바란다.

● 뉘엿뉘엿 해 떨어질 때, 강화도 남단 초지대교로 넘어가 왼쪽으로 돌면 어미닭 따라다니는 병아리만 한 섬 동검도가 나온다. 거기 꼭대기에 올라 선두리 포구 쪽 낙조(落照)를 바라보자면 썰물로 드러난 처연한 갯벌에 고깃배들이 우두커니 갇혀 있다. 말 못 하는 장승처럼. 바다와 싸우고 돌아왔을 저 배들. 괜히 심란한 마음에 선두리 포구에 들러 활어회 한 접시 시켜놓고 얼근히 취한다. 세상을 다 삼켜버릴 듯이 밀물처럼 몰려왔던 그 엄청난 권력! 그러나, 권력의 최고 절정을 누렸던 임기 말 대통령. 권좌를 향해 여지없이 찾아오는 노을을 바라보며 미래를 놓고 번뇌한다. 청와대를 나가면 난 어떻게 될 것인가? 다음 대통령이 누가 돼야 안전? 내가 만들어야지!

밑줄 그은 것은 대부분 부사, 관형사 또는 그와 비슷한 역할을 하는 꾸밈말이다. 글을 압축하려면 이런 것을 과감하게 덜어내야 한다. 덜어내고 나면 뜻이 오히려 더 분명하게 드러나고 문장이 한결 깔끔해진다. 원래 글과 고친 글을 비교해 보라. 원래 글이 화려하고 어쩐지 잘 쓴 것 같다는 느낌이 들 수도 있다. 하지만 논리 글에서 중요한 것은 그런 화려함과 기교가 아니라 뜻을 간결하고 정확하게 전달하는 문장의 힘과 효율성이다.

●   강화도 남단 초지대교로 넘어가 왼쪽으로 돌면, 어미닭 따라다니는 병아리만 한 섬 동검도가 나온다. 거기 꼭대기에 올라 선두리 포구 쪽 낙조(落照)를 바라보니 썰물로 드러난 갯벌에 고깃배들이 갇혀 있다. 바다와 싸우고 돌아왔을 저 배들. 심란한 마음에 선두리 포구에 들러 활어회 한 접시 시켜놓고 얼근히 취한다. 세상을 다 삼켜버릴 듯 몰려왔던 그 권력! 그러나 권력의 최고 절정을 누렸던 임기 말 대통령. 여지없이 찾아오는 노을을 바라보며 번뇌한다. 청와대를 나가면 난 어떻게 될 것인가? 다음 대통령이 누가 돼야 안전? 내가 만들어야지!

소통의
비결

지금까지 글쓰기에 대해서 한 이야기를 간추려 보자. 글을 쓸 때는 주제를 뚜렷이 하고 꼭 필요한 사실과 정보를 담는다. 사실과 정보를 논리적 관계로 묶어줄 때는 정확한 어휘를 선택해서 말하듯 자연스러운 문장으로 표현한다. 중복을 피하고 군더더기를 덜어냄으로써 글을 최대한 압축한다.

하지만 이것이 전부는 아니다. 아직 말하지 않은 '영업기밀'이 하나 더 있다. 독자들은 내 글이 쉽다고 말한다. 예전에 썼던 신문 칼럼도 기자들 말로 '열독률'이 높았다. 오피니언 페이지를 별로 좋아하지 않는 중년 여성 독자들도 내 칼럼은 즐겨 읽는다고 했다. 쉽다고 해서 무조건 좋다고 할 수는 없다. 하지만 기왕이면 쉬운 게 낫긴 낫다. 아무리 좋은 내용이라도 너무 어렵게 써놓으면 독자가 이해를 못 하기 때문이다. 이해하지 못하는 글로는 소통도 교감도 할 수 없다.

내 글이 왜 쉬울까? 쉬운 주제를 일상용어로 써서 그런 게 아니다. 어려운 용어를 쓰고 복잡한 문제를 다루어도 독자가 쉽다고 느낄 수 있도록 써서 그런 것이다. 나는 주제에 대해 특별한 지식이나 경험이 없는 사람도 주의 깊게 읽기만 하면 충분히 이해할 수 있게끔 텍스트를 쓴다. 어떤 주제, 어떤 형식의 글이든 마찬가지다. 읽기 쉬운 글이라고 해서 쓰기도 쉬운 건 아니다. 쉽게 쓰기가 오히려 더 어렵다.

나는 책 읽기를 좋아한다. 그러나 무슨 말인지 알아보기 어려운 책은 싫다. 지나치게 길고 복잡한 문장도 싫고, 전문가라야 이해할 수 있는 난해한 용어도 싫다. 따로 검색해야 알 수 있는 이름과 학설을 아무 설명 없이 나열한 글도 싫다. 글을 그렇게 쓰는 사람도 싫다. 배우고 깨닫고 느끼려고 읽는 것이지 '셀프고문'을 하려고 책을 읽는 건 아니지 않은가. 그래서 그렇게 쓰지 않으려고 노력한다. 예수님과 공자님 같은 인류의 스승들이 '네가 싫어하는 일을 남에게 시키지 말라'고 하지 않았는가.

다른 정보가 없어도 이해할 수 있도록 텍스트를 쓰려면 철저하게 독자를 존중해야 한다. 사람들이 잘 모르는 전문용어나 이론을 끌어올 때는 문맥에 비추어 이해할 수 있도록 적당한 방법으로 설명을 붙여야 한다. 이렇게 하지 않고 무작정 하고 싶은 이야기를 욱여넣으면 텍스트 밀도가 너무 높아진다. 틀리게 쓴 것도 아니요 흉하게 쓴 것도 아니지만, 그런 글은 독자를 괴롭힌다. 읽기가 힘들고 이해하기가 어려우면 아무리 좋은 책이라 해도 독자가 공감할 수 없다. 다음은 인터넷서점 알라딘 홈페이지에서 가져온 독자 서평 가운데 한 대목이다. 이 서평을 읽으면서 나는 공분(公憤) 비슷한 감정을 느꼈다.

● 　　　　　　어려울 것을 알았지만 꼭 읽어내고 싶었다. 아이를 키우는 사람으로서, 가사일을 해야 하는 사람으로서, 이 책을 읽을 장소를 찾기가 어려웠기에 몇 번의 양해를 구하고 근처 카페에서 자리 잡고 몇 시간씩 (중략) 어떻게든 읽어낸 후에야 어떤 말이든 쓸 수 있지 않을까 하는 나름의 의지가 있었다. (중략) 그런데 책을 다 읽어도 내가 쓸 수 있는 말은 없다. (중략) 랑시에르, 시오랑, 니체, 낭시, 바티유, 블랑쇼… 내겐 새로운 언어마냥 어려운 이름이었지만 역시나 아름다운 이름이기도 했다. 옮길 수 없이 많은 밑줄과 메모들이 가득하고 나름의 이해를 품고 있지만, 그것을 풀어놓을 능력이 못 된다.

이게 무슨 말인가. 책을 읽기가 힘들었다. 최선을 다했지만 결국 이해하지 못했다. 그래서 다 읽었는데도 쓸 말이 없다. 그런 뜻이다. 달리 해석할 여지가 없다. 출판사가 제공한 책을 읽고 서평을 쓴 것으로 보아 평소 책을 많이 읽고 서평을 자주 쓰는 독자일 것이다. 이 사람이 읽은 책은 알라딘 공식 신간평가단이 투표를 해서 선정한 '우수도서'였다. 글쓴이는 독후감을 풀어놓을 능력이 없다고 스스로 책망하면서도 그 책에 별 다섯 개를 주었다. 책에 대해서 어떤 이야기도 풀어놓지 못하면서 별 다섯 개를 준 것은 무엇 때문인가? 그런데 이 독특한 서평에 공감 표시가 세 개나 붙어 있었다. 그 사람들은 도대체 무엇에 공감한 것일까? 맞아요. 나도 무슨 말인지 모르겠어요. 그런 뜻은 아니었을까.

서평을 쓴 독자는 무능한 게 아니라 불운했을 뿐이다. 그가 읽은 《문학의 아토포스》(2014, 그린비)는 평범한 독자가 서평을 쓸 수 있는 책이 아니다. 이 문예비평서의 저자는 시인이며 철학자인 진은영이다. 어떤 책에 대해서 기본적인 사항을 알아보려면 출판사가 제공한 책 소개를 보면 된다. 책 소개는 보통 저자와 편집자가 상의해서 쓴다. 그런데 이 책은 소개하는 글도 난해하기 이를 데 없다. 편집자도 책을 독해하지 못한 채 쓴 건 아닐까 하는 의심이 갈 정도다. 그렇지 않다면 독자의 구매 욕구를 자극해야 할 출판사의 책 소개를 이런 식으로 쓸 리는 없기 때문이다. 다음은 출판사가 제공한 책 소개의 한 대목이다. 무슨 이야기인지 어렴풋이 짐작이라도 할 수 있는 대목을 골랐다.

● 　　　　　랑시에르의 사유를 기본적인 틀로 삼아 진은영은 철학과 문학의 다양한 레퍼런스를 호출하여 재구성

한다. 각 장의 글들은 이러한 사유의 세밀한 기록이다. 칸트로부터 리오타르로 이어지는 '숭고의 미학'이 예술과 정치 모두를 윤리의 이름으로 박제해 버릴 위험성이 있음을 일깨우고, 부르디외의 계급적 구별 짓기가 품은 미학적 보수성을 비판적으로 고찰한다. 니체의 '주권적 개인' 관념이 후대 철학자들에게 어떠한 방식으로 소화되면서 '미학적 공동체'를 향한 고민으로 연결되는지를 살피는 한편, 카프카에 대한 대립되는 독해 속에서 예술의 반시대성과 동시대성을 고찰한다. 대표적인 순수시인으로 꼽히는 말라르메의 시에서는 세계로 침입하는 자의 모럴을, 현실참여적 시인으로 분류되곤 하는 김수영의 정치적 산문들에서는 미학적 자율성과 타율성의 길항을 읽어 낸다. 이처럼 문학과 공동체의 관계를 환기시키고 그것에 필연적으로 내재된 정치성에 대한 사유를 집요하게 구체화함으로써, 진은영은 문학이 세계에 응답하는 가장 아름다운 방식을 꿈꾸고 또 실천하고자 한다.

이 책 소개를 읽지 못할 사람은 없다. 그러나 그저 읽을 수 있을 뿐, 머리에 남는 것은 별로 없을 것이다. 서평을 쓴 독자에게 잘못이 없는 것과 마찬가지로 편집자도 잘못이 없다. 만약 《문학의 아토포스》가 어떤 문제를 어떻게 다루었는지 평범한 독자가 이해하도록 설명할 수 있는 사람이라면 출판사 편집자가 아니라 저명한 문예비평가로 활동하고 있어야 마땅하다.

저자인 진은영은 시집을 여러 권 낸 시인이다. 차분하고 정갈한 분위기를 내는 작품을 써서 팬도 적지 않다. 그런데 그는 칸트와 니체를 연구한 철학자이며 난해한 비평으로 평론가들의 눈길을 끌었던 문예비평가이기도 하다. 《문학의 아토포스》는 매우 난해한 책이다. 이 책을 제대로 독해할 능력을 가진 사람이 우리나라에 몇이나 있을지 모르겠다. 결코 난해하지 않은 시를 쓰는 시인이 이토록 난해한 산문을 쓴다는 것이 잘 믿기지 않는다. 다음은 《문학의 아토포스》 2장의 한 대목이다.

● 　우리의 역사 속에서 미학적 전위와 정치적 전위가 중첩되는 과정에서 실패로 돌아간 미학적 전위운동을 찾아낸다. 그러나 그 실패가 미학과 정치가 만나서 필연적으로 미학의 자율성이 상실되었기 때문일까? 미학적 전위가 치안의 운동으로 전락하거나 그것에 포획된 것은 아닐까? 정치와의 만남 없이도 실패한 미학적 운동들, 또는 정치와의 만남이 없어서 실패한 미학적 운동들이 존재한다. 그런데도 우리가 너무 쉽게 정치는 항상 미학적인 것을 훼손한다고 결론짓는 것은, 치안과 정치를 동일시하고 순수모더니즘의 미적 자율성과 예술적 경험의 자율성을 동일시하는 습관 때문이다. 또한 미학을 미학적 자율성과 미학적 타율성 중 어느 하나와만 동일시하는 습관 때문이다. 이러한 습관은 김수영의 말대로 대부분 냉소로부터 나오는 것이다.

이것은 공부를 많이 한 철학자, 꾸준하게 작품을 발표하는 시인, 크게 주목받는 문예비평가의 글이다. 그저 어려운 글일 리가 없다. 틀림없이 독창적이고 의미 있는 이야기를 담고 있을 것이다. 하지만 그게 무엇인지 알아보기가 어렵다. 여러 이유가 있겠지만, 무엇보다 먼저 문장이 길고 복잡하다. 두 번째 문장처럼 주어와 술어가 잘 어울리지 않는 곳도 있다. 복문이 연속해서 나오는데 문장의 연결은 매끄럽지 않다. 주제가 무엇이든 내용이 어떠하든, 이런 글은 편하게 읽을 수 없다.

그렇지만 이 글이 어려워 보이는 진짜 이유는 다른 데 있다. 글쓴이 자신은 분명하고 확실하게 이해하고 있지만 독자는 이해하지 못하는 개념을 너무 많이 썼다는 것이다. '미학적 전위' '정치적 전위' '미학의 자율성' '미학적 타율성' '치안의 운동' '미학적 운동' '미학적인 것' '순수모더니즘의 미적 자율성' '예술적 경험의 자율성', 이런 말이 무엇을 가리키는지 모르면 그런 말을 연결해서 만든 문장도 이해할 수 없다. 그래서 텍스트를 읽어도 머리에 뭐가 남지 않는 것이다.

어렵기로 악명 높은 《순수 이성 비판》에서 에마누엘 칸트는, 먼저 시간과 공간 같은 보통명사까지 독자적인 정의(定義, definition)를 내린 다음 자기의 논리를 폈다. 그러나 《문학의 아토포스》에서 진은영 선생은 칸트만큼도 친절하지 않았다. 이 책은 처음부터 끝까지 위 글과 비슷한 문장으로 가득하다. 이런 식으로 글을 쓰면 아무리 훌륭한 내용을 담아도 타인과 소통하기 어렵다. 네가 알아듣든 말든, 난 내가 말하고 싶은 방식으로 말할 거야. 그런 태도로 말하는 사람하고는 대화를 하기가 어렵다. 글도 그런 식으로 쓰면 꾹 참고 읽어줄 사람이 많지 않다. 이렇게 글을 쓰는 것은 아무리 좋게 봐도 배려가 부족한 것이다. 나쁘게 보면 지적인 허영심이나 자만심을 드러낸 것이라 할 수도 있다.

　글은 다른 사람이 이해할 수 있게 써야 한다. 그렇게 하려면 텍스트 안에서 뜻이 분명하게 드러나지 않는 말을 되도록 쓰지 말아야 한다. 개념어든, 전문용어든, 사람 이름이든, 사건 이름이든 마찬가지다. 꼭 써야만 한다면 적당한 곳에 그 뜻을 알려주는 정보를 함께 넣어야 한다. 학술적으로 깊이가 있는 전문서라면 주로 사용하는 용어의 정의를 분명하게 짚어주어야 한다. 포털 검색을 하거나 사전을 찾아보거나 누구한테 물어볼 필요가 없도록 해야 한다. 집중해서 읽으면 누구든 이해할 수 있도록 글을 써야 한다. 지식소매상인 나는 이것을 '업계의 상도덕(商道德)에 부합하는 영업방침'이라 여긴다.

　인생에서 특히 경계해야 할 감정이 여럿 있는데, 허영심도 그중하나다. 허영심은 아주 고약한 감정이다. 허영심에 빠진 사람은 자기를 속이고 남을 속이며 의미 없는 일에 시간과 열정을 쏟는다. 글쓰는 사람이 빠지기 쉬운 허영심은 지식과 전문성을 과시하려는 욕망이다. 이 욕망에 사로잡히면 난해한 글을 쓰게 된다. 진은영 시인이 무엇 때문에 산문을 그토록 난해하게 쓰는지 나는 모른다. 그의 시는 지적 허영과 거리가 멀다. 어쩌면 그도 《거꾸로 읽는 세계 사》와 단편소설 〈달〉을 쓰던 시절 내가 그랬던 것처럼, 문학 글은 이래야 하고 논리 글은 마땅히 저래야 한다는 식의 고정관념에 갇 힌 것은 아닐까? 그래서 마치 '지적 허영'이나 '자만'으로 오해받을 수도 있는 문장으로 문예비평을 하는 것은 아닐까? 그런 '합리적 의심'을 해본다.

어쨌든 나는 위 인용문을 이해하지 못했다. 무슨 이야기인지 어 렴풋이 짐작했을 뿐이다. '우리의 역사 속에서 미학적 전위와 정치 적 전위가 중첩되는 과정에서 실패로 돌아간 미학적 전위운동을 찾아낸다.' 진은영이 쓴 이 문장의 뜻을 나는 이렇게 짐작해보았다. '우리 역사에는 문화·예술의 선각자들이 정치적 혁명운동에 뛰어 든 결과 혁명적 문화·예술운동도 결국 실패로 끝나버린 사례가 있 다.' 예컨대 일제강점기에 활동했던 카프(KAPF, 조선 프롤레타리아 예술가 동맹)가 그런 사례일 수 있다. 하지만 어디까지나 짐작이다. 옳게 해 석했다는 확신은 없다. 인용한 글 전체의 뜻을 그런 맥락에서 아래 와 같이 해석해보았다.

● 　　　　우리 역사에는 문화·예술의 선각자들 이 정치적 혁명운동에 뛰어든 결과 혁명적 문화·예술운동도 결 국 실패로 끝나버린 사례가 있다. 정치와 만나면 문학과 예술은 자율성을 잃을 수밖에 없는 것일까? 반드시 그렇게 되어야 할 이유는 없지만, 문화·예술인들이 권력의 앞잡이가 되거나 포로

가 되었기 때문에 그렇게 된 것은 아닐까? 그런데 역사에는 정치와 결탁했기 때문에 실패한 문화·예술운동만 있었던 것이 아니라, 정치와 결탁하지 않았는데도 실패한 문화·예술운동도 있었고 정치와 결탁하지 않았기 때문에 실패한 문화·예술운동도 있었다. 그런데도 우리는 너무 쉽게, 정치는 언제나 문화·예술의 가치와 정신을 훼손한다고 결론짓는다. 권력 행사와 정치를 구별하지 않고, 순수모더니즘의 미적 자율성과 예술적 경험의 자율성을 똑같이 취급하는 습관 때문이다. 문화·예술이 사회에서 완전히 독립해서 존재해야 한다는 관점과 반드시 사회에 종속되어야 한다는 관점 가운데 어느 하나만 옳을 것이라고 믿는 습관 때문이기도 하다. 김수영이 말한 것처럼, 이러한 습관은 대부분 냉소에서 나온 것이다.

문예비평에 대해서 특별한 지식이 없는 독자라도 이 해석은 원문보다 쉽게 이해할 수 있을 것이다. '정치와 결탁했기 때문에 실패한 문화·예술운동'과 '정치와 결탁하지 않았는데도 실패한 문화·예술운동', 그리고 '정치와 결탁하지 않았기 때문에 실패한 문화·예술운동'의 사례를 함께 적어주고, 문예비평가들 사이에 어느 정도 확정된 개념으로 통용되는 '순수모더니즘의 미적 자율성'과 '예술적 경험의 자율성'에 대해서도 간단한 설명을 붙인다면 더 읽기 좋을 것이다. 내가 글을 쓴다면 그렇게 쓸 것 같다.

그런데 나는 저자가 말하려고 한 대로 텍스트를 이해한 것인가? 제대로 이해했다면 다행이지만, 저자는 독자를 고생시킨 데에 대해 책임감을 느껴야 한다. 그러나 만약 제대로 이해하지 못했다면? 그렇다면 그 책임은 주로 저자에게 있다. 말하려고 하는 뜻을 오해의 여지없이 쉽고 분명하게 나타내지 않았기 때문이다.

정치와 문학의 관계를 재조명하는 진은영의 문예비평은 같은 시대를 살아가는 우리 모두가 함께 생각할 가치가 있는 문제를 제기했다. 그는 소수의 전문연구자와 문학평론가만이 아니라 정치의 영향을 받고 문학을 즐기면서 살아가는 시민들과도 이야기를 나누고 싶었을 것이다. 그러나 《문학의 아토포스》는 너무나 난해해서 그런 의도를 실현하기에 적합하지 않은 책이 되고 말았다.

글은 자기 자신을 표현하고 타인과 소통하는 수단이다. 실용적인 면에서든 윤리적인 면에서든, 읽는 사람에게 고통과 좌절감을 주는 글은 훌륭한 소통 수단이 될 수 없다. 타인에게 텍스트를 내놓을 때는 텍스트 자체만 읽어도 이해할 수 있도록 쓰려고 노력해야 한다. 그게 글 쓰는 사람이 지녀야 할 마땅한 자세라고 생각한다. 그런 자세를 유지하려면 지식과 전문성을 내보이려는 욕망을 버려야 한다.

7

글쓰기는 축복이다

글쓰기는 자신의 내면을 표현하는 행위다.

표현할 내면이 거칠고 황폐하면 좋은 글을 쓸 수 없다.

글을 써서 인정받고 존중받고 존경받고 싶다면 그에 어울리는 내면을 가져야 한다.

그런 내면을 가지려면 그에 맞게 살아야 한다.

글은 '손으로 생각하는 것'도 아니요, '머리로 쓰는 것'도 아니다.

글은 온몸으로, 삶 전체로 쓰는 것이다.

왜 글을 쓰는가?

　어떻게 하면 잘 쓸 수 있는지 고민하고 있는 사람한테 왜 쓰냐고 묻다니, 필요 없는 질문일 수도 있다. 그런데 사실 그렇지가 않다. 잘 쓰려면 왜 쓰는지를 잊지 말아야 한다. 왜 쓰는지 모르면 잘 쓸 수 없기 때문이다.

　글쓰기는 자기 자신을 표현하는 행위다. 물론 글쓰기만 그런 게 아니라 사람 하는 일이 다 그렇다. 우리는 자신을 표현하는 행위로 인생을 채운다. 내면에 있는 생각, 감정, 욕망을 제때 제대로 표현하지 못하면 삶이 답답해진다. 각자의 내면에 무엇이 있으며 또 어떻게 그것을 표현하느냐에 따라 사람의 인생이 달라진다. 명품백과 화려한 보석이든 양장본 고전으로 가득한 서가(書架)든, 어떤 욕망과 특정한 표현형식이 다른 것보다 더 고결하거나 훌륭하다고 생각하지는 않는다. 그런데 글쓰기는 두 가지 특별한 점이 있다. 바로 그 특별함 때문에 사람들은 글을 잘 쓰고 싶어 하고, 또 글쓰기를 두려워한다.

첫째, 세상이 글쓰기를 요구한다. 우리는 때때로 쓰기 싫어도 글을 써야만 한다. 학업과 진학, 취업을 위해서다. 직장에서 일을 하면서도 글을 써야 한다. 정보통신혁명으로 인해 인터넷 메신저든 전자우편이든 글로 소통하면서 일상 업무를 처리하는 전문 직종이 계속 늘어나고 있다. 글을 잘 쓰지 못하면 사는 데에도 지장이 많다.

둘째, 사람들은 글 잘 쓰는 이를 부러워하며 심지어는 우러러본다. 글쓰기 실력을 단순한 기능이 아니라 지성의 수준을 보여주는 지표로 간주하기 때문이다. 글이 글쓴이의 지능, 지식, 지성, 가치관, 삶의 태도를 보여준다는 것은 다툴 여지가 없다. 글을 잘 쓰려면 일단 표현할 내면의 가치가 있어야 한다. 아는 게 많아야 한다. 다양한 어휘와 정확한 문장을 구사할 수 있어야 한다.

그렇지만 멋진 문장을 구사한다고 해서 글을 잘 쓰는 게 아니다. 읽는 사람이 글쓴이의 마음과 생각을 느끼고 이해하고 공감할 수 있게 써야 잘 쓰는 것이다. 그렇게 하려면 표현할 가치가 있는 그 무엇을 내면에 쌓아야 하고, 그것을 실감 나고 정확하게 표현할 수 있는 능력을 갖추어야 한다. 문장을 멋지게 쓰면 '글재주'를 인정받을 수 있다. '글재주'가 있으면 '써야 해서 쓰는 글'을 어느 정도 잘 쓸 수는 있다. 그러나 '글재주'만으로 공감을 일으키거나 존경을 받기는 어렵다.

지성적으로는 천박하고 황폐하기 짝이 없는 사람도 괜찮은 문장을 그럴듯하게 쓸 수는 있다. 국무총리 지명을 받았지만 신문 연재 칼럼과 교회에서 한 강연 때문에 결국 사퇴한 언론인이 있었다. 그의 사례에서 문제가 된 것은 어휘와 문장 구사 능력이 아니었다. 그가 취재기자로서 쓴 보도 기사는 아무 문제가 되지 않았다. 그러나 논설위원이나 주필로서 쓴 칼럼은 차원이 다른 문제였다. 칼럼은 그의 내면에 있는 생각과 지성의 내용과 수준을 보여주었다. 글솜씨가 아니라 글로 표현한 그의 내면이 타인의 비난을 일으켰고, 그래서 결국 국무총리가 되지 못한 것이다.

●

사는 만큼
쓴다

●

글을 잘 쓰려면 왜 쓰는지를 생각해야 한다. 다시 말하지만 글쓰기는 자신의 내면을 표현하는 행위다. 표현할 내면이 거칠고 황폐하면 좋은 글을 쓸 수 없다. 글을 써서 인정받고 존중받고 존경받고 싶다면 그에 어울리는 내면을 가져야 한다. 그런 내면을 가지려면 그에 맞게 살아야 한다. 글은 '손으로 생각하는 것'도 아니요, '머리로 쓰는 것'도 아니다. 글은 온몸으로, 삶 전체로 쓰는 것이다. 논리 글쓰기를 잘하고 싶다면 그에 맞게 살아야 한다.

방법만 배운다고 해서 글을 잘 쓰게 되는 것은 아니다. 시와 소설을 쓰는 작가들도 재주가 아니라 삶으로 글을 쓴다고 말한다. 시사평론과 칼럼, 논술문과 생활 글은 더 그렇다. 은유와 상징이 아니라 사실과 논리로 마음과 생각을 표현하기 때문이다. 기술은 필요하지만 기술만으로 잘 쓸 수는 없다. 잘 살아야 잘 쓸 수 있다. 살면서 얻는 감정과 생각이 내면에 쌓여 넘쳐흐르면 저절로 글이 된다. 그 감정과 생각이 공감을 얻을 경우 짧은 글로도 사람들의 마음을 움직이고 세상사에 영향을 줄 수 있다.

2014년 12월에 일어났던 대한항공 여객기의 '땅콩회항' 사건을 돌아보자. 기체 고장 같은 기술적 문제나 테러 위협 때문에 여객기의 항로를 변경하는 일은 종종 있다. 하지만 항공사 임원이 개인적인 감정 때문에 여객기를 후진하게 하고 승무원을 내쫓은 사건은 세계 항공산업 역사에서 처음 있었던 일이라고 한다. 이 사건은 대한항공 직원들이 '블라인드앱'에 글을 올리는 바람에 외부로 알려졌다. 처음에는 과연 조현아 부사장이 승무원과 사무장에게 욕을 하고 폭행을 했는지 여부가 대중의 관심을 끌었다. 부사장과 사무장이 각자 다른 주장을 하는 가운데 대한항공 임원들과 국토교통부 조사관들은 긴밀하게 정보를 주고받으면서 사건의 진상을 은폐하려고 했다.

그런데 은폐 시도는 실패로 끝났다. 목격자가 있었기 때문이다. 일등석에는 부사장 말고도 탑승자가 한 사람 더 있었다. 그 승객은 모바일 메신저로 자기가 본 상황을 친구에게 전했다. 현장을 생생하게 묘사한 메신저 글들이 나중 조현아 부사장의 '항공 안전에 관한 법률' 위반 혐의를 입증하는 증거가 되리라고는 쓴 사람 자신도 예상하지 못했을 것이다.

개인 정보가 공개되지 않아 어떤 사람인지는 모르지만, 나는 그 승객이 평소 다양한 방법으로 짧은 생활 글쓰기를 했을 것이라 짐작한다. 알려진 메신저 글과 참고인으로 검찰에 나와 증언한 내용을 보면, 그 승객은 세상을 대하는 나름의 원칙이 있었던 듯싶다. 그래서 조현아 부사장의 몰지각한 행위를 비판하는 메신저 글을 썼고 수사기관에 나와 참고인 진술까지 한 것이다. 그 메신저 글은 목격자의 내면에 있는 가치관을 표현하는 수단이었다.

비슷한 시기에 호주 시드니 시내에서 무장인질극이 벌어졌다. 이슬람테러조직을 추종하는 이란 출신 남자가 카페를 점거해 손님과 직원 수십 명을 인질로 잡았다. 경찰은 무장인질극을 진압했지만 카페 매니저와 여성 변호사가 범인의 총에 맞아 숨지는 비극까지 막지는 못했다. 매니저는 총을 빼앗으려고 범인과 몸싸움을 벌이다가, 변호사는 임신한 친구를 보호하려다가 목숨을 잃은 것으로 알려졌다.

방송이 긴급 뉴스로 인질극을 현장 중계하던 시각, 시드니 시내 전차에서 어떤 여자가 조용히 머리에 두르고 있던 수건을 풀었다. 모슬렘 여성들이 쓰는 헤자브였다. 그가 역에 내렸을 때 백인 여자가 조용히 다가와 말을 걸었다. "다시 헤자브를 쓰세요. 내가 당신과 함께 걸어갈게요." 모슬렘 여인은 백인 여자를 끌어안고 흐느껴 울다가 혼자서 역을 떠났다. 두려움에 떠는 이웃을 위로했던 백인 여자는 그 이야기를 페이스북에 썼다.

또 다른 시드니 시민이 트위터에 자기가 이용하는 노선버스 번호를 올리면서, 종교적 복장 때문에 고민하는 사람이 있다면 함께 타고 갈 의향이 있으니 연락을 달라고 적었다. SNS에 같은 취지의 글이 잇달아 올라왔고 '내가 당신과 함께 탈 거예요(#illridewithyou)'라는 해시태그가 빠르게 퍼져나갔다. 평범한 사람들이 쓴 짧은 생활 글이 지구촌 전체에 따뜻한 연민의 감정과 연대 의식을 퍼뜨린 것이다. 그 연대감은 페이스북과 트위터에 글을 올린 시드니 시민들의 내면에 이미 존재하고 있었다. 그런 감정과 생각이 없었다면 그런 글을 쓰지 않았을 것이다.

다시 말하지만 글은 내면을 표현하는 수단이다. 대한항공기 일등석 승객과 시드니 시민들은 누군가에게 말하고 싶은 감정과 생각이 있어서 글을 썼다. 사람은 무엇인가 표현할 것이 있으면 글을 쓰고 싶어진다. 내면에 어떤 가치 있는 것을 가진 사람은 그것을 글로 표현해 타인의 마음을 움직인다. 일등석의 목격자는 항공사 부사장이라는 사람이 벌이는 행패를 보고 분노를 느꼈다. 시드니 시민은 아무 잘못도 없이 오로지 모슬렘이라는 이유 때문에 외로움과 두려움을 느끼는 이웃에 대해 연민의 정과 연대 의식을 느꼈다. 그래서 메신저와 SNS에 글을 쓴 것이다.

'땅콩회항' 사건의 목격자와 모슬렘 여인을 위로한 시드니 시민, 그 두 사람이 직장에서 업무를 보기 위해 글을 쓴다고 가정해보자. 그런 글도 잘 쓸까? 확인할 방법은 없지만 그럴 가능성이 높다고 본다. 우리는 다양한 이유에서 다양한 형식의 글을 쓰지만, 어떤 글이든 쓰는 능력을 기르는 방법은 같기 때문이다. 써야 해서 쓰는 글을 잘 쓰려고 노력하면 쓰고 싶어 쓰는 글도 잘 쓸 수 있으며 그 역(逆)도 성립한다.

　기술만으로는 훌륭한 글을 쓰지 못한다. 글 쓰는 방법을 아무리 열심히 공부해도 내면에 표현할 가치가 있는 생각과 감정이 없으면 아무런 소용이 없다. 훌륭한 생각을 하고 사람다운 감정을 느끼면서 의미 있는 삶을 살아야 그런 삶과 어울리는 글을 쓸 수 있게 된다. 논리 글쓰기를 잘하려면 합리적으로 생각하고 떳떳하게 살아야 한다. 무엇이 내게 이로운지 생각하기에 앞서 어떻게 하는 것이 옳은지 고민해야 한다. 때로는 불이익을 감수하고서라도 스스로 옳다고 생각하는 원칙에 따라 행동할 수 있어야 한다. 기술만으로 쓴 글은 누구의 마음에도 안착하지 못한 채 허공을 떠돌다 사라질 뿐이다.

돈으로
살 수 없는 것

많은 사람에게 글쓰기는 머리 아프고 힘들고 두려운 일이다. 그게 현실이다. 우리는 어릴 때부터 글쓰기를 강요받는다. 초등학교에서 우리는 받아쓰기, 그림일기와 관찰 일기, 독후감 쓰기를 한다. 중학교와 고등학교에 가면 수행평가 과제, 대학교에 가면 리포트 쓰기와 중간고사, 학기 말 시험이 있다. 학사, 석사, 박사 학위를 얻으려면 내용과 형식을 제대로 갖춘 논문을 써야 한다. 교육기관의 문턱을 넘을 때, 각종 국가고시와 기업의 채용 시험 관문을 통과할 때도 글을 써야 한다. 어떤 업무를 맡았는지에 따라 차이가 있지만, 학교 다닐 때보다 사회에 나가서 글을 훨씬 많이 써야 하는 사람도 있다.

어떤 직업은 글을 쓰는 것이 곧 일이다. 대학교수와 연구소 연구원은 논문 쓰는 것이 본업이다. 신문·방송기자들은 날마다 정보 보고, 기사, 리포트, 칼럼을 쓴다. 검사는 공소장을, 변호사는 변론서를, 판사는 판결문을 쓴다. 공공기관과 기업의 홍보담당 직원은 보도자료를 쓰고 엔지니어는 분석보고서를 쓴다. 국회의원 보좌관은 질의서를 쓰고 중앙부처 공무원은 답변서를 쓴다. 어떤 조직이든 기획, 감사, 마케팅 업무에 종사하는 사람은 보고서와 홍보 자료를 만드는 것이 가장 중요한 업무다.

이런 일을 하는 사람이 글을 잘 쓰지 못하면 인생이 통째로 고달파진다. 학생은 좋은 성적을 받지 못하며, 직장인은 상사와 동료의 신임을 받기 어렵다. 업무에 차질이 생기고 진급에 지장이 온다. 자기의 능력에 대한 믿음이 약해지고 자존감이 손상되며 무거운 심리적 압박에 시달린다. 심하면 대인기피증이나 우울증을 앓게될 수도 있다.

재미가 아니라 생존을 위해 글을 써야 할 때, 사람들은 종종 편법과 반칙을 쓴다. 돈으로 급한 불을 끄는 것이다. 자본주의사회에서는 돈으로 안 되는 게 별로 없다. 글도 예외가 아니다. 그래서 생긴 것이 '대필 서비스 시장'이다. 중·고등학생의 수행평가 글쓰기 과제는 물론이요, 대학 입시와 기업 입사 시험 지원자가 내는 자기소개서와 인생계획서, 심지어는 석사 논문이나 박사 논문도 돈으로 살 수 있다고 한다.

기업인이나 정치인, 연예인과 유명 인사의 자서전 대필은 너무나 흔한 일이라 더 말할 것도 없다. 그런 사람들이 내는 책은 '대필작가(ghost-writer)'가 쓰는 경우가 많다. 미국이나 유럽에서는 자서전 대필작가를 밝히는 게 보통이지만 우리나라에서는 그렇지 않다. 사실 대필작가도 기획하고 취재하고 글을 쓰는 전문직업인인데 유감스럽게도 우리나라에서는 그야말로 유령처럼 보이지 않는 곳에 머물러야 하는 경우가 많다. 어쨌든 사람들이 돈으로 글을 산다는 것은 부인할 수 없는 사실이다.

하지만 돈으로 살 수 없는 것도 있다. 글은 살 수 있지만 글 쓰는 능력은 살 수 없다. 돈 주고 산 글로 대학 입시, 기업 입사 시험, 학위 논문 심사를 통과할 수는 있다. 그러나 관문을 통과한 뒤 평생 그렇게 살기는 쉽지 않다. 요행히 들키지 않는다고 해도, 인생의 일부가 가짜임을 적어도 그 사람 자신은 알기 때문이다. 게다가 언제까지나 자신이 써야 할 글을 남에게 시킬 수도 없다. 그런 사람은 늦게라도 열심히 훈련해서 진짜 글 쓰는 능력을 길러야 한다. 그래야 떳떳하지 않은 일을 되풀이하지 않을 수 있다.

써야 하는 글만 인생을 괴롭게 만드는 것은 아니다. 쓰고 싶어서 쓰는 글마저 잘 쓰지 못하면 자기 삶에 온전히 만족하기가 어렵다. 자기를 표현하려는 것은 인간의 본능이다. 생각과 감정을, 욕망과 충동을, 기대와 소망을 있는 그대로 인식하고 표현해서 타인과 교감할 때 우리는 기쁨과 성취감을 느낀다. 문명국가의 헌법이 표현의 자유를 침해할 수 없는 기본권으로 인정하는 것은 바로 그

때문이다. 표현의 자유에 대한 억압은 국가나 사회에서만 오는 게 아니다. 방법을 몰라서 내면을 제대로 표현하지 못하는 것도 억압이다. 남이 그랬든 스스로 그랬든, 억압은 삶의 기쁨과 의미를 파괴한다.

우리가 생각하고 느끼는 것 중에는 말이나 행동으로 표현하기 어려운 게 있다. 어떤 정보와 생각과 감정은 글로 가장 잘 표현할 수 있다. 그래서 인류는 문자를 만들었다. 더 넓게, 더 빠르게, 더 오래 그 글을 전하고 싶어서 종이와 인쇄술을 발명했고 컴퓨터와 인터넷과 스마트폰을 개발했다. 빠르고 정확하게 정보를 전달하는 기술은 앞으로 더 높은 수준으로 발전할 것이다.

21세기 문명사회를 사는 우리는 삶의 모든 것을 글로 표현하고 그것을 남에게 보여주려고 한다. 글로 타인과 대화하고 소통하며 교감하려고 한다. 우리는 무엇 때문에 블로그나 페이스북, 모바일 메신저와 트위터에 글을 쓰는 것일까? 사업이나 상품을 홍보하려는 경우도 있지만, 보통은 이야기를 하는 그 자체가 목적이다. 쓰고 싶어서 쓴다는 말이다. 인터넷을 활용하는 대한민국 국민 가운데 어떠한 인터넷 동호회나 카페에도 가입하지 않은 사람은 별로 없을 것이다.

독서, 축구, 야구, 이종격투기, 여행, 사진, 등산, 낚시, 요리, 영화, 음악, 책, 공무원 시험, 주식 투자, 부동산 투자, 글쓰기의 대상과 내용에는 한계가 없다. 사람들은 자신이 보고 겪고 느끼고 생각하는 모든 것을 글로 표현한다. '아이러브사커' 'MLBPARK' 'SLR

클럽' 게시판에는 전문가 칼럼을 능가하는 관전평과 신제품 사용 후기가 올라온다. '미즈넷'이나 '82쿡' 같은 커뮤니티 게시판에서 사람들은 연인과 배우자를 자랑하거나 흉보고, 가족 관계의 고민을 토로하며, 직장에서 느끼는 긍정적·부정적 경험과 감정을 털어놓는다. 포털사이트 뉴스 댓글 코너에는 유머, 미담, 악담, 육두문자 섞인 정치적 견해가 넘쳐난다.

이런 글은 쓰지 않아도 누가 뭐라 하지 않는다. 하지만 해야 하는 일만으로 인생을 채울 수는 없다. 그게 사람이다. 털어놓고 싶은 감정, 드러내고 싶은 생각이 있으면 털어놓고 드러내야 사람답게 사는 것이다. 그런 글도 잘 쓰면 좋다.

글쟁이의
정신승리법

'정신승리법'이 필요할 때가 있다. 글쓰기가 힘이 들 때, 어려움을 참고 견디면서 글을 써야 할 때 그런 것이 있으면 좋다. 이렇게 가정하자. 누구도 생각을 솔직하게 밝히는 글을 쓸 자유가 없다. 그렇게 하려면 목숨을 걸어야 한다. 자칫 권력자의 심기를 거스르면 자기 자신만이 아니라 가족과 일가친척까지 몰살당할 수 있다. 그래서 자기가 쓴 글을 세상에 내보내려면 큰 위험을 감수해야 하고 신분을 철저하게 감추어야 한다.

나아가 그런 세상에서 나 혼자 특권을 누린다고 가정하자. 나는 생각하는 대로 글을 써도 되고, 원하면 언제든 세상 사람들에게 글을 보여줄 수 있다. 이런 특권 때문에 힘들어하거나 세상을 원망할 사람이 있을까? 아마 별로 없을 것이다. 나는 글쓰기가 힘들 때 그렇게 상상하면서 행운에 감사한다. 우리 세대는 국가, 정부, 사회, 정의, 평등, 민주주의 같은 주제에 대해 글을 쓰는 것이 중대 범죄가 되는 세상에서 인생의 절반을 살았다. 나는 스물아홉 살이 되어서야 말할 자유, 글 쓸 자유를 얻었다. 이 자유가 얼마나 귀한 것인지 잘 안다.

어떤 사람들은 엄청나게 큰 행운을 손에 넣고도 그게 행운인 줄 모른다. 이미 가지고 있는 것만으로 행복해질 수 있는데도 꼭 필요하지도 않은 다른 것을 찾으려고 몸부림친다. 그렇게 살면서 자신과 타인을 괴롭힌다. 행운을 행운으로 알고 자기가 가진 것을 소중하게 여기면 삶이 훨씬 즐겁고 행복해진다는 것을 모른다. 글을 쓸 자유도 바로 그런 행운 가운데 하나라고 나는 생각한다.

이 책을 쓰는 나도, 책을 읽는 독자도 모두 운이 좋다. 무엇보다 먼저 생명을 얻은 것 자체가 행운이다. 다른 동물이 아니라 의식과 자아 정체성을 가진 인간으로 태어난 것은 더 큰 행운이다. 사람이 아니라 지렁이나 달팽이로 태어났다고 생각해보라. 대한민국에서 태어난 것도 무시해서는 안 될 행운이다. 한글과 보통교육제도 덕분에 우리는 아주 쉽게 글을 배웠다. 만약 글쓰기 때문에 스트레스를 받고 있다면, 문자라는 것이 아주 오랜 세월 동안 오직 극소수만이 누린 특권이었다는 사실을 떠올려 보라. 지금 우리 모두는 그런 특권을 누리며 산다.

현생인류가 지구 행성에 나타난 것은 아주 오래전이다. 증거가 많지 않고 학설과 해석이 다양해서 확실하게 말하기는 어렵지만 보통 현생인류의 역사를 길게는 400만 년, 짧게는 20만 년 정도로 추정한다. 현재까지 연구자들이 수집한 증거와 연구 결과를 종합해보면, 현생인류는 아프리카에서 처음 나타나 지구 표면 전체로 퍼져나갔으며 정착한 모든 곳에서 다른 종을 압도하는 생존 능력을 보였다.

그 긴 시간의 대부분을 인류는 문자 없이 살았다. 겨우 5,000년 전부터 점토 판이나 동물 뼈, 풀잎, 돌, 죽간(竹簡)에 문자로 무엇인가를 기록하기 시작했다. 글을 읽고 쓰는 사람은 무시해도 좋을 만큼 적었다. 중국에서 종이를 발명하고 유럽에 금속활자와 인쇄기가 널리 보급된 후에도 사람들은 대부분 문자와 별 관계없이 살았다. 어느 대륙 어느 지역에서든 글쓰기는 권력을 가진 소수집단과 그들을 위해 복무한 지식계급의 특권이었다. 20세기 들어 문명국가들이 보통교육을 실시한 후에야 비로소 다수 대중이 문자를 깨치고 글을 쓸 수 있게 되었다. 이런 시대에 태어난 것을 어찌 행운이라 하지 않겠는가.

글을 읽고 쓰는 것이 만인의 자유가 되었다고 해서 실제로 많은 사람이 글을 쓴 것은 아니었다. 자기가 쓴 글을 남에게 보여줄 수 있는 사람은 더욱 적었다. 글을 인쇄하고 전파하는 데 적지 않은 비용이 들었기 때문이다. 능력을 인정받아 직업으로 글을 쓰는 작가, 언론인, 학자, 지식인만이 책과 신문과 논문으로 글을 유통시킬 수 있었다.

그런데 20세기 막바지에 컴퓨터와 인터넷, 새로운 무선통신 기술이 등장하면서 글의 유통을 방해하는 장벽이 사라져버렸다. 지금은 타인의 이해와 공감을 불러일으키는 글을 쓰는 능력이 있다면 누구나, 돈 한 푼 들이지 않고서도 지구촌 방방곡곡에 글을 내보낼 수 있다. 의미 있는 정보와 자료를 모으고, 그런 것을 활용해 글을 쓰고, 그 글을 세상에 내보내는 것이 말 그대로 만인이 누리는 보편적 권리가 되었다. 사상과 표현의 자유를 보장하는 민주주의 국가에서는 누구나 그 권리를 마음껏 행사할 수 있다. 정보통신혁명의 물결이 보통 사람과 지식계급을 나누었던 장벽을 소리 없이 무너뜨린 것이다. 이것이 축복이 아니라면 무엇을 축복이라 할 수 있겠는가?

우리는 글쓰기와 관련하여 남달리 유리한 문화적 조건을 가지고 있었다. 그래서 정보통신혁명이 불러온 문명의 변화를 쉽게 받아들이고 활용할 수 있었다. 정부를 수립한 1948년경에는 절반 가까운 국민이 글을 읽고 쓸 수 있었다. 수천 년 왕조국가 시대와 40여 년 식민 지배, 3년에 걸쳐 300만 명 넘게 죽고 다친 내전의 비극을 연이어 겪은, 지구 행성에서 제일 가난한 국가였지만 우리는 지구촌 다른 신생국가에는 없었던 문화 자본을 보유하고 있었다. 지식인을 관리로 등용한 고려 시대 이래의 국가 전통과 한글이라는 독자적 문자였다.

'학자 군주'였던 세종대왕은 1443년 자음과 모음 스물여덟 개로 이루어진 한글을 만들었다. 중국 글자에 집착한 나머지 독자적인 문자를 만드는 것을 극력 반대한 기득권층과 지식계급의 저항을 물리치고 1446년 '훈민정음(訓民正音)'을 반포했다. 하고 싶은 말이 있어도 글이 없어서 말할 수 없었던 백성에게, 보통 수준의 지능을 가진 사람이라면 며칠 안에 익힐 수 있는 문자를 준 것이다. 과문한 탓인지는 모르겠지만, 민중에게 문자를 주어 스스로 표현하고 소통하고 교감하고 계몽할 기회를 제공한 왕이 다른 민족의 역사에 있다는 이야기를 나는 듣지 못했다. 훈민정음은 700년 세월을 거치면서 꼭 필요하지 않은 글자 넷을 털어내고 자음 열넷과 모음 열 개를 가진 '한글'이 되어 우리의 삶에 확고하게 뿌리내렸다.

세종대왕은 인자한 군주가 아니었다. 왕의 가마가 부러졌다고 과학자 장영실을 곤장을 때려 내쫓았고, 사소한 연애 사건을 일으켰다는 이유로 궁녀를 처형했다. 두만강 6진 지역을 우리 영토로 만들 목적으로 강력한 강제이주정책을 시행해 백성을 괴롭히기도 했다. 세종대왕이 과연 '위대한 군주'였는지에 대해서는 얼마든지 다툴 수 있다. 그러나 한글을 창제, 반포한 것이 '위대한 일'이었다는 것은 다툴 여지가 없다. 나는 세종대왕이 '인류 역사를 통틀어 가장 위대한 일을 한 군주'라고 생각한다.

게다가 우리는 정부 수립과 동시에 보통교육제도를 시행했으며 국민들은 교육열이 높다. 오늘날 대한민국은 모든 국민이 중등교육을 받으며 고등학교를 마친 청년들 열 가운데 일곱이 대학에 진학한다. 과학기술의 발전과 정보통신혁명으로 인해 글을 써야 하는 사람이 크게 늘어났다. 새로운 지식과 기술이 부와 권력을 만들어내고 엄청난 양의 정보가 빛과 같은 속도로 지구촌에 퍼져나가는 시대가 되었다. 이런 시대에 글을 잘 쓰지 못하면 학업과 사회생활을 잘해 나가기 어렵다.

다시 말하지만 글을 읽고 쓸 수 있다는 것은 문명이 선사한 축복이다. 마음만 먹으면 누구나 한껏 누릴 수 있는 특권이다. 이 축복과 특권이 좌절감과 열등감의 원인이 된다면 그만큼 불행한 일도 없을 것이다. 우리는 시대의 축복을 받아들이고 특권을 즐겨야 한다. 그렇게 생각하면 글쓰기 훈련이 덜 고되게 느껴진다. 이것이 내가 직업적 글쟁이로서 자주 쓰는 정신승리법이다.

8

시험 글쓰기

낯을 익힌다고 해서 글을 더 잘 쓸 수 있는 건 아니다.

그러나 낯선 단어와 개념을 만났을 때 느끼는 두려움을 줄이는 효과는 있다.

사람은 모르는 것에 대해서 본능적으로 두려움을 느낀다.

두려움은 시험 글쓰기의 최대 장애물이다.

한번 본 듯 친숙한 느낌이 들면 두려움이 줄어든다.

글쓰기를 즐거운 일로 여기는 사람도 있다. 하지만 그런 사람이라고 해서 아무 괴로움 없이 글을 쓰는 건 아니다. 인생을 걸고 직업으로 글을 쓰는 작가들도 '창작의 고통'을 토로한다. 그런데 그들에게 창작의 고통은 그냥 고통이 아니다. 그보다 더 큰 기쁨과 보람을 얻기 위해 치르는 비용일 뿐이다. 매운맛 마니아들이 청양고추가 주는 고통을 감수하면서 '불닭'을 먹는 것과 비슷하다. 그런데 아무리 글쓰기를 즐기는 사람이라도 즐기지 못하는 글쓰기가 있다. 바로 시험 글쓰기다.

대입 논술 시험에서 대학생들의 학기 말 시험, 기업과 언론사 신입사원 채용 논술 시험까지, 관문을 통과하기 위해 글을 쓰는 것을 모두 싸잡아 시험 글쓰기라고 하자. 평소 글쓰기를 즐기는 사람도 시험 글쓰기를 즐기기 어려운 것은 당락에 따라 인생행로가 달라질 수 있기 때문이다. 게다가 시험 글쓰기는 보통의 글쓰기와는 목적, 방법, 환경이 크게 다르다.

시험 글쓰기도 글쓰기인 것은 사실이다. 평소 글을 많이 쓰고 잘 쓰는 사람이라면 특별한 준비를 하지 않아도 시험 글쓰기를 잘할 수 있다. 하지만 시험 글쓰기의 특성을 잘 알고 준비하면 더 잘쓸 수 있다. 글을 써본 경험도 많지 않고 글을 잘 쓰지도 못하는 사람이 시험 준비를 열심히 한다고 해서 글 쓰는 실력이 갑자기 발전할 리는 없다. 하지만 출제자의 요구를 정확하게 파악하고 그 요구에 응답하는 글을 쓸 수는 있다.

논술 시험은 수험생의 글쓰기 실력만 측정하는 수단이 아니다. 대학교는 공부 잘할 학생을 선발하려고 한다. 국가기관이나 민간기업은 조직이 수행하는 업무를 잘할 능력이 있는 사람을 뽑으려고 한다. 신춘문예 투고 작품을 심사하거나 기자 채용 논술 시험 답안을 채점한다면 글 자체가 얼마나 좋은지 눈여겨볼 것이다. 하지만 대입 논술 시험과 기업의 인문학 논술 시험은 그렇지 않다. 과제를 얼마나 잘 이해했는지, 주어진 정보를 얼마나 잘 파악했는지, 얼마나 정확하고 효율적으로 출제자의 요구에 응답했는지, 그런 것을 살펴서 자기네가 원하는 인재를 뽑으려는 것이다. 문장이 얼마나 아름답고 매끄러운지는 크게 중요하지 않다. 그래서 시험 글쓰기를 해야 하는 사람은 특별한 준비를 할 필요가 있다.

시험 글쓰기의
특별함

나는 대입 본고사 국어 시험을 칠 때 처음으로 시험 글쓰기를 해보았다. '나의 사랑하는 생활'이라는 제목으로 600자를 썼다. 20년이 지난 후 독일 마인츠대학교 경제학과를 졸업하려고 생애 두 번째 시험 글쓰기를 했다. 우리나라 학위로 석사에 해당하는 디플롬 취득 시험은 필기, 구술, 논문 작성으로 이어졌다. 먼저 필기시험은 커피와 간식을 가지고 들어가서 과목마다 300분 동안 답을 썼다. 경제이론, 경제정책학, 재정학, 경영학에 선택과목인 보건경제학까지 필기시험을 다섯 번 보았는데 과목마다 답안지가 A3 열 장이 넘었다.

　필기시험을 잘 보려고 시험 글쓰기 훈련을 했다. 그런데 좋은 스터디그룹을 찾기가 쉽지 않았다. 다들 공부 잘하는 학생과 그룹을 만들려고 했다. '부러지는 독일어'를 하는 한국 학생은 낄 자리가 없었다. 그런데 함께 경제이론 세미나를 했던 글로리아가 스터디그룹을 하자고 제안했다. 스페인 사람인 그는 나처럼 스터디그룹을 찾지 못한 독일 여학생 둘을 더 데리고 왔다. 그렇게 넷이서 1년 동안 시험 글쓰기 훈련을 했다. 모두가 좋은 성적을 받지는 못했지만 넷 모두 필기시험을 통과했다. 경제학과는 졸업 시험 탈락 비율이 30퍼센트가 넘었으니 우리 스터디그룹은 그런 대로 성공한 셈이었다.

외국어로 필기시험을 치려면 모국어로 할 때보다 더 철저하게 시험 글쓰기의 규칙을 따라야 한다. 무엇보다도 교육과정에서 다룬 내용을 독일 학생들보다 더 확실하게 이해해야 했고, 그냥 이해만 하고 넘어가는 게 아니라 독일어 문장으로 표현할 수 있도록 정리해야 했다. 문법의 오류를 피하고 뜻을 분명하게 표현하려면 복문이 아니라 단문을 써야 했다. 일단 쓰고 나면 고치는 것이 사실상 불가능하기 때문에 문장을 쓰기 전에 답안을 설계하고 키워드를 적고 논리 구조를 짜는 데 충분한 시간을 썼다. 스터디그룹에서 기출문제와 예상 문제 푸는 훈련을 할 때 충분히 토론하면서 스스로 답안을 첨삭하고 교정하는 훈련을 반복했다.

시험 글쓰기가 특별한 것은 모든 요소가 극도로 제한되어 있기 때문이다.

첫째, 시간이 제한된다. 시험 시간은 짧으면 60분, 길어야 다섯 시간 정도가 고작이다. 며칠씩 붙들고 있어도 되는 신문 칼럼이나 몇 년 걸려 쓰는 학위 논문과는 다르다.

둘째, 정보와 자료가 제한된다. 다른 자료를 쓸 수 없는 만큼 논제와 제시문이 제공하는 정보를 남김없이 파악해서 정확하게 활용해야 한다.

셋째, 손으로 종이에 써야 한다. 손으로 글을 쓰는 것과 컴퓨터로 쓰는 것은 크게 다르다. 컴퓨터를 쓸 때는 자판을 눌러 빠르게 글을 쓰고 커서와 마우스로 쉽게 고칠 수 있다. 그러나 시험 글쓰기는 손 근육을 써야 한다. 일단 쓰고 나면 크게 고치기가 사실상 불가능하다. 시간 손실이 많고, 자칫하면 답지가 지저분해져 채점자가 알아보지 못할 위험이 있기 때문이다.

시험 글쓰기를 하는 사람을 '수험생'이라 하자. 수험생은 모든 것이 극도로 제약된 환경에서 글을 써야 하며, 출제자의 요구에 충실하게 응답해야 한다. 그렇게 하려면 '초단기적으로' 어떤 준비를 해야 한다. 여기서 '초단기'는 여섯 달 이내를 말한다. 글쓰기 능력을 짧은 기간에 개선하기는 어렵다. 지식, 어휘, 독해력, 논리, 문장 구사 능력 등 글쓰기 능력에 영향을 미치는 요소가 너무나 많고 그런 것을 확보하려면 긴 시간이 걸리기 때문이다.

만약 시험이 여섯 달도 남지 않았다면 글쓰기를 위한 전략적 독서 목록은 소용이 없다. 잘 쓴 교양서를 열 번씩 되풀이 읽을 여유도 없다. 수첩을 가지고 다니면서 하는 자투리 시간 글쓰기도 이미 늦었다. 글쓰기 능력을 좌우하는 어떤 요소도 크게 개선할 수 없는 것이다. 남아 있는 방법은 시험 글쓰기 맞춤 전략을 정확하게 이해하고 실전 상황에 맞게 글쓰기를 반복 훈련하는 것뿐이다.

3년 이상 긴 시간이 있다면 모든 것을 다 해볼 수 있다. 1년에서 3년 정도 남아 있다면 몇 가지 의미 있는 시도를 해볼 수 있다. 그러나 초단기에는 글쓰기 능력을 좌우하는 모든 것이 변수(變數)가 아니라 상수(常數)로 정해져 있다. 할 수 있는 것은 일정 수준으로 정해진 능력을 실전에서 최대한 발휘하는 요령과 기술을 배워 반복 훈련하는 것뿐이다. 평소 글쓰기 실력이 100점 만점에 90점인 수험생도 이 훈련을 하지 않으면 70점을 받을 수 있다. 그러나 평소 실력이 60점인 수험생이 실전 훈련을 제대로 하면 80점을 받을 수도 있다.

시험 글쓰기를 잘하는 데 필요한 전략과 요령, 훈련 방법은 다음 책에서 상세하게 다룬다. 그러나 시험이든 아니든, 글은 다 같은 글이다. 시험 글쓰기를 하는 전략과 요령을 알면 평소 글쓰기에도 도움이 된다. 그래서 간략하게 다음 책 내용을 요약 소개한다.

시험 전에
할 일

시험 글쓰기 준비는 두 가지로 나눌 수 있다. 첫째는 다이제스트(요약본) 읽기, 둘째는 기출문제와 예상 문제 실전 연습이다. 실전 연습은 토론과 자기주도 첨삭 훈련을 포함한다.

요약본 읽기는 시험 전 몇 달 동안 할 수 있다. 평소 책을 많이 읽은 사람이라면 다이제스트를 읽을 필요가 없다. 그러나 독서량이 너무 적어서 어휘가 달리는 사람이라면 몇 권이라도 다이제스트를 읽는 게 좋다. 다이제스트 읽기는 문장을 개선하거나 논리적 사고 능력을 기르는 데 별 효과가 없다. 그런데도 권하는 것은 논제로 흔히 등장하는 질문, 제시문에 잘 나오는 용어와 개념, 그런 것과 낯을 익힐 기회를 얻을 수 있어서다.

낯을 익힌다고 해서 글을 더 잘 쓸 수 있는 건 아니다. 그러나 낯선 단어와 개념을 만났을 때 느끼는 두려움을 줄이는 효과는 있다. 사람은 모르는 것에 대해서 본능적으로 두려움을 느낀다. 두려움은 시험 글쓰기의 최대 장애물이다. 한번 본 듯 친숙한 느낌이 들면 두려움이 줄어든다. 그런 목적에 맞는 다이제스트책 몇 권을 소개한다. 이런 책을 읽으면 실제 아는 게 많지 않아도 시험에 나온 제시문과 논제를 어디서 본 것 같은 느낌을 받게 된다. 내 책도 다이제스트 성격이 뚜렷한 것을 하나 포함시켰다. 이것 말고 다른 다이제스트책을 읽어도 아무 상관이 없다.

- 가마타 히로키, 《세계를 움직인 과학의 고전들》, 부키
- 강신주, 《철학이 필요한 시간》, 사계절
- 강유원, 《역사 고전 강의》, 라티오
- 강정인 외, 《고전의 향연》, 한겨레출판
- 다케우치 미노루 외, 《절대지식 중국고전》, 이다미디어
- 사사시 다케시 외, 《절대지식 세계고전》, 이다미디어
- 유시민, 《국가란 무엇인가》, 돌베개
- 함영대, 《논리적 글쓰기를 위한 인문 고전 100》, 팬덤북스

다이제스트 읽기보다 더 중요한 것이 기출문제로 하는 실전 연습이다. 실전 연습은 말 그대로 실전처럼 하는 연습이다. 실제 시험장 상황과 똑같은 조건을 만들고 정해진 시간을 그대로 지키면서

답안을 작성해야 한다. 군 복무를 하던 시절에 본 표어 중에 이런 것이 있었다. '훈련의 땀 한 방울은 실전의 피 한 방울, 훈련은 실전처럼!' 정말 옳은 말이다. 마치 실전을 하는 것처럼 연습해야만 실전에서도 연습한 그대로 쓸 수 있다.

실전 연습과
그룹 첨삭

실전 연습은 말 그대로 실전처럼 하는 연습이다. 문제지를 받고 답지를 제출할 때까지 시험장에서 실제로 해야 할 행동을 요약해서 이야기해보려 한다. 연습할 때 그대로 지키면 상당히 도움이 될 것이다.

실전에서 가장 먼저 해야 할 일은 논제와 제시문을 제대로 독해하는 것이다. 문항 하나에 논제가 여럿일 수도 있고, 여러 문항에 각각 복수의 논제가 딸려 나올 수도 있다. 보통은 논제를 서술하는 데 참고해야 할 제시문이 나오지만 제시문 없이 논제만 나오는 시험도 있다. 문항과 논제마다 써야 할 분량이 정해져 있다. 시험 시간은 문항과 논제의 수를 따지지 않고 총량을 고지하는 게 보통이다.

그러니 우선 전체 시험 시간을 분명하게 확인해야 한다. 그리고 문항과 논제, 제시문 전체를 순서에 따라 일차 독해한 다음 각각의 논제에 시간을 얼마씩 할당할지 판단해 시간 배분 계획을 세운다. 시간표를 만들고 나면 첫 번째 문항부터 논제와 제시문을 되풀이해서 천천히 읽는다. 충분히 이해했다는 느낌이 들면 논제와 제시문을 보면서 글의 구조를 설계하고 꼭 넣어야 할 핵심 단어를 메모한다. 같은 문항에 속한 복수의 논제는 서로 긴밀하게 연결되어 있기 때문에 논제 전체를 보면서 논리를 세우고 핵심 단어를 메모해야 한다. 시험 시간의 최소 3분의 1에서 최대 절반까지 이 작업에 쓰는 게 좋다.

충분한 시간을 들여 필요한 기초 작업을 마치면 메모한 단어를 연결해 문장을 쓰기 시작한다. 문장은 단문을 원칙으로 한다. 형식에 얽매이지 말고 뜻의 흐름을 따라 단문을 연결해가는 것이 가장 효율적이다. 복문을 쓰면 주술 관계를 맞추면서 뜻을 분명하게 드러내기가 어렵다. 쓰는 데 시간이 많이 걸리고 고쳐야 할 곳도 늘어난다. 문장의 멋을 부리려고 하는 것은 절대 금지다.

한 문항에 속한 모든 논제에 다 대답하고 나서 다음 문항으로 넘어가기 전에 그 문항의 논제와 제시문을 다시 한 번 읽는다. 혹시 오류가 있는지 점검하고 필요한 내용 수정과 문장 교정을 한다. 같은 방식으로 나머지 문항도 준비한 시간 계획에 따라 글을 쓴다. 그렇게 해서 몇 시간에 걸친 기출문제 시험 글쓰기를 하고 나면 아무 생각이 나지 않을 정도로 진이 빠지는 게 정상이다. 시험 도중에 기력이 빠질 수도 있으므로 초콜릿이나 설탕을 넣은 커피, 바나나 같은 간식을 준비하는 게 좋다.

아마도 수험생들은 대부분 이런 식으로 기출문제 실전 연습을 할 것이다. 그런데 정말 중요한 것은 그다음이다. 논술 시험은 형식과 분야가 매우 다양하며 시험의 종류에 따라 문제 유형이 다르다. 대입 논술만 있는 게 아니다. 요즘은 기업이나 국가의 채용 시험을 다 '고시'라고 한다. 옛날에는 사법고시나 행정고시만 고시였지만 지금은 언론고시, 금융고시, 임용고시, ○○그룹고시… 국가와 기업의 채용 시험이 모두 '고시'로 통한다.

대입 논술 시험 문제는 대학 당국이 홈페이지에 공개하기 때문에 기출문제를 구하는 데 어려움이 없다. 그러나 국가와 기업이 실시하는 다른 논술 시험은 기출문제를 정식으로 공개하지 않는 경우가 많다. 소송이 걸릴지 모르기 때문에 출판사들은 기출문제 해설서를 내지 못한다. 그러다 보니 학원과 출판사는 실제 시험과 비슷한 유형의 연습 문제를 만들어 실전 연습용 참고서에 싣는다. 이런 문제를 가지고 실전 연습을 하면 기출문제로 하는 것과 별로 다를 게 없다.

기출문제로 하든 예상 문제로 하든, 답을 써보는 것으로 실전 연습을 끝내서는 안 된다. 더 중요한 것이 남아 있다. 제대로 잘 썼는지 평가하고 무엇이 문제인지 찾아내어 고치고 개선하는 작업이다. 논술학원에서는 이것을 '일대일 첨삭 지도'라고 한다. 대개 유명 강사는 시간이 없기 때문에 직접 하지 않고 대학생이나 대학원생을 '조교'로 쓴다. 하지만 유명 강사가 하든 조교가 하든, 남이 해주는 첨삭 지도는 시험 글쓰기 실력을 개선하는 데 그리 큰 도움이 되지 않는다. 스스로 첨삭해야 얻는 게 있다. 자기가 쓴 글을 자기 혼자 보면서 첨삭하라는 게 아니다. 남들과 함께해야 한다. 혼자 하면 효과가 적다.

기출문제 실전 연습을 하려면 다른 수험생 서너 명과 스터디그룹을 만들어야 한다. 글쓰기 능력 차이가 있어도 상관없고 없어도 괜찮다. 차이가 나면 나는 대로, 비슷하면 비슷한 대로 효과가 난다. 각자 실전처럼 답안을 쓰고, 다 쓰면 모여서 돌려 읽는다. 서로 어디가 어떻게 다른지, 각각 어떤 장단점이 있는지 토론한다. 토론이 끝나면 다시 한 번 같은 기출문제로 처음과 똑같이 엄격하게 시험을 치른다. 각자 다시 쓴 답안을 들고 모여서 또다시 돌려 읽고 토론한다. 그다음에 같은 과정을 다시 한 번 반복한다.

이렇게 하면 같은 문제를 가지고 세 번 답안을 쓰게 된다. 그 세 답안을 비교해 보면 논리도 문장도 많이 달라졌다는 것을 확인할 수 있을 것이다. 이미 해본 것을 반복했기 때문에 좋아진 면도 있지만 스터디그룹에서 한 토론과 평가 덕분에 좋아진 면도 있다. 그래서 혼자 하거나 남이 해주는 것보다 그룹을 만들어 함께하는 자기 주도 첨삭이 더 효과적이라고 하는 것이다.

시험 글쓰기를 일필휘지로 할 수 있는 수험생은 거의 없다. 그 정도 능력을 가진 사람이라면 이미 다른 일을 하고 있어서 시험 볼 필요가 없을 것이다. 수험생이라면 누구나 다 시험 글쓰기를 어려

위한다는 이야기다. 따라서 시험 글을 쓸 때는 신중하게 논제와 제
시문을 독해하고, 충분한 시간을 두고 글을 설계한 다음, 멋을 부리
지 말고 단문으로 명료하게 써야 한다. 글을 쓰는 도중이나 쓰고 난
다음, 답안에 오류가 있는지 스스로 검토하고 교정할 수 있어야 한
다. 토론과 자기주도 첨삭 훈련만큼 짧은 시간에 시험 글쓰기 능력
을 기를 수 있는 방법은 없다.